연계 종주 산행

산과 산을 잇고 또 나를 잇다

연계 종주 산행

산과 산을 잇고 또 나를 잇다

발 행 | 2022년 03월 3일
저 자 | 장순영
펴낸이 | 한건희
펴낸곳 | 주식회사 부크크
출판사등록 | 2014.07.15.(제2014-16호)
주 소 | 서울특별시 금천구 가산디지털1로 119 SK트윈타워 A동 305호
전 화 | 1670-8316
이메일 | info@bookk.co.kr

ISBN | 979-11-372-7596-6
www.bookk.co.kr

글 머리에

초조함을 가누지 못하고 누군가와의 만남을 애태워 기다립니다. 산을 다니는 사람들이라면 가고 싶은 산을 가기로 했을 때 더러 이런 그리움을 품어보았을 것입니다.

수도 없이 많은 산을 다녔지만, 수도 없이 많은 산을 아직 가보지 않았기에 그리움에 젖을 날들이 그만큼 많습니다. 그래서 행복합니다.

"왜 산 타는 이들은 무리이다 싶을 정도의 강행군에 연연하는 것일까. 나는 또 왜?"

"산의 분신이 되고 싶어서…, 저 바위에서 분리된 돌 부스러기가 되고 싶어서…, 그러다 한 줌 흙 되어 밟으면 소리 내는 마른 땅이고 싶어서…."

이처럼 산에 연정을 품게 된다면 아무리 험산 준령이고 먼 길인들 산은 힘든 대상일 수 없습니다.

산은 그 높이 못지않게 거리도 중요한 가늠의 잣대입니다.

우리나라의 산줄기는 1개의 대간大幹과 1개의 정간正幹, 13개의 정맥正脈으로 나누고 각 정맥에서 산이 갈라지면서 지맥을 형성합니다. 위로 백두산에서 시작되어 갈라진 산줄기는 모든 강의 유역을 경계로 구분하고 있습니다.

3

즉 산이 곧 분수령이라 산은 물을 넘지 못하고 물은 산을 건너지 않는다는 '산자분수령山自分水嶺'의 원리를 따른 것입니다. 이렇듯 산은 산을 이으며 줄지어 늘어서 있는 것입니다.

3산, 4산, 5산, 6산… 이러한 우리나라 산들의 이음새는 등산의 명품 코스로 개발되기도 하였고, 산을 좋아하는 마니아들이 그 산들을 이어서 등반하는 추세입니다.

이 책은 그 산들을 연계하여 산행한 종주 산행기입니다. 자연의 위대함을 되뇌고, 교만해지려 할 때 인자요산仁者樂山의 귀한 의미를 새기면서 거기로부터 충분한 에너지를 받을 수 있었기에 감사한 마음으로 대자연에서의 행보를 기록하였습니다.

땀과 갈증, 누적되는 피로에 자칫 고된 노동이 될 수도 있는 산행을 두 단계 이상 업그레이드시켜 산행의 즐거움과 행복을 맛보게 하고 싶었습니다.

거기에 더해 그 산에 담긴 역사의 숨결과 설화 등을 대화하듯 끼워 넣고 그 산에 관한 문화와 정보를 소개하여 최소한 자신이 가는 산이 어떤 산인지 자연스럽게 알도록 해주고 싶었습니다. 단순한 기행문이나 산행기록과는 차별화된 승화된 가치의 산행 기록물을 남기고 싶었습니다.

감히 책으로 꾸며 세상에 내어놓는 무지한 용기를 발휘한 것은 산이 주는 행복을 보다 구체화해보고 싶었기 때문입니다. 더불어 많은 이들이 이 책을 통해 더욱 즐겁고 보람된 산행을 할 수 있기를 기원해 마지않습니다.

장 순 영

연계 종주 산행

산과 산을 잇고 또 나를 잇다

<차 례>

영남알프스, 1000m급 고산 준봉 7산 태극 종주

운문산-가지산-천황산-재약산-영축산-신불산-간월산-천황산

정상에서 고원을 사이에 둔 재약산을 바라보고 멀리
신불산 능선을 바라보노라니 겨우 오늘 한나절을
보내는 중일 뿐인데 작은 개미 한 마리가 아주 오래도록
거대한 개미굴을 이동하는 느낌이다.

"작년 가을에 시간을 냈어야 했는데."

그렇게 아쉬움을 곱씹다가 또 한해를 넘기고 봄이 오는 길목에 영남알프스를 찾았다. 초조함 가누지 못하고 누군가와의 만남을 애태워 기다린 적이 있었다. 영남알프스로 향하며 그러했던 기억이 떠오른다.

너무나 멀고 시간 내기 어려워 늦고 말았다는 건 실제 부닥쳐보면 허접스러운 핑계였다는 게 여실히 밝혀진다. 집착일지도, 아니면 순간의 감성일지도 모르지만 그러한 속 안의 움직임마저 거기 일곱 개의 산으로 다가서며 생애 손꼽을 만남에 설렘 누그러뜨리기가 쉽지 않다.

울산광역시, 밀양시, 양산시, 청도군과 경주시로 이어지는 경상남북도의 경계 지역에 해발고도 1000m를 넘고 전체면

적이 약 255㎢에 달하는 광활한 산악지대를 일컬어 영남알프스라 부르고 있다. 가지산, 운문산, 간월산, 신불산, 영축산, 천황산, 재약산에 고헌산을 포함하기도 하는데 이들 육중한 산들의 수려한 능선과 풍광이 가히 유럽의 알프스를 닮았다고 해서 영남알프스라 칭한다.

사계절 모두 특색 있는 아름다움을 뽐내거니와 특히 가을에는 사자평을 비롯해 신불재, 간월재 등 곳곳마다 억새군락이 환상적인 풍경을 자아내기에 알프스라는 수식을 붙인 것인데 그다지 거부감이 일지 않는다.

단호하고도 강인하며 동시에 유연한 포용을 느끼게끔 꼿꼿한 바위 봉우리와 급준한 단애, 광대하고 부드러운 고원이 조화를 이뤄 찾는 이들이 더욱 늘어나는 추세이다. 또한, 각 산자락에 통도사, 표충사, 운문사, 석남사 등 유서 깊은 사찰이 자리 잡고 있어 관광유적지로도 한몫을 담당하고 있다.

운문산을 오르며 영남알프스의 시발점을 내딛다

친근한 지인 중에 긴 산행의 동행을 권할 만한 산우가 얼른 떠오르지도 않았지만 나 홀로 산행에 익숙할 때라서 잠시 망설이다가 결국 혼자 떠난다. 호젓한 유람이 될지, 아니면 고독하고도 지독한 고행이 될지는 직접 부딪쳐서 결과를 얻기로 한다. 집에서 네 번의 대중교통을 이용하며 밀양시 산내면 원서리 석골교에 도착한 건 밤 열 시가 넘어서였다. 열심히 검색해서 예약한 운문산 아래의 청림산장에서 하룻밤을 유숙하기로 한 것이다.

"내일도 날씨가 좋아야 할 텐데."

운문산 위로 별들이 쏟아지는 걸 보다가 잠을 청한다. 낯선 지방에서의 수면이 달콤할 리 없겠지만 새벽 네 시 반에 눈을 떴을 때는 머리도 맑고 몸 상태도 개운한 편이었다. 어젯밤 쏟아지던 별빛 대신 촉촉하게 습기 머금은 새벽기운이 산 아래로 퍼져 내려오고 있다.

"잘 쉬고 갑니다."
"이거 받으세요. 나물 몇 가지랑 잡곡밥 조금 쌌어요. 운문산에서 가지산으로 가시다가 경치 좋은 곳에서 드세요."

맘씨 후덕한 산장지기는 환한 웃음으로 배웅을 해주며 도시락까지 건네준다. 지갑을 열려는데 강하게 만류한다.

"감사합니다."

"안전하고 즐거운 산행 하세요."

출발 직전부터 느낌 좋고 기분이 상쾌해진다. 오늘과 내일로 이어질 종주 코스를 도상으로 이으면 태극 모양을 보여 영남알프스 태극 종주라 일컫기도 한다. 내디딜 첫 산이 운문산이며 그 시발점이 경남 밀양의 석골사 입구이다.

 겨울 녹아 물 흐르는 소리 외엔 아무것도 없으므로 행복이 뭔지 불행이 무언지 가늠할 게 없을 터. 태풍 전야처럼 고요해서 산골에 동트기만 기다리니 진정한 자유가 이런 걸지도 모른다는 생각이 들었다. 첫 이정표에 운문산 정상까지 5.1km라고 적혀있다.

"이정표의 거리는 의미가 없어."

 거기 적힌 숫자에 속박되지 않기로 했다. 염두에 둘 건 오로지 처녀 산행에서 방향을 잘 잡아 길을 잃지 않는 것이다. 그리하면 행복한 유람의 충분한 자유를 만끽하게 될 것이다. 물줄기가 제법 드세고 물소리도 옹골찬 석골폭포를 오른쪽으로 두고 계속 오르막길을 걷게 된다.

"날 좀 보소. 날 좀 보소. 날 좀 보소. 동지섣달 꽃 본 듯이 날 좀 보소. 아리아리랑 쓰리쓰리랑 아라리가 났네. 아리랑고개로 넘어간다."

멀고도 긴 대장정의 진입로에 들어서면서 밀양아리랑을 흥얼거리게 되는 건 밀양에 왔기 때문일 것이다. 경상도의 대표적 통속 민요인 밀양아리랑은 이 지역 영남루에 얽힌 비극, 아랑 설화에서 비롯된 것이라고도 한다.

밀양에는 순결을 지키려다 한을 남기고 숨져간 아랑阿娘의 넋을 위로하기 위한 행사가 매년 음력 4월 16일에 열렸었다. 엄격한 심사를 거쳐 선발된 규수가 제관이 되어 제사를 모시는 아랑제이다. 봄에 지내던 아랑제와 가을의 밀양문화제를 합하여 밀양 아랑제라 개칭하고 그 시기를 음력 4월 말에서 5월 초의 농한기에 열고 있다.

밀양 부사의 딸이며 어질고 아름다운 여인 아랑을 관아의 심부름꾼인 통인이 사모하게 된다. 영남루에서 통인에게 욕을 당할 지경에 이르자 끝까지 반항하다가 통인에게 칼에 찔려 살해되고 말았다. 그 일이 있고 나자 밤이면 이 고을 태수의 방에 귀신이 나타나 놀란 태수들이 부임 첫날 죽는 일이 계속 일어났다.

밀양 태수 자리가 비었으나 아무도 가려 하지 않자 조정에서는 자원자를 구해 보냈다. 새로 부임한 태수가 불을 밝히고 앉아있는데 불이 꺼지며 머리를 풀어 헤치고 목에는 칼이 꽂힌 귀신이 들어왔다.

"네가 그 귀신이냐? 기다리던 참이다."

이제까지와 달리 태수가 담대하게 다그치자 귀신은 자신의 원통한 사연을 밝혔다.

"너무 원통하여 이런 짓을 하고 말았습니다."

다음날 태수가 아랑을 죽인 통인을 잡아 처형하자 그 뒤로는 귀신이 나타나지 않았다고 한다. 장화홍련전처럼 익숙한 설화를 떠올리며 급경사의 너덜 오르막에 접어든다. 억산으로 향하는 길이다.

이른 봄 새벽녘 산길은 무척 서늘하다. 어슴푸레 동이 터오기 시작하는 홀로 산자락은 서늘하기는 해도 조금도 을씨년스럽지 않다. 산중 특유의 고즈넉함과 새벽 낭만이 속속 배어 있어 기분이 들떠있다.

저만치 운문산 정상이 우뚝 모습을 드러내고 영남알프스의 최고봉 가지산도 다감하게 미소를 짓는다. 거친 너덜바위 위에 억산億山 정상석(해발 944m)이 세워져 있다.

들머리에서 4km를 걸어왔고 운문산까지 4.3km를 더 가야 한다. 운문산 서쪽 능선에 솟은 억산은 하늘과 땅 사이 수많은 명산 중의 명산이라는 의미의 억만지곤億萬之坤에서 그 이름이 유래하였다. 억만산億萬山 또는 덕산德山으로 불리기도 한다.

운문산과 그 뒤로 옅은 운무를 끌어안은 가지산을 훑어보고는 억산을 떠난다. 궤적 뚜렷한 길 따라, 신선한 공기가 이끄는 대로 몸을 맡기고 유유자적 걷다가 삼지봉(해발 904m)에 이르렀다. 그리고 세 번째 봉우리인 범봉(해발 962m)에서 바람막이를 벗는다. 해가 뜨면서 서늘한 산 기운은 온화한 봄볕으로 바뀌었다.

억산과 운문산을 이어주고 석골사와 운문사가 갈라지는 사거리 고개 딱밭재에서 행동식을 꺼내먹으며 에너지를 보충한다. 운문산을 1.8km 남겨둔 딱밭재까지 석골사를 통해 올라왔으면 거리를 단축할 수 있었겠지만, 영남알프스에 온 건 충분한 시간을 갖고 곳곳을 섭렵하려 했기 때문이므로 꽤 긴 거리를 우회한 셈이다.

2.6km 아래의 석골사는 애초 석굴사로 불리었듯 예전부터 스님들의 수도처로 이름난 사찰이란다. 대한불교 조계종 제15교구 본사 통도사의 말사로 태조 왕건이 풍요한 도움을 주어 고려 건국 후 아홉 개의 암자를 거느리게 되고 임진왜란 때는 의병들이 활약하던 사찰로도 알려져 있다.

딱밭재를 지나 헐벗은 나목들이 겨울은 지났는지 모르지만 봄이 오지는 않았다는 걸 표현하듯 뻗은 가지에 힘을 싣지 못하고 있다. 상운암 계곡의 암벽들은 낯선 이방인의 방문을 그다지 반갑게 맞아주지 않는다.

거칠고도 냉랭한 모습으로 눈길마저 피하는 모습이다. 아마도 아직 썰렁한 계절의 홀로 방문이 의아스러운 밧줄이다. 청승맞게 혼자 산길 오르는 걸 보는 게 익숙하지 않은가 보다. 곳곳에 아직 녹지 못하고 고드름처럼 매달린 얼음기둥들도 저들보다 더 썰렁한 방문객을 경계하는 눈치다.

"유별나게들 보지 말게나. 나도 똑같은 코리언일세."

첫눈에 허름하고도 다소 부실해 보이는 상운암에 도착하여 수통 가득 약수를 채운다. 물맛은 너무 시원하여 세 시간 30분여의 수고로움을 단번에 덜어준다. 석골사의 산내 암자인 상운암은 예로부터 천진보탑으로 이름난 정진 장소였는데 6·25 전쟁 직후 빨치산 소탕 작전의 목적으로 모든 당우가 소실되어 1960년에 지어진 현존 암자가 명맥을 유지하고 있다고 적혀있다.

촘촘하고도 수북한 뭉게구름 아래로 막 지나온 억산, 삼지봉, 범봉 능선과 주변 조망에 고루 눈길을 던진다. 이 인근에는 제2의 얼음골이라 불리는 동굴이 있다.

소설이나 드라마에서 동의보감의 저자 허준이 스승인 유의태를 해부한 곳으로 묘사되기도 하는 자연 동굴이다. 거리를 더욱 좁혀 운문산雲門山 정상(해발 1188m)에 이르자 가슴이 뭉클해진다. 영남알프스 첫 정상에서 가슴 울렁임을 느끼니 마지막 정상에서의 감동이 어떠할지 쉽게 상상이 된다.

경북 청도군과 경남 밀양시에 접한 운문산은 신라 진흥왕 때 창건하고 고려 태조가 운문선사雲門禪寺라는 사액을 내려 운문사라 칭하게 된 사찰명에서 그 명칭이 유래되었다고 한다. 화랑도에게 세속오계를 가르친 원광국사와 삼국유사를 지은 일연이 머물렀던 곳으로 알려진 운문사에서 딱밭재를 거쳐 이곳 운문산으로 오를 수도 있다.

"오늘이 첨이자 마지막 만남일 수도 있겠지만 너무나 반가웠습니다. 천년이 지나도 부디 지금의 모습 그대로 변함없으시길 기원하겠습니다."
"잘 가시게. 가지산 형님한테 안부 전해 주시게."

오늘 지나게 될 능동산 능선을 바라보고 가지산을 향해 걸음을 옮긴다. 나무계단을 내려서고 넓은 능선을 지나 비좁은 산죽 오솔길을 걷다가 동굴 앞에서 멈춰 섰다.

고개를 숙여 안을 들여다보았는데 암반 아래 그늘진 바위에 고드름이 달려있고 얼음 바닥인 동굴을 들여다보는데 싸한 냉기가 돈다. 동굴 크기로 보아 허준이 수술한 얼음동굴은 아닌 듯하다.

이곳 산내천 계곡지대에는 지형 특성상 초여름에 얼음이

얼기 시작하여 처서가 지난 뒤에야 녹는 시례빙곡時禮氷谷, 즉 얼음계곡인 밀양의 남명리 얼음골이 천연기념물 제224호로 지정되어 있다. 한참을 내려와 닿은 아랫재에서 다시 능선을 타고 올라 햇살 좋은 암릉에 자리를 잡는다.

출발할 때 산장지기가 싸준 도시락을 여는데 입안 가득 군침이 고인다. 조미되지 않은 담백한 자연식으로 허기진 배를 채우자 몸도 마음도 포만감으로 나른해진다. 10여 분 지났을까. 잠깐이지만 눈을 붙였다가 떼니 들머리에 들어섰을 때처럼 개운하다.

가지산 정상 아래의 헬기장에서 걸음을 빨리하여 산장에 이르자 눈썹을 그린 개 한 마리가 꼬리를 흔들며 반겨준다. 덩치는 큰데 무척 순하다. 산장 오른쪽의 바위 지대인 정상까지 꼬리를 흔들며 앞서간다. 개의 안내를 받아 정상에 올라서기는 처음이다.

가지산加智山 정상석(해발 1241m) 앞에 몇몇 산객들이 환한 웃음을 지으며 포즈를 취하고 있다. 그 옆에 낙동정맥의 구간임을 표시한 표지석이 세워져 있다.

영남알프스의 산군 절반 이상이 낙동정맥 상에 걸쳐있다. 13정맥 중 한 곳인 낙동정맥은 낙동강 동쪽의 산줄기로 태백산에서 서남쪽 소백산으로 이어지는 백두대간이 태백산 북쪽에서 벗어나, 경북 울진 백병산, 영덕 용두산, 청송의 주왕산을 지나고 남쪽으로 뻗어 경주 단석산, 청도 운문산,

언양 가지산, 양산 취서산, 동래의 금정산을 지나 엄광산에서 그 줄기가 멎는다.

고헌산, 가지산, 능동산, 간월산, 신불산, 영축산의 순으로 영남알프스 한복판을 낙동정맥이 관통하며 양옆으로 운문산이나 재약산 등을 끼고 있는 형국이다.

"운문산 아우님이 안부 전하더군요."

"아, 거기서 오는 길이 신가. 우리 아우 잘 있던가?"

"네. 안색이 밝으시더군요."

"그래. 신불 아우, 간월 아우 등 아직 남은 다섯 아우와도 기쁜 만남 가지시게."

울산광역시 울주군, 경남 밀양시, 경북 청도군에 걸쳐있는 영남알프스의 최고봉 가지산은 자연경관이 수려하고 문화재나 관광명소가 많아 통도사 지구, 내원사 지구 및 석남사 지구와 더불어 1979년 가지산 도립공원으로 지정되었다.

풍수지리설에 의하면 가지산과 운문산은 암산女山이라 수도승이 각성할 무렵이면 여자가 나타나 '십 년 공부 도로 아미타불'이 된다고 전하는데, 실제로 석남사는 주변의 운문사, 대비사와 더불어 비구니 전문 수도장으로 지금도 많은 비구니가 수도에 정진하고 있다.

정상에서 사방을 둘러보면 과연 유럽의 알프스를 인용한

표현이 과장되지 않다는 걸 느끼게 된다. 첩첩이, 겹겹이 산들이 포개지고 골골 깊숙이 우거진 수림이 끝도 없이 이어진다. 멀리 막 지나온 운문산과 약 10㎞ 거리의 이곳 가지산이 나란히 솟아있어 하나의 산에 두 개의 봉우리처럼 보일 듯하다.

이 일대는 화강암 지질 기암괴석의 바위 봉우리가 많지만, 가지산의 북동쪽 사면은 완만하여 목장으로 이용되고 있다니 참으로 복잡다단한 형세를 갖춘 산군이라 하겠다. 이런 만큼 영남알프스의 산행 행태 또한 동서 혹은 남북으로 넘나들기도 하는 등 매우 다채롭다.

영남알프스의 7산군은 영축산, 신불산, 간월산과 천황산, 재약산, 그리고 운문산, 가지산에 고헌산을 포함한 3개 권역으로 분류할 수 있다. 이들 세 지역은 배내천, 동천 등의 하천을 이룬 커다란 계곡으로 구분이 명확하기 때문이다. 높고, 깊고, 넓은 산에 들어서서도 이정표가 제대로 설치되어 있어 방향과 거리에 대해 세세하게 표시하고 있다.

　이리 갈까 저리 갈까
　무얼 망설이랴
　구름 흘러 걸리는 곳
　거기가 내 갈 곳
　그래도 그게 아니라
　산허리에 세운 이정표

걸을 거리, 갈 방향만 일러주는 게 아니라 하네
쭉 뻗은 산줄기 멈춰 둘러보라
오른 길만큼, 솟은 태양만큼
큰마음 지녀보라
가파르고 궂은 삶
묵은 세월에 묻어두라
내려가거든
더욱 지혜롭게 살으라
그래서 산허리에 이정표 있는 거라 하네

사자평전 천황산과 재약산 거쳐 노을 길 하산

능동산과 천왕산 일대에 눈길을 담갔다가 가지산과 작별한
다. 700여 m를 내려와 중봉(해발 1167m)에서 가지산을 올
려다보고 석탑 터널로 내려가는 삼거리를 지나 철쭉나무
군락지에 다다른다.

이곳 철쭉 군락지는 가지산의 날머리 석남터널 입구 위까
지 이어지는데 2005년에 천연기념물 제462호로 지정되었
다. 추정 수령 약 100~450년인 40여 수의 철쭉나무 노거
수와 약 20여만 수의 철쭉나무가 산 정상부에 광활하게 펼
쳐져 있어 얼마 지나지 않아 이 지역을 희고 붉게 물들일
것이다.

한방에서는 철쭉꽃을 척촉躑躅이라 하는데 독성이 강해

마취 작용을 일으키므로 악창에 외용하며 사지 마비를 풀어주는 데 사용한다고 한다. 철쭉의 독성은 경련 발작을 일으키고 호흡을 마비시켜 먹을 수 없으므로 개꽃 나무로 불리기도 한다.

다시 돌무더기가 있는 석남령을 지나고 입석봉으로 내려섰다가 떡봉이라고도 부르는 격산(해발 813m)에서 숨을 고른 후 길고 가파른 나무계단을 올라 능동산(해발 983m)에 이른다. 석골사 입구 출발지부터 20km가 지난 지점이다.

힘이 소모되었을 즈음이지만 처음과 달리 서두르게 된다. 천황산과 재약산을 거쳐 오늘 밤 숙박하게 될 죽전마을까지 이르려면 시간이 촉박할지 모른다.

쇠점골 약수터에서 식수를 보충하고 임도를 따라 걷다가 다시 산길로 올라 능동 2봉(해발 968m)에 닿았다. 갑자기 날씨가 흐려지더니 빗방울이 떨어진다. 마음이 조급해진다.

멀리 가지산을 바라보고는 영남알프스 하늘정원으로 이동하여 신불산의 수평 능선에 눈길을 머문다. 산정 휴게소라 할 수 있는 샘물 상회에서 음료수라도 사서 마시려고 했는데 아무도 없이 문이 닫혀있다. 이런 날 산정의 가게가 문을 열었다면 아마도 오늘 하루 매상은 음료수 한 병이 고작이었을 것이다.

양옆으로 광활하게 억새밭이 펼쳐진 나무계단을 길게 오르면서 천황산으로 다가간다. 갑자기 모세가 홍해를 가르며 바닷길을 걷는 착각에 빠진다. 가을이면 국내 최대의 억새 평원을 가르는 이 목재 계단길이 일렁이는 은빛 파도를 뚫고 지나는 기분일 듯하다. 이곳부터 천황산에 이어 재약산 수미봉을 거쳐 죽전마을로 내려서는 구간을 사자평 억새길이라 하는데 125만 평에 달하는 면적이라 한다.

"아아~ 한 사람의 개인은 얼마나 작은 미물이던가."

천황산天皇山 정상(해발 1189m)에서 고원을 사이에 둔 재약산을 바라보고 멀리 신불산 능선을 바라보노라니 겨우 오늘 한나절을 보내는 중일 뿐인데 작은 개미 한 마리가 아주 오래도록 거대한 개미굴을 이동하는 느낌이다. 잠시 물리적으로 느끼는 거대함에 위축되고 말았는데 빗줄기가 굵어지면서 기온이 뚝 떨어졌다.

경남 밀양시와 울산광역시 울주군에 걸친 천황산의 서남쪽 험준한 바위 형태가 사자 머리와 흡사하여 사자봉이라고도 불렀다. 산세가 수려하여 삼남 금강三南金剛이라 일컫기도 하지만 정상 일대에는 거대한 암벽을 이루고 있다.

바람이 심해 사선을 그으며 빗물이 마구 흩어진다. 천황산 정상에 잠시도 머물 수가 없어 바로 천황재로 내려선다. 천황산의 동북쪽 표고 1000m 지점에서 동남쪽으로 완경사를 나타내는 사면은 높이 800m 부근에서 분지 상의 평탄면을 이루어 사자평獅子坪이라 불리는데 약간의 기복을 이루면서 재약산 남서부까지 온통 억새로 뒤덮여 있다.

사자평 억새는 매년 9월 말쯤 피기 시작해 10월 중순부터 11월 초까지 절정을 이룬다고 하니 이때 억새의 흔들림은 포효하며 내달리는 사자의 갈퀴처럼 보일 수도 있겠다.

이 주변은 농경지로 이용되던 논과 밭이 습지로 바뀌었다. 국내 최대 규모인 약 580,000㎡의 고산 습지가 그것인데 재약산 정상부의 평탄한 곳에 형성되어 있다. 2006년에 환경부 습지보호 지역으로 지정되었고 재약산 산들늪으로 알려졌다.

사람이 떠난 곳에는 다시 자연이 머문다. 하늘 아래 첫 동네인 이곳 화전촌에는 고사리 분교를 비롯하여 약 40여 가구의 주민들이 사자평에 텃밭을 일구면서 생활해 오다가 모두 떠나고 집터마저 자연에 귀화한 지 오래되었다. 지금은 멸종위기종인 삵, 하늘다람쥐, 매 등이 분포하고 있다고 한다.

천황재 나무 밑에서 잠시 쉬었다가 오늘 산행의 마지막 봉우리인 재약산載藥山 정상(해발 1108m)에 다다르자 여기도 비바람이 심하다.

신라 흥덕왕의 셋째 아들이 이 산의 약수를 마시고 고질병이 나은 뒤 약수를 가진 산이라 하여 재약산이라 부르기 시작했다는 설이 있다.

재약산도 행정구역상 천황산과 마찬가지로 경남 밀양시와 울산광역시 울주군의 경계에 있는데 일부 산악인들은 천황산을 재약산 사자봉으로, 재약산을 재약산 수미봉으로 부르며 지명에 대한 이의를 제기하기도 한다. 그러나 아직 정상석은 천황산과 재약산을 구분하여 세워놓았다.

노을이 짙게 물드는가 싶더니 금세 어둠이 가라앉는다. 표충사로 내려가는 길이 있으나 내일 남은 구간인 영축산부터 신불산과 간월산을 가려면 배내골 죽전마을로 하산해야 수월하다.

재약산에서 죽전마을까지 5.1km의 거리가 묵직한 부담감을 주지만 한편으로는 빨리 내려가 꿀맛 휴식을 취하고픈 마음이 간절하다. 주암 삼거리를 지나고 죽전 삼거리를 가리키는 이정표의 방향대로 길게 내려가기만 한다. 고개 숙인 억새밭을 따르다가 뒤돌아보니 재약산은 거뭇하게 자취를 감추어버렸다. 헤드랜턴을 꺼낼까 하다가 걸음 속도를 높인다.

죽전마을이 가까워지면서 경사가 급해진다. 완급을 조절해가며 근근이 죽전마을 도로까지 내려섰을 때는 마을 곳곳마다 불이 켜진 후이다.

예약한 펜션에 들어서자 장기간 해외 출장을 갔다가 집으로 돌아온 기분이다. 어둠이 가시지 않은 새벽부터 어둠이 짙게 깔린 밤중까지, 햇빛이 창창한 산에서 습한 안개가 깔

린 산으로, 다시 축축한 빗길을 걷고 또 걸으며 하루를 꽉
채운 셈이다.

영축산과 사랑에 빠졌나 보다

이튿날 새벽, 네 시에 울리는 알람이 그리 귀찮지 않다.
몸을 일으켜 팔다리를 흔들어본다. 혹여 다리 근육이라도
뭉칠까 걱정하다가 잠이 들었는데 몸 상태에 이상이 생기
지는 않은 것 같다.

바깥공기를 살펴보았는데 이슬이 축축하긴 하지만 기상도
걱정할 상황은 아닌 듯싶다. 오늘 걸어야 할 거리는 어제보
다는 짧은 편이다. 새벽 다섯 시 펜션을 나선다.

배내골 주변은 아직 조용하다. 사람들 기척도 없고 산장이
나 음식점도 문을 열지 않았다. 69번 지방도로 아래 단장
천도 소리를 죽이고 천천히 물을 흘려보내고 있다.

양산시 원동면에 소재한 청수골로 걸어와 스틱을 펴고 등
산화 끈도 조여 맨다. 이곳 영축산 들머리에서 오늘의 본격
산행을 앞두고는 팔다리를 움직여가며 가볍게 스트레칭을
하고 크게 심호흡도 해본다.

청수좌골, 중앙 능선과 청수우골이 갈라지는 지점에서 청
수우골로 방향을 잡았다. 죽바우등을 통해 오르는 능선의
풍광이 뛰어나다는 조언을 들은 바 있었기 때문이다. 자그

24

마한 계곡을 건너고 이슬 머금은 조릿대 샛길도 걸으며 또다시 이른 봄, 이른 아침에 하늘을 향해 솟구치고자 한다.

영축 능선 사거리 한피기 고개에서 300m 떨어진 시살등 (해발 981m)에 닿았을 때도 해는 구름을 벗어나지 못하고 붉게 서기만 어리고 있다.

어제 지났던 가지산, 능동산과 천황산이 길게 능선을 늘어뜨렸는데 곧 지나치게 될 죽바우등이 가깝고 그 뒤로 신불산 줄기가 보인다. 이젠 낯익어 친근감이 드는 광경들이다.

산 아래에는 양산팔경의 제1 경이며 대한불교 조계종 제15교구 본사인 통도사가 있다. 해인사, 송광사와 함께 삼보사찰의 하나로 2018년 유네스코 세계문화유산으로 등재된 큰절이다. 몇 해 전 여름, 부산에 사는 옛 직장동료와 함께 통도사와 영축산에 온 적이 있었다.

그의 안내로 이 산에 소재한 19암자 순례길을 걸었는데 관음암부터 시작해 축서암을 지나 영축산 정상에 올랐다가 백운암으로 내려서서 다시 보타암까지 19암자를 거쳐 통도사로 회귀하는 약 24km의 트레킹 코스이다.

그래서 오늘 다시 찾은 영축산이 반갑고 영남알프스의 새 아침이 열리는 걸 보면서 내면이 후련해지는 걸 체감한다. 다시 능선 사거리로 돌아와 죽바우등으로 향한다.

오룡산 능선을 뒤로하고 어제 걸었던 알프스 마루금에 눈길을 머물며 걷게 된다. 거대한 암릉을 눈앞에 두었다가 거기 오르면 죽바우등(해발 1064m)이다.

영축산 정상으로 이어지는 체이등, 함박등의 능선이 구름 벗어난 햇빛을 받아 신선한 기운을 뿜어내고 있다. 영축산으로 향하며 돌아보면 우람하게 솟은 죽바우등과 암벽에 솟은 몇 그루의 소나무, 그 위로 흐르듯 깔린 엷은 구름이 발길을 잡아당긴다.

영축산 정상이 가까워지면서 어제 걸었던 산들의 마루금이 선명하게 다가온다. 광활한 억새평원이 펼쳐짐과 동시에 가슴이 쿵쾅거린다. 어제 그토록 오래 보아왔음에도 다시 하늘길이 열리는 순간 신선이 되고 마는 것이다.

몇 해 만에 다시 해후하게 된 영축산 정상(해발 1081m)이다. 일행으로 보이는 세 명의 등산객이 정상적 앞에서 돌아가며 사진을 찍고 있다.

"감사합니다."
"혼자이시라 즐산이 되실진 모르겠지만 안산하세요."

그들에게 카메라를 건네 모처럼 셀카 촬영을 면할 수 있었다. 주변의 산군들을 감싸 안으려 낮아진 구름, 소소한 바람에 하늘거리는 겨운 억새의 허리춤이 모두 부드럽고 평온하다. 주변의 산군들을 감싸 안으려 낮아진 구름, 소소한 바람에 하늘거리는 겨운 억새의 허리춤이 모두 부드럽고 평온하다.

취서산鷲栖山이라고도 불리는 영축산靈鷲山은 경남 양산시와 울주군에 걸쳐있으며 가지산 도립공원에 속한다. 가지산에서 남쪽으로 뻗은 줄기가 능동산에 이르러 천황산, 재약산으로 이어지고, 또 다른 줄기는 신불산, 간월산과 연결되니 영남알프스의 대동맥이라 할 수 있겠다.

신불산으로 이어지는 정상 일대의 펑퍼짐하고도 광활한 능선은 굳이 억새 물결이 아니더라도 하늘 맞닿은 천국의 길이다. 이 산과 연애에 빠졌나 보다. 아니라 싶으면 사랑도 갈라지는데 영축산에 안기니 숨이 꽉 막히는데도 빠져나오기가 싫다.

"그래도 이만 가보렵니다."
"그래? 조금만 더 있다가 가지 그러나."

영축산 품을 벗어나 천국 길에 접어들어 고개를 돌리지 않는다. 뒤돌아보면 다시 그 품에 파고들 것만 같다. 가까이 죽바우등부터 향로산, 재약산, 천황산과 운문산, 가지산, 신불산을 두루 돌아보고 신불재로 향한다.

부드러운 봄바람에 완만한 평원이 줄곧 이어지고 하늘 아래 사람 사는 세상도 간간이 보여 이보다 훌륭한 유람이 있겠나 싶다.

신불산에 도레미 송이 낭랑하게 울려 퍼진다

 죽전마을을 내려다보면서 오늘 아침 세상과 연을 끊고 영혼이 그 위를 부유한다는 상상에 빠져본다. 삶을 마치고도 이렇다면 그 마침표가 두려울 리 없으리라. 그건 마침표가 아니라 쉼표일지도 모르겠다. 고행에서의 일탈이자 아늑한 휴가를 위한 여행…….

 신불재로 내려서는 긴 데크 계단에서 눈길을 끄는 암릉을 보게 되는데 신불 공룡능선이라고 한다. 보기엔 칼날처럼 날카로운 절벽이다. 억새 고원 사방으로 데크 계단이 설치된 신불재는 영축산에서 2.2km를 왔고 신불산까지 700m를 남겨둔 지점이다.

 밀양, 김해 등 낙동강 주변 사람들과 동해안 인근 사람들의 장이 열리던 곳으로 소금, 생선 등 울산의 해산물과 밀양의 산나물, 쌀 등을 교환했다고 한다. 지리산의 화개재처럼 하늘에 올라 식생활을 해결했으니 다시 생각해도 대단한 비즈니스가 아닐 수 없다.

 깔끔하게 지은 대피소 자리에 주막이 있었다고 한다. 이양훈 시인은 작시 '신불재'에서 가을과 주막을 추억하고 싶어 한다.

장날이 좋으냐
주모가 좋으냐
막걸리 취하면
주모 허리 잡네
가을에 하염없이
젖어가는 신불재
전설과 이야기에도
또한 젖어가네

이 자리 신불산 주막에서는 예쁜 주모가 술을 팔았는데 신불神佛에게 빌어 인간으로 환생한 암컷 호랑이였다. 하룻밤 정분을 나눈 나그네들을 어김없이 잡아먹던 주모는 신불의 노여움을 사서 하늘로 잡혀갔다.

혹자는 이 설화에 살을 붙여 슬쩍 풍자하기도 한다. 주모는 잡혀가기 전 얼른 주막을 팔아 2000만 원의 권리금을 건졌다는데 그 돈을 하늘 감옥의 사식비로 썼는지, 신불에게 뇌물로 상납했는지는 알 방도가 없다.

주모에게 잡아먹힌 나그네들의 명복을 빌어주고 신불산 방향의 계단으로 올라섰다. 정상석이 세워진 신불산神佛山 정상(해발 1159m) 일대는 각진 암반이 드러나 있다. 지금까지 거쳐 온 다른 산들과 다른 점이다.

울주군 상북면과 삼남면 경계에 위치하여 협곡과 울창한 수림이 어우러진 빼어난 경관으로 이 일대는 1983년 신불산 군립공원으로 지정되었다.

정상 전망대에서 가지산과 운문산의 방향 바뀐 모습을 눈에 담고 이어 가게 될 배내봉과 간월산을 바라보노라니 전세계의 공통 동요 도레미 송의 낭랑한 멜로디가 바람을 타고 들려온다. 그래서였을까. 아무도 없지만, 적막하다거나 쓸쓸하단 생각이 들지 않는다.

웅장한 알프스산맥을 배경으로 한 영화 사운드 오브 뮤직에서 춤을 추는 마리아의 모습까지 선하게 그려내다가 마지막 목적지 간월산으로 향한다.

구름 모자 쓰고 간월산에서 마무리하다

급경사 계단이 영남알프스 막바지 걸음을 수고롭게 한다. 내려다보이는 간월재의 풍광은 영남알프스의 하이라이트라 할 수 있다.

계단에 앉아 바람도 쉬어 넘는다는 간월재의 풍경에 심취하게 되는데 산자락 경사면으로 꾸불꾸불한 임도까지 포함해 감상 포인트가 아닐 수 없다.

간월재를 지나 900m 거리의 간월산으로 오르며 돌아본 간월재는 건너편에서 보았을 때와는 또 다르게 비친다. 마찬가지로 드넓은 억새평원 사이를 오르게 되는데 이곳의 산정 일대에도 경사 완만한 산정 평탄면이 발달하여 독특한 경관을 보여준다.

팔을 뻗으면 바로 구름이 잡힐 것만 같은 간월산肝月山 정상(해발 1069m)에 이른다. 울산광역시 울주군의 명산에 올라 주변 산군을 둘러보는데 슬그머니 서운함 같은 게 몰려든다. 이틀 동안 내내 저 산들의 품에 안겼었다.

"다시 또 올 수 있을까."

처음 만나 가까워졌는데 그게 마지막 만남이라는 생각이 들 때 쓸쓸해지고 만다. 정이 들었다는 게 원망스러워진다.

"다시 또 오면 되지."

간월산을 끝으로 하산하였으니 다음엔 간월산을 시작으로 다시 오르면 되지, 뭐. 그렇게 생각하며 기분을 추스른다.

교동리에서 등억리에 이르는 작괘천 입구에는 작천정酌川亭이 있는데 주위에는 간월산에서 맑은 물이 흘러내려 울주 지방의 선비들과 시인 묵객들이 많이 찾았다고 한다. 특히 35m 물기둥 아래로 자욱하게 물안개가 피는 홍류폭포는 간월산의 상징이라 할 수 있다.

간월산과 작별 인사를 나누고 배내봉으로 향한다. 그래도 아쉬워 뒤돌아보는데 신불산도 손을 흔들어 배웅한다.

배내봉으로 가면서는 절벽으로 이루어진 경사면 바윗길에 안전밧줄을 길게 설치해 놓았다. 배내봉이 600m 앞에 있다는 이정표가 수고했다는 메시지처럼 느껴진다. 멀고도 긴 영남알프스 태극 종주를 마칠 때가 되었다는 신호다.

다른 종주 때와 달리 뿌듯한 성취감보다는 아쉬움이 짙게 고이는 걸 어쩔 수가 없다. 배내봉(해발 966m)에 도착해서도 햇살이 창창하지 않고 눅눅하게 가라앉는 것처럼 보인다. 잠시 머물러 어제 새벽부터의 여정을 짚어본다. 일곱 산의 마루금을 쭉 이어가며 고개를 끄덕인다.

"잘했어. 실수도 없이 차분히 잘 해냈어."

자신을 위안하고 배내봉을 뒤로한다. 1.4km만 내려서면 최종 날머리 배내고개이다. 그리 향한다. 속도를 높인다. 배내고개로 내려가는 길은 대부분 완만한 나무계단이다. 배내고개에 도착하자 오후 2시 30분이 막 지나고 있다.

오래 기다리지 않아 석남사로 가는 시내버스를 탔다. 석남사에서 울산행 시외버스를 타면 오늘 중에 집에 갈 수 있다. 긴 시간, 긴 길을 돌고 돌아 귀가하게 된다.

때 / 초봄
곳 / 1일 차 : 산내면 석골사 입구 - 억산 - 범봉 - 딱밭재 - **운문산**

- 아랫재 - **가지산** - 중봉 - 석남재 - 능동산 - 샘물 산장 - **천황산**
 - 천황재 - **재약산** - 사자평 - 죽전마을
 2일 차 : 죽전 마을 - 청수우골 - 한피기재 - 영축 능선 - 죽바우등
 - **영축산** - 신불평원 - 신불재 - **신불산** - 간월재 - **간월산** - 배내봉
 - 배내고개

북도사수불, 5산 종주

북한산-도봉산-사패산-수락산-불암산

깨지고 멍들면서 예까지 온 거 아니었던가.
산이나 인생이나 다 그런 거 아니겠나.
얼음물 한 모금에 씻기는 게 갈증 아니던가.
지나고 나면 죄다 한바탕 봄 꿈같은 게 사는 일 아니었던가.

시월 초순은 가을이라고도 할 수 없다. 무성했던 초록만 갈색으로 바뀌고 있을 뿐 막바지 더위는 건조한 햇살에 심술까지 실어 기승을 부린다.

오후 세 시, 북한산 아래 불광동 대호아파트 입구에서 세 사람이 의미심장한 눈빛을 교환하고 다섯 산을 잇는 첫 들머리로 걸음을 내디딘다.

사람은 살아가는 동안 누구를 만나느냐에 따라 인생이 좌우된다는 말에 절대적으로 공감한다. 그 사람을 행복하게 해주는 이, 한을 품게 해서 불행의 골로 이끌게 하는 이, 모두 그 사람과 매우 가까운 데 있다. 그 전자에 해당하는 이와 함께하는 길은 그 길이 제아무리 멀어도 멀다고 느껴지지 않는다.

오랫동안 5산 종주를 별러왔다는 후배 은수와 두 번째 종주 산행을 하게 되는 친구 병소, 이번엔 그들과 함께이기에 긴장되지도, 외롭다는 느낌도 들지 않는다.

'함께'라는 부사가 풍기는 푸근함과 넉넉함, 세 번째 5 산 종주는 나 홀로였던 이전과 달리 호기로운 마음으로 산행을 시작하게 된다.

"이번에 한 번만 더 함께하자."

세 번째의 5산 종주에 동반해달라는 친구 병소의 제안이었다.

"이 기회에 나도 재충전하는 기회가 되겠지."

평소에 다듬어진 친분은 극한에 처했을 때도 다름없이 그 친분의 진가를 발휘한다고 믿어왔다. 극한에 이르러서야 친분을 찾는 건 소경이 이정표를 더듬는 것과 다를 바 없을 것이다. 숱한 세월 늘 받기만 해서 미안함마저 무뎌졌었다. 늘 주기만 하고 베풀기만 했던 친구에게 내가 해줄 수 있는 게 달리 많지 않았다.

이미 주사위는 던져졌고 루비콘강에 배를 띄운 셈이다

높고 푸른 가을 하늘이지만 한여름을 무색하게 할 정도로 뜨겁고 건조한 날, 그렇게 우린 무박 이틀 약 50km의 대장정에 오른다. 족두리봉 하단에서 도심을 내려다보며 거듭 기도를 올린다.

 "우리 세 사람 모두 안전하게 불암산으로 하산할 수 있기를 바라옵니다. 부디 지켜주시고 부족한 덕까지 채울 수 있는 계기가 된다면 더할 나위가 없겠습니다."

 간절한 마음으로 기도를 드리지만 세 명이 모두 완주할 가능성에 대해서는 반신반의한다. 주사위는 던져졌고 또 한번 건너지 못할 루비콘강에 배를 띄운 셈이다. 도저히 못 가겠다 싶으면 중간에 탈출로는 많다.
 산행 초반인데도 불볕더위에 가까운 더위에 얼굴이 화끈거린다. 향로봉을 덮은 하늘도 티끌 한 점 없이 푸르다. 어둠이 몰려오기 전에 최대한 많은 거리를 확보해 두는 게 나을 것 같아 보폭을 크게 한다.

 "마귀 바위를 한 달도 안 돼서 또 보네."

 족두리봉 바로 아래에는 일부가 부서진 듯, 깨진 듯한 기이한 형태의 바위가 있어 많은 등산객이 이 바위에 올라 사진을 찍기도 한다. 이처럼 풍화작용으로 금이 가거나 부서진 바위를 토어tor라고 하는데 병소는 볼 때마다 마귀바위라고 부른다.

족두리봉(해발 370m)은 보는 방향의 형태에 따라 수리봉, 시루봉, 독바위 등으로 불리기도 하는데 향로봉으로 향하며 돌아보았을 때야 제대로 족두리처럼 보인다.

향로봉(해발 535m) 밑에서 잠시 멈췄다가 가려는데 향로봉이 고개를 숙여 바위 부스러기 많은 비봉능선을 조심하라고 일러준다. 출입이 제한된 향로봉은 중봉과 끝봉을 포함해 세 개의 봉우리로 형성되어 있다.

향로봉을 지나 비봉 꼭대기의 진흥왕순수비를 보며 뜬금없는 생각을 하게 된다. 100대 명산 혹은 200대 명산 탐방, 백두대간 종주를 비롯한 여러 산의 종주 산행을 진흥왕의 영토 확장과 비견해보는 것이다. 제 땅을 넓히려는 의도와는 확연히 다른 것이지만 말이다.

진흥왕은 가야 소국의 완전 병합, 한강 유역 확보, 함경도 해안지방 진출 등 활발한 대외 정복사업을 수행하여 광범한 지역을 새로 영토에 편입하였다.

그 후 현지 통치 상황을 보고받는 의례로 순행巡行하고 이를 기념하여 비석을 세웠는데 현재 창녕 신라 진흥왕척경비, 황초령비, 마운령비와 여기 북한산 진흥왕순수비의 4기가 남아있다.

"국보급인데 저렇게 비봉 꼭대기에 방치해도 되는 거야?"
"저기 세워진 건 짝퉁이지."

화강암으로 만들어진 국보 제3호의 순수비 높이는 154㎝, 너비 69㎝, 두께 16.7㎝로 1972년 지금의 국립중앙박물관으로 이전, 보관하고 있으며 비봉의 비는 그 복사본이다.
백운대와 만경대, 인수봉의 북한산 정상부로 이어지는 비봉능선 자락은 초록에서 갈색과 다홍으로 변신 중이다. 사모바위에 이르자 드문드문 보이던 등산객들도 자취를 감추었다.

"청와대 까러 왔수다. 박정희 모가지 따러 왔시요."

관복을 입고 머리에 쓰는 사모紗帽를 닮아 이름 지어진 사모바위 아래에는 1968년 1·21 사태 때 청와대를 습격하려고 남파된 무장 공비 일당이 숨어있던 작은 굴이 있다. 지금 그 자리에 총을 겨누고 엎드린 그들의 밀랍 인형을 만들어놓았다.

"무장 공비 보고 놀랐던 기억 나?"
"그땐 등산 왔다가 평양으로 잡혀가는 줄 알았지."

산행에 흥미를 느끼기 시작할 무렵의 병소를 바위 밑에 데리고 들어갔다가 어둠 속에서 모습을 드러낸 밀랍을 보고 깜짝 놀랐을 때를 떠올린 것이다.

잦은 도발로 남북갈등과 반목이 심했던 1968년 1월 21일, 전국이 충격의 소용돌이에 휩싸였다. 31명의 북한 특수부대원들이 청와대 인근까지 침투한 것이다.

31명 중 유일하게 투항한 북한 특수부대원, 김신조가 기자회견에서 밝힌 침투 목적이다. 무장 공비나 간첩이 생방송 기자회견을 한 건 이때가 처음이었다. 이때까지 투항 공비 김신조는 전향하지 않은 상태에서 육군방첩대(CIC)에서 관리하고 있었다.

청와대 습격을 위해 선발된 31명의 북한 124군 특수부대원들은 빠른 속도로 청와대 앞 500m까지 침투했다. 그들이 메고 내려온 군장은 무려 20kg. 그 속에는 트렌치코트, 양복, 운동화 등 다양한 내용물이 들어있었다.

"청와대 앞에서 남쪽 군경에 쫓길 때 총 한 발 쏘지 않고 남쪽 인왕산으로 도망갔다가 투항했다."

김신조는 죽거나 아니면 살거나의 두 가지 갈림길에서 살고자 하는 길을 택했다. 달리 방법이 없어 투항했다는 사실을 언론에 처음 공개했다.

"나는 박정희 대통령을 죽이러 온 거지. 민간인이나 군인들을 죽이러 온 게 아니다."

1·21 무장 공비 침투사태로 인해 무려 250만 명에 이르는 향토예비군이 창설되었고 군 복무 기간도 연장되었다.

현재 세계 10대 교회로 꼽는 서울 성락교회의 김신조 원로 목사는 슬하에 열한 명의 자손을 두고 다복한 가정을 꾸리고 있으나 그가 투항하여 귀순한 후 북한의 부모를 비롯해 7형제가 고향 청진에서 공개 처형되었다고 한다.

"서른한 명이 내려왔는데 모두 처참하게 죽고 나 혼자만 살아남았다는 심적 고통과 자책에 시달렸다."

비봉능선을 걸으면서도 얼마 전 인터뷰했던 그의 목소리가 쟁쟁하게 들린다.

"초등학교 교과서에 무장 공비 김신조 사진까지 실려 자녀들이 공비의 자식이라고 손가락질받아 남한에서의 생활도 정신적 고통이 컸어."

아내의 끈질긴 설득도 있었지만, 교회에 가기로 결심한 것은 자녀들 때문이었다고 한다. 김신조 목사는 "아이들이 교회에 나가고부터 나를 멀리하지 않고 오히려 얼굴빛도 밝아지고 성격도 활달해졌지."라고 말하더니 온화한 미소를 지으면서 이렇게 덧붙였다.

"그때부터 북한에서의 삶, 또 남한에서의 삶에 이어 세 번째 신앙의 삶이 펼쳐진 거야."

칠흑 어둠 속 백운대에 올라

지나온 비봉능선도 아득하게 뒤로 밀려날 즈음 뜨겁게 발광하던 태양열도 서서히 식고 어슴푸레 노을이 지기 시작한다.

승가봉에서 보이는 의상봉, 용출봉, 증취봉, 나월봉과 나한봉을 연결하는 의상능선도 한낮 뜨겁던 열기가 식는 것처럼 보인다.

문수봉 릿지 아래의 단풍이 이곳만큼은 이미 가을이 왔다는 양 곱게 물들었다. 문수봉(해발 727m)에서 문수사를 내려다보고 보현봉을 마주하며 휴식을 취한다.

"지난 화대 종주가 생각나네요."

은수에 의해 반년도 채 지나지 않은 지리산 화대 종주를
화두 삼는 건 그때의 밀착된 공감대를 다 같이 떠올리며
서로 힘을 실어주기 위함일 것이다. 그때 함께 맛보았던 희
열을 내일 하산해서도 느낄 것이라는 걸 서로에게 각인시
켜 주고 싶어서였을 지도 모르겠다.

"그렇게 되겠지. 그렇게 될 거야."

대남문으로 내려섰다가 대성문, 보국문을 지나고 대동문에
이르러서야 어둠이 짙게 가라앉는다. 여기서 저녁 식사를
한다. 배낭에서 각자 준비해와 풀어낸 먹거리가 일류 음식
점에서 먹을 때보다 맛있다.

산 밑에서 뜨기 시작한 달이 꽤 높이 올라왔다. 내일 뜨는
달이 연중 가장 크고 밝은 슈퍼 문super moon이라 하니
새벽 까만 길도 밝게 비춰주길 기대해본다.

은평 뉴타운이 개발된 이후로 그 지역에 살던 개들이 주
인 잃고 집 잃어 헤매다가 유기견이 되었다고 한다. 산짐승
이 되어버린 그 유기견들이 가끔 출몰한다고도 하여 스틱
을 움켜쥔 손에 잔뜩 힘이 들어간다. 헤드랜턴을 착용하고
동장대, 용암문을 지나 노적봉 하단에 이를 때까지 유기견
따위는 보이지 않는다.

백운봉암문(위문)에 닿아 백운대까지 오른다. 깜깜한 밤중
에 북한산 최정상까지 올라서긴 처음이다. 백운대는 늘 그

랬던 것 같다. 바람을 마주하곤 숨을 쉬기도 곤란할 정도로 세차게 분다. 세차게 부는 바람 속에서 손가락을 펼쳐 인증 사진도 찍고 소리 내어 웃어도 본다.

이처럼 맑은 성취감과 소탈한 자긍심을 그 어디라서 느낄 수 있을쏜가. 백운대에 서 있노라면 칠흑 어둠이 세상을 덮었어도 북한산의 독특한 풍광들이 모두 눈에 아른거린다.

북한산이 고려사 등에 삼각산으로 표기된 것을 보면 삼각산三角山이라는 명칭은 고려시대에 이르러 정착된 것으로 보인다. 그 이전까지는 아기를 업은 모습 같다고 하여 부아악負兒岳으로 불렸다. 삼각산은 뿔처럼 솟은 세 봉우리, 즉 백운대, 인수봉, 만경대가 지칭하여 붙여진 이름이다.

태조, 영조, 정조 등 조선의 군왕들이 북한산의 수려함에 매료되어 시를 지었었고, 수많은 묵객과 시인들이 북한산을 찾아 주옥같은 작품들을 남긴 바 있다.

그때도 가을이었나 보다. 최고봉 백운대에 오른 다산茶山은 지난 세월의 아쉬움을 자연의 유유함으로 달래고자 한 수 멋진 시를 지었다.

누군가 모난 돌 다듬어 誰斲觚稜考
높이도 이 백운대 세웠네 超然有此臺
흰구름 바다 위에 깔렸는데 白雲橫海斷
가을빛이 하늘에 가득하다 秋色滿天來
천지 동서남북은 부족함이 없으나 六合團無缺

천년 세월은 가고 오지 않누나 千年逝不回
바람맞으며 돌연 휘파람 불어보니 臨風忽舒嘯
천상천하가 유유하구나 覩仰一悠哉

– 백운대에 올라登 白雲臺 / 다산 정약용 –

백운산장에서 산장지기 어르신이 손수 타 주신 커피로 에
너지를 보충하고 함께 사진을 찍는다. 너무나 오래 이 자리
에 있었고 자주 들렀던 백운산장은 들어설 때마다 아늑해
지고 나설라치면 서운해지는 곳이다.

"어르신 오래오래 여기 계세요. 담에 또 들르겠습니다."

산장을 나와 인수대피소 쪽으로 내려선다. 하루재에서 영
봉에 올라 환한 보름달 아래에서 도심 야경을 내려다본다.
야심한 밤중에 산에서 내려다보는 도심은 야릇한 느낌이
들게 한다.

가끔은 세상으로부터 철저히 소외된 기분이 들 때도 있다.
어둠 속 인수봉은 훨씬 더 우람한 덩치로 다가선다. 영봉은
정면에 인수봉이 우뚝 서 있음으로써 더욱 도드라지는 봉
우리이다.

숱하게 산화한 인수봉의 영령들을 기리기 위해 이름 붙여
진 영봉靈峰 아니던가. 등반가들은 그들이 살아있음을 깨달

으려는지 여전히 인수봉의 한 점 살이 되고 한 조각 뼈가 되어 산인 일체山人一體로 존재해오고 있다.

영봉 언저리에 키 작은 소나무는 밤에도 여전히 푸르고 건강하다. 바위 속에 단단히 뿌리를 묻고 단 한 해도 그 푸름을 잃지 않는 한 그루 작은 소나무는 볼 때마다 인수봉 등반 중 산화한 산악인들의 넋을 기리고, 암벽 단애에 매달린 이들의 무사 산행을 염원하는 것처럼 느끼게 한다.

"또 내려가세."

영봉에서 짧지 않은 밤길을 내려와 육모정 공원 지킴터를 지나면서 다섯 산 중 가장 긴 북한산행을 무사히 마쳤다. 우이동 편의점에서 식수를 보충하고 스트레칭을 하며 몸도 이완시킨 후 도봉산으로 들어선다.

"완전히 하산했다가 다시 올라간다는 게 심리적으로 큰 부담을 주네요."
"그것도 깜깜한 새벽 아닌가. 그래도 이따 사패산에서 내려갔다가 다시 수락산 오를 때보다는 덜할 거야."

어둠에 가린 도봉 주 능선, 포대능선, 사패능선을 잇다

우이암 능선 들머리에서 원통사를 지나 우이암을 지나고 주 능선에 들어설 때까지도 달빛이 밝게 비춰주어 감사한 마음이 굴뚝같다.

도봉산 최고봉인 자운봉 바로 아래까지 한 번도 쉬지 않고 걸어왔다. 오봉은 물론 칼바위와 주봉에 눈길도 주지 못하고 그저 랜턴으로 길만 밝히며 무작정 걸어온 것이다.

신선대에 올라 만장봉 아래로 반짝이는 야경을 보며 또 한 차례 서로를 격려한다.

"절반 이상 온 거지?"
"거리상으로는 그렇지."

그렇지만 초반과 달리 피로는 더욱 극심해질 것이다.

"그래서 이쯤에서 더 힘을 충전시켜줘야 해. 내려가서 에너지 좀 섭취하고 가자."

도봉산 정상을 내려선다. 지난 종주 때 여기서 보았던 일출은 그야말로 최고의 선경이었다. 일출을 카메라에 담는 사진작가들도, 등산객들도 매일 뜨는 해오름 광경에 입을 다물지 못했었다.

지금은 바람이 무척 차다. 다섯 산의 정상을 섭렵하기로 해서 오른 신선대이지만 바로 내려서지 않을 수 없다. 포대능선에 진입하여 바람을 피해 행동식을 꺼내먹으며 서늘해지는 새벽에 떨어지는 온기를 보충한다.

"장거리 산행은 에너지를 어떻게 관리하느냐의 여부가 관건인 거 같아."

"맞아. 체온 유지, 식품 섭취, 보행속도 등이 모두 조화를 이루어야 끝까지 완주할 수 있게 되지."

"많은 조난자의 배낭 속에는 먹을 음식과 보온의류가 충분히 있었다더군요."

"허기가 지기 전에 먹지 못하고 저체온증이 오기 전에 옷을 꺼내 입지 못한 게 조난의 큰 이유였지."

"산행 초기엔 지쳐서 입맛도 떨어져 에너지 관리에 실패하곤 했었어."

"그래서 행동식이란 용어가 생긴 거 아니겠어. 지치기 전에 수시로 먹으며 걸을 수 있도록 말이야."

지금처럼 장거리 산행을 하는 경우 행동식 또는 비상식량으로는 부패나 변질이 되지 않아 길게 보관할 수 있는 먹거리로 조리 없이 먹을 수 있어야 하고 포만감은 없더라도 열량이 높아야 한다. 당연히 부피가 작고 무게가 가벼워 휴

대하기 간편해야 한다. 무엇보다 입맛에 맞는 기호식품으로
소화가 잘되는 식품이 좋을 것이다.

에너지를 보충하며 이런저런 얘기를 나누다가 잠깐, 아주
잠깐의 쪽잠을 청해보려 했지만, 눈을 붙이기가 쉽지 않다.

"어둠 산중에선 걷는 일밖에 할 게 없어. 정신 가다듬고
또 가자."

Y 계곡을 우회하여 산불감시초소를 지나 포대능선 끄트머
리에서 통나무 계단을 내려간다. 다시 사패능선으로 오르는
데 호흡이 가빠진다. 평소엔 잠시 가파른 안부를 내려섰다
가 오르는 정도의 수고로움으로 충분했는데 지금은 그리
길지도 않은 오름길이 꽤 버겁다.

사패산 정상에 이르러 내려다보는 의정부 시내의 불빛이
무척 밝다. 주말 밤이라 늦게까지 주안상 받아놓고 불야성
을 이루는가 보다.

산은, 계절은 말할 것도 없고 시간만 달리해도 새로운 모
습을 연출한다. 깜깜한 산, 칠흑 같은 어둠뿐이지만 보이는
게 무수하고 보이는 것마다 새롭다.

되돌아 600m, 범골 삼거리에서 두 번째로 하산하게 된다.
호암사를 지나 범골 통제소를 통과하면서 다시 속세로 내
려왔다. 여러 산을 이어가며 많은 종주를 해보았는데 산에

서 세상으로 내려섰다가 다시 산으로 오르는 일이 가장 고역스럽다. 지금 걷는 다섯 산의 종주처럼 완전히 도심으로 내려왔다가 다시 올라가는 연계 산행은 그리 흔치 않다.

범골 입구의 국밥집에서 국밥 한 그릇씩 먹고 의자를 붙여 잠시 눈을 붙여본다. 일어나 동트는 걸 보니 집 떠난 지 열서너 시간 지났을 뿐인데 몇 날 며칠 떠돌이 생활을 한 기분이다.

"노숙자가 따로 없군."

서로가 얼굴을 마주 보며 웃는다.

두 번째 속세로 내려왔다가 또다시 산으로

여기서 도보로 한 시간 거리를 이동하여야 한다. 수락산 입구 동막골 들머리까지의 구간이다. 북한산에서 시작하여 불암산을 종점으로 하는 5산 종주 중 가장 힘들고 가장 갈등하게 하는 곳이 이 지점이다.

체력이 바닥을 보이고 눈꺼풀이 무거울 즈음 세 산을 타고 도심으로 하산했다가 또 올라가려니 망설임이 없을 수 없다. 지난 종주 때도 그랬었다. 뜨끈한 사우나의 유혹을 뿌리치기가 쉽지 않았었다. 그때처럼 똑같은 마음을 담아 속으로 기도를 올려본다.

"신이시여! 끝까지 가고 못 가고의 여부는 신께 맡기겠나이다. 다만, 제 의지가 포기하는 쪽으로 기울지 않도록 마지막까지 힘을 주소서!"

이곳 범골 입구에서 수락산 들머리 동막골까지 택시를 탈 수도 있겠지만 끝까지 걸어서 완주하기로 한 애초 계획대로 이행한다. 이른 아침부터 푹푹 찌는 날씨가 지금 오르는 수락산행을 더욱 고되게 할 것 같다. 더구나 동막골에서 수락산 주봉까지는 그늘이 거의 없이 기복 심한 능선의 연속이다.

뙤약볕 등로를 치고 오르는 것도 고되거니와 도정봉과 홈통바위의 슬랩 암벽, 주봉을 찍고 도솔봉으로 내려서는 것도 여간 힘든 게 아니다. 그런데 여기서 멈출 수는 없다. 힘든 걸 알고 시작했던 거였고 지금까지도 무척 힘들었다.

계단을 올라 도로를 건너면 동막골 수락산 진입로가 나온다. 거긴 또 다른 루비콘강이다. 저걸 건너려니 로마로 진격하는 율리우스 카이사르가 된 느낌이다.

"왔노라, 보았노라, 정복했노라.veni, vidi, vici."

루비콘강을 건너 로마를 평정하고 카이사르가 개선했을 때, 저 유명한 3V의 표현이 나왔었다. 그처럼 나머지 두 산, 수락과 불암을 정복하고 두 손가락을 치켜세우며 승리감을 만끽할지는 아직도 요원하기만 하다.

결국, 강을 건너서 배를 돌려보내고 나니 그나마 갈등은 사라졌다. 역시 도정봉 긴 계단을 오르는 게 버겁다. 130m의 계단이 천릿길처럼 느껴진다. 도정봉에 올랐을 때는 흐르는 땀을 주체할 수 없다.

"밤길에 저 길 다 지나왔다는 게 실감 나지 않는군."

북한산부터 오른쪽으로 도봉산과 사패산, 지나온 북한산국립공원 내의 세 산이 아득하게 펼쳐있다. 힘들게 먼 길을 와서 돌아보는 그 산은 마치 지난 삶을 돌아보는 기분이다. 오늘처럼 긴 여정일 때는 더욱 그렇다. 그런데 가야 할 길은 더 멀게 느껴진다. 올려다본 수락산이 유난히 높고 마루금도 아주 길어 보인다. 도정봉의 태극기는 조금도 펄럭이지 않는다. 바람 한 점 없는 날씨가 야속하다.

"아까 백운대에서의 바람이 그리워."

한기를 느껴서 얼른 내려왔는데 지금 그 바람을 맞고 싶은 것이다. 장암역으로 하산하는 석림사 방향 내리막길을 그냥 지나치는 걸음걸이가 무겁다 보니 가야 할 주봉은 좀처럼 가까워지지 않는다.

"수락산이 이렇게나 먼 길이었다니."

가파르고 미끄러운 바윗길, 숱하게 나타나며 시험 들게 하고 도전하게 만드는 데가 산 아니던가. 매번 그런 데라는 걸 알고 왔지 않은가.

"아무리 멀어도 이젠 기어서라도 가야지."

마주쳐 피할 수 없다면 어쩌겠는가. 바위벽에 손바닥 문질러가며 기어올라 새롭게 길 내야지. 넘어지지 않고 산 오르내리길 바라는가. 자빠진 발길마다 교훈으로, 엎어진 흔적마다 지혜로 되새길 수 있다면 백 번이라도 그렇게 해야지.

"포기만 하지 않으면 끝을 보는 데가 산 아니겠어?"

전신에 힘이 빠져 밧줄을 놓칠까 싶어 우회로로 빠지려다가 홈통바위(기차바위)와 한판 맞붙어보기로 한다. 숱하게 오르내렸던 홈통바위의 기다란 밧줄이 오늘은 더욱 굵고 무겁게 느껴진다.

깨지고 멍들면서 예까지 온 거 아니었던가. 산이나 인생이나 다 그런 거 아니겠나. 얼음물 한 모금에 씻기는 게 갈증 아니던가. 지나고 나면 죄다 한바탕 봄 꿈같은 게 사는 일 아니었던가.

다리보다 팔의 힘이 더 요구되는 슬랩 구간인데 체력이 소진되는 시점이라 올라섰을 때는 땀이 철철 흐른다. 바위 위에 주저앉아 거친 숨을 몰아쉬고 나서야 몸을 일으킨다. 홈통바위 상단 바로 위로 608m 봉이다. 여기부터는 그나마 그늘숲이라 조금은 힘을 아낄 수 있을 것이다.

"독립운동이 이만큼 힘들까."

수락산 주봉(해발 637m)의 펄럭이는 태극기를 보고 병소는 3·1 만세운동이라도 떠올렸던가 보다.

"독립운동은 탑골공원 같은 데서 하니까 이보다는 덜 힘들겠지."

주봉에서 마주한 도봉산 사령부가 멀리서 성원해준다.

"우리가 끝까지 지켜보며 또 지켜주겠네. 힘들 내시게나."

자운봉, 만장봉, 선인봉 등 도봉산 바위 봉우리들이 하늘 찌르며 장대하게 솟아올랐다면 철모바위, 배낭바위, 하강바위 등 수락산 바위들은 오밀조밀 조경을 위해 배치한 소품들처럼 여겨진다.

수려함과 웅장함으로 비교하려면 수락산은 촌색시 같아서 강팍하기 그지없다. 하지만 수락산 바위들이 그렇다는 건 도봉산과 다르다는 것일 뿐, 그 다름은 상호 동등한 가치의 특색이며 뚜렷한 개성일 뿐 우열을 헤아리는 기준이 될 수는 없다.

서울시와 경기도 의정부시, 남양주시 별내면의 경계에 솟은 수락산은 등산로가 다양하고 계곡도 수려한데다 교통이 편리해서 휴일이면 수도권의 많은 사람으로 붐빈다. 돌산으로 화강암 암벽이 노출되어 있으나 산세는 그다지 험하지 않다. 수락산이 힘든 건 바로 지금처럼 연계 산행을 하며 인색한 수림을 걸을 때이다.

휴일이라 코끼리바위, 치마바위에도 등산객들이 붐빈다. 다들 우리보다는 싱싱한 안색이다. 그들과 달리 숙제하듯 산행을 한다는 생각이 들면서 마무리 숙제인 불암산으로 장을 넘긴다.

한점 두점 떨어지는 노을 저 멀리 一點二點落霞外
서너 마리 외로운 따오기 돌아온다. 三个四个孤鶩歸
봉우리 높아 산허리 그림자 덤으로 보네. 峰高剩見半山影

물 줄어드니 푸른 이끼 낀 돌 드러나고 水落欲露靑苔磯
가는 기러기 낮게 날며 건너지 못하는데 去雁低回不能度
겨울 까마귀 깃들려다 놀라 날아간다. 寒鴉欲棲還驚飛
하늘은 한없이 넓은데 뜻도 끝이 있나 天外極目意何限
붉은빛 담은 그림자 맑은 빛에 흔들린다. 斂紅倒景搖晴暉

– 수락잔조水落殘照 / 매월당 김시습 –

무사 완주, 눈빛 가득 기쁨이고 무한한 감동이다

아래로 수락산과 불암산을 연결하는 덕릉고개 동물이동통로가 보인다.

이제 총 목표 지점의 9부 능선쯤 온 셈이다. 여기서 수락산 쪽을 바라보니 가슴이 뭉클하고 뜨끈해진다. 가슴 밑바닥에서 무언가가 울컥 치솟는 느낌이다.

"스틱을 접을 때까지 지켜주시고 또 지켜주옵소서."

마지막 남은 불암산을 오르며 겸허히 그리고 숙연하게 기도를 드리게 된다.

"이제 불암산만 남았네. 힘내서 승리의 기쁨을 맛보자고."

수락산 날머리이자 불암산 들머리 덕릉고개를 넘어서면서는 되레 힘이 솟구친다. 구간이 가장 짧은 불암산만 남겨뒀기 때문일 것이다. 숲이 우거져 수락산보다 덜 덥고 걷기도 수월한 편이다.

'삼각산은 현 임금을 지키는 산이고, 불암산은 돌아가신 임금을 지키는 산이다.'

근원지는 모르지만, 북한산과 불암산을 두고 이렇게 말들을 한다. 경복궁에서 가까운 북한산이니 살아있는 왕을 지킬 것이고, 태릉을 비롯하여 광릉, 동구릉 등 많은 왕릉이 불암산 가까이 있으니 그런 표현이 나왔을 법하다.

본래 금강산의 한 봉우리였던 불암산이 한양으로 오게 된 건 건국 조선 도읍지의 남산이 되고 싶어서였다. 한양에 남산이 없어 도읍 정하기를 망설인다는 소문을 듣고 부랴부랴 달려왔으나 이미 남산이 들어선 후였다. 그래서 지금 이 자리에 한양을 등진 채 머물고 있다. 금강산이 되고자 했던 울산바위와 달리 금강산을 떠난 불암산의 설화다.

큼직한 바위 봉우리가 중의 모자인 송낙을 쓴 부처 형상이라 그 이름을 불암산佛巖山이라고 지었단다. 1977년에 도시자연공원으로 지정되었고 암벽등반을 하려 많은 애호가가 즐겨 찾는 산이기도 하다.

어림잡아 3000개 이상의 계단을 걷지 않았을까. 다람쥐광장으로 불리는 석장봉에서 지척에 펄럭이는 정상의 태극기를 보노라니 광복의 순간처럼 감동을 자아낸다.

세 번째지만 여기 다섯 산을 잇는 행보는 늘 똑같은 감동을 안긴다. 이제 정상 오르는 계단이 오르막으로서는 마지막 계단이다. 불암 지킴이, 쥐바위가 고개 쳐들어 환영의 고함을 내지른다.

"몰골은 거지 같지만 그대들은 진정한 부자들일세."
"고양이나 조심하게. 수락산 고양이들은 사납던데."

또다시 태극기를 접한다. 불암산 정상(해발 508m)의 게양대 옆에 나란히 서서 사진을 찍을 때는 다들 형언키 어려운 희열을 맛보게 된다.

"결정했노라."
"시작했노라."
"해내고 말았노라."

그랬다. 그렇게 힘든 결정을 했고 시간 맞춰 세 사람이 모였으며 마침내 마칠 수 있었다.

"수고했어."

"수고하셨습니다."

학도암을 지나고 불암산 날머리 중계본동 진입로까지 와서 악수하고 포옹한다. 3V, 무사 완주의 카타르시스를 공유하며 서로를 위안하고 격려한다. 눈빛 가득 기쁨이고 무한한 감동이다.

재작년 늦가을, 나 홀로 불수사도북 5산 종주에 이어 1년 반이 지난 이듬해 여름 다시 그 길을 반대로 걷는 북도사수불을 역시 홀로 종주했었다.

당시 새벽 영하의 추위와 30도가 넘는 무더위를 견디며 길고도 먼 고행을 자청했던 건 무모하지만 그마저 감수하려 했던 객기 실린 선택이었는지도 모르겠다.

또 두 해를 넘긴 2014년 10월 초, 이번 세 번째 산행은 사랑하는 친구와 후배가 함께 함으로써 큰 힘을 얻고 버거움을 덜 수 있었기에 가능할 수 있었다.

때 / 초가을
곳 / <북한산 구간> 불광역 - 대호 매표소 - 족두리봉 - 향로봉 - 비봉 - 승가봉 - 문수봉 - 대남문 - 대성문 - 보국문 - 대동문 - 용암문 - 위문 - 백운대 - 위문 - 백운산장 - 하루재 - 영봉 - 육모정 매표소 - 우이동 - <도봉산 구간> 북한교 - 원통사 - 우이암 - 도봉 주능선 - 칼바위봉 - 주봉 - 신선대 - 포대능선 - <사패산 구간> 사패능선 – 범골 삼거리 – 사패산 정상 – 범골 삼거리 – 범골 능선 – 호암사 – 회룡역 **<수락산 구간>** 동막교 – 의정부 동막골 들머리 – 500m 봉 – 도정봉 – 기차바위 – 주봉 – 철모바위 – 코끼리바위 – 하강바위 – 도솔봉 하단 – **<불암산 구간>** 덕능 고개 – 폭포 약수터 갈림길 – 다람쥐광장 – 불암산 – 깔딱 고개 – 봉화대 – 공릉동 갈림길 – 학도암 – 중계본동

지리산 화대 종주

구례 화엄사에서 유평 대원사까지 지리산 횡단

오고 나면 진작 왔어야 할 곳,
힘들고 지루해 다신 오지 않으리라 맘먹고 떠나
미안해지는 곳, 예정하고도 여기저기 들르느라 늦어
멀리 돌아온 듯싶어 고개 숙이게 되는 곳

행여 지리산에 오르시려거든
천왕봉 일출을 보러 오시라
삼대째 내리 적선한 사람만 볼 수 있으니
아무나 오시지 마시고

노고단 구름바다에 빠지려면
원추리 꽃무리에 흑심을 품지 않는
이슬의 눈으로 오시라

행여 반야봉 저녁노을을 품으려거든
여인의 둔부를 스치는 바람으로 오고
피아골의 단풍을 만나려면
먼저 온몸이 달아오른 절정으로 오시라

굳이 지리산에 오시려거든

불일 폭포의 물 방망이를 맞으러
벌 받는 아이처럼 등짝 시퍼렇게 오고

벽소령의 눈 시린 달빛을 받으려면
뼈마저 부스러지는 회한으로 오시라

그래도 지리산에 오려거든
세석평전의 철쭉꽃 길을 따라
온몸 불사르는 혁명의 이름으로 오고
최후의 처녀림 칠선 계곡에는
아무 죄도 없는 나무꾼으로만 오시라

진실로 진실로 지리산에 오시려거든
섬진강 푸른 산 그림자 속으로
사장의 모래알처럼 겸허하게 오고

툭하면 자살을 꿈꾸는 이만 반성하러 오시라
그러나 굳이 지리산에 오고 싶다면
언제 어느 곳이든 아무렇게나 오시라

그대는 나날이 변덕스럽지만
지리산은 변하면서도 언제나 첫 마음이니
행여 견딜만하다면 제발 오지 마시라

- 행여 지리산에 오시려거든 / 이원규 -

8월 중순 오후 5시, 서울에서 출발하여 전남 구례 화엄사 입구에 도착했을 때는 밤 9시가 넘었다. 함께 산행하며 우정과 의를 다져온 네 사람, 친구 병소와 계원, 은수 두 명의 후배가 동행했다. 깜깜한 어둠, 화엄사 인근에 터를 잡아 준비해온 먹거리를 풀어놓고 저녁 식사를 한다. 정각 자정에 출발하기로 했으니 두 시간여 시간이 남아있다.

"여기 화엄사에 우리나라에서 가장 큰 목조건물이 있다고 들었는데."
"맞아. 각황전이지."

조선 숙종 때인 1699년 공사를 시작하여 4년 만에 완공되었는데 숙종은 각황전이라는 이름을 내려주었다.
본래 이름은 장육전丈六殿이었다. 계파 스님은 스승인 벽암 스님의 위임을 받아 장육전 중창 불사를 하고자 했는데 건축비 걱정에 밤새 대웅전에서 기도하였다.

"그대는 걱정하지 말고 내일 아침 길을 떠나라. 그리고 제일 먼저 만나는 사람에게 시주를 부탁하라."

비몽사몽간에 한 노인이 나타나 그렇게 말하고는 사라졌다. 다음 날 아침 일찍 절을 나서 길을 걷는데 간혹 절에 와서 일을 도와주고 밥을 얻어먹곤 하던 노파가 걸어오고 있었다. 스님은 난감하였지만, 간밤에 계시받은 대로 그 노파에게 장육전 건립을 위한 시주를 청했다.

"잘 아시다시피 밥도 구걸해 먹는 제가 어떻게……"

노파는 어이없었지만, 스님이 워낙 간곡하게 부탁하는지라 눈물을 흘리며 간절히 기원했다.

"이 몸이 죽으면 다시 왕궁에서 태어나 큰 불사를 할 수 있기를 원하나이다."

그리고는 길옆 늪에 몸을 던졌다. 너무도 갑작스러운 일에 스님은 놀라 도망쳤다. 몇 년간 걸식하며 돌아다니다 한양에 나타난 계파 스님은 궁궐 밖에서 유모와 함께 나들이하던 어린 공주를 보게 되었는데 공주는 스님에게 다가와 반갑게 매달리는 것이었다.

태어날 때부터 꼭 쥐어진 한쪽 손이 펴지지 않은 공주였는데 계파 스님이 쥔 손을 만지니 신기하게 손바닥이 펴졌다. 그런데 그 손바닥에는 '장육전'이라는 세 글자가 씌어 있었다. 이 소식을 들은 숙종은 계파 스님을 불러 자초지종을 듣고 감격하여 장육전을 지을 수 있도록 시주하였다고 한다.

"최대 목조건물이 어떻게 지어졌는지 알았으니 출발하자."

랜턴 불빛을 밝혀 이틀간의 여정을 최종적으로 점검한다. 도상거리 40km가 넘는다. 어느 정도의 긴장감은 보약이 될 수 있다고 여겼는데 이들은 이미 보약 한 첩씩을 먹은 표정이다. 정각 자정, 장도의 첫걸음을 내디딘다.

칠흑 어둠 걷어가며 하늘길 노고단을 오르다

지리산 화대 종주의 들머리 화엄사 탐방안내소에서 노고단 고개까지 7km, 성삼재에서의 비교적 편한 출발점을 시작으로 천왕봉을 찍고 중산리로 하산하는 일명 성중 종주는 일행 모두 경험이 있다.

이번에는 단일산 종주 코스로는 국내산을 통틀어 최장인 전남 구례의 화엄사에서 경남 산청 대원사까지의 이른바 화대 종주이다. 어디선가 읽은 글귀다.

'화대를 염원하는 산객은 많지만, 화대를 품에 안은 산객은 그리 많지 않다.'

그만큼 고행길이라는 의미를 함축한 말일 것이다. 과연 그 걸 품을지는 지리산을 안아보고 지리산에 안겨본 다음의 일이다. 예로부터 구례는 세 가지가 크고 세 가지가 아름다 운 곳이라 하였다.

지리산, 섬진강, 구례 들판이 삼대三大에 속하고 수려한 경관, 넘치는 소출, 넉넉한 인심을 삼미三美로 들었다. 이 중환의 택리지에도 '봄에 볍씨 한 말을 논에 뿌리면 가을에 예순 말을 수확할 수 있다'고 구례를 언급하고 있다.

구례의 가파른 밤길 걸으며 올려다본 하늘은 온통 성전星 田이다. 칠흑 어둠 뚫고 부서지는 별빛이 우리 오르는 길을 밝혀주려고 더욱 화사하게 반짝이는가 보다. 그 찬란한 빛 을 받아 오르며 우리 네 사람 모두에게 의미 충만한 도전 이며 행복한 결실로 마무리되기를 소망한다.

"이 근방 어디에 매천사가 있을 거야."

조선 후기의 우국지사 매천 황현을 기리기 위한 사당인 매천사梅泉祠(전남 문화재자료 제37호)를 말하는 것이다. 매천은 28세 때 과거시험에 장원급제하였으나 시골 출신이 라는 이유로 차석으로 떠밀리자 벼슬길을 마다했다.

5년 후 아버지의 권유로 생원시에 응시해 역시 장원으로 합격했지만 썩은 관리들의 행태에 질려 관직을 버리고 구례로 내려와 후학 양성에 온 정성을 쏟았다.

　백발이 성한 나이에 난리 속을 만나니
　이 목숨 끊을까 하였지만 그리하지 못하였네
　오늘에는 더 이상을 어찌할 수 없게 되었으니
　바람에 날리는 촛불만이 푸른 하늘에 비치도다

　매천은 조선이 일본에 합방되자 절명시絕命詩를 남기고 목숨을 끊었다.

　"생가가 있는 광양에 매천 역사공원이 조성되었고, 이곳 구례에는 매천도서관이 있다더군."
　"애국심으로 똘똘 뭉친 충직하고 올곧은 선비라고 들은 바 있어요."

　바람도 잠이 들어 고요하여 별빛 부서지는 소리라도 들릴 것만 같은 어둠을 뚫고 코재라고도 불리는 무넹기고개에 이르렀다. 출발지부터 5.9km의 가파름을 오르자 숨이 가쁘다. 노고단 대피소에서 배낭을 내려놓으니 역시 산은 인생과 크게 다르지 않다는 걸 거듭 느낀다. 힘이 들었다가 풀리고 풀린 듯싶으면 다시 버거운.
　산에서 먹는 식사는 때와 장소와 관계없이 꿀맛이다. 이른 새벽 식사를 마치고 노고단 고개에서 대장정의 각오를 새롭게 다져본다. 오늘과 내일, 자신과 험한 투쟁이 되겠지만 이들 두 후배와 친구에게 평생 간직할만한 추억의 장이 되었으면 좋겠다.

지리산 산신이자 한민족의 어머니라고 전해 내려온 노고할미의 유래가 있는 곳, 막 올라온 화엄사계곡과 심원계곡이 발원되는 길상봉이 표고 1440m의 노고단이다. 700m 거리의 노고단까지 다녀오고 싶었지만, 오전 10시에나 출입할 수 있단다.

여기서부터 길고 지루한 능선이 시작된다. 많은 재와 령을 넘고 그만큼의 봉을 거슬러 올라야 천왕봉까지 닿게 된다.

"우리 모두에게 육신의 힘과 강한 정신력을 주시어서 우리가 목적하고 고대한 종주 산행을 안전하게 마무리하도록 해주소서."

헤드랜턴을 접어도 될 만큼 여명이 밝아오자 끝도 없는 바다에 파도가 출렁인다. 구름이 해일처럼 높아지는 곳에 잠기지 않으려는 봉우리는 작은 섬처럼 삐죽하게 꼭지만 보일 뿐이다. 지리산 10경 중 하나인 노고 운해다.

좁은 능선에서 눈 돌리는 곳마다 큼지막한 신작로가 하얗게 펼쳐져 있다. 마루금마저 가려져 아무것 없이 구름안개만 널브러졌다.

그러나 가려졌어도 모든 걸 뚜렷하게 보여주고 있다. 가려짐 속에서 저처럼 확연히 드러나는 면모가 세상 어디엔들 있을까 싶다.

무언가를 보여주려 애쓸수록 하염없이 가려지기만 할 뿐인 인간사 허다한 행태와 너무나 다른 모습을 지금 두 눈으로 확인하고 있다.

이원규 시인은 '행여 지리산에 오시려거든'에서 노고단 구름바다에 빠지려면 원추리꽃 무리에 흑심을 품지 않는 이슬의 눈으로 오라고 했다. 이슬의 눈을 되뇌다가 고개가 숙어지며 가늘게 눈을 접고 만다.

"아직도 나한테 미련처럼 남아있지는 않을까."

무언가에 대한 집착이 아직 남았다면, 누군가에 대한 원망이 아직도 다 스러진 게 아니라면 저 속에 모두 던져버리고 싶다. 여기서 그런 생각이 드는 게 우스웠고 그런 것들을 저 속에 버리는 건 자연훼손일 게 틀림없다고 생각하며 피식 웃는다.

멧돼지가 많이 출몰해서 이름 붙여진 돼지령, 돼지 평전에서 겹겹 산산, 첩첩 골골 그득 담긴 운해를 바라보는 일행들의 모습이 아직 싱싱하다. 멧돼지라도 잡으면 안주 삼아 술잔을 기울일 수 있는 표정들이다.

운해와 이들을 번갈아 보노라니 속세에서의 근심과 갈등은 먼지처럼 사라지고 비단결 같은 포용과 살가운 배려, 자애로운 풍요가 내면에 자리 잡는다. 역시 산은 자아를 돌아보게 한다. 특히 광활한 지리산 사방으로 뚫린 공백에서는 더욱 그렇다. 결국에는 집착이나 원망 따위의 하찮은 사고를 평화로 대체시켜주지 않는가 말이다.

이들이 산에서처럼 영원히 선후배 이상의 우정을 새길 수 있기를, 우리가 시간이 지날수록 건강하게 더 많은 추억을 만들 수 있기를. 산에 존재하므로 현재의 순간들이 중하고, 머문 공간마다 귀함을 깨닫게 된다.

사람 변하고 세상 바뀌어도 저 깊은 골 푹신한 운해는 늘 거기 그대로 있을 것이다. 사람이 변해 속상하거든, 세상 바뀌어 어지럽거든 우리 오늘 속에 꾹꾹 눌러 담은 지리 운해 떠올리며 지혜로이 풀어 가세나.

유순한 동물의 등짝만큼이나 아늑한 능선에서 진정 바라는 걸 염원하고 소망하며 걷다 보니 임걸령이다. 표고 1320m의 임걸령은 주변에 큰 나무들이 많이 늘어서서 녹림호걸들의 은거지로 삼았다 하여 붙여진 이름이라고도 하고, 의적 두목 임걸林傑의 본거지라 불린 명칭이라고도 한다. 10m쯤 아래의 임걸령 샘은 한겨울 눈이 펑펑 내리고 얼음이 꽁꽁 얼어도 물이 콸콸 나온단다.

다시 고개 돌리면 저 아래로 피아골이다. 인위적으로는 도저히 빚어낼 수 없는 현란한 색상의 단풍, 양력 시월이면 산이 붉게 타고, 물도 붉게 물들고, 그 가운데 선 사람까지 붉게 물든다는 삼홍三紅의 명소이자 지리산 10경에 속하는 피아골이다. 설악산 천불동이나 흘림골의 단풍과 비교하라면 쉽사리 답을 낼 수 없을 만큼 극도의 아름다움을 지닌 곳이다.

"6.25로 인해 피아골이라고 불린 거죠?"

6.25 한국전쟁 때 피를 많이 흘려 '피의 골짜기'라는 의미의 명칭은 와전이다. 피아골은 전쟁이 발발하기 전에도 그렇게 불렸었다. 피아골의 '피稷'는 논밭에서 자라는 1년생 볏과잡초로 어원상 피밭골이 변해 칭하게 된 지역명이라는 게 정확할 것이다.

시련을 흔쾌히, 마고할미 만나러 반야봉으로

아침 햇볕이 따가워지면서 머리와 이마에서 땀방울이 솟기 시작한다. 지리산 주 능선의 구간들을 하나씩 둘씩 거쳐 가는 게 흥미로움보다 지루함이 먼저 앞서면 힘에 부치고 있음이다. 아직은 다들 그 정도는 아닌가 보다. 걸음걸이가 가벼워 보인다.

노루가 지나는 길목이라는 설도 있지만, 반야봉의 지세가 피아골 쪽으로 가파르게 흐르다가 잠시 멈춰 노루가 머리를 치켜든 형상과 흡사하여 명명된 노루목. 삼거리에서 가던 방향인 삼도봉 쪽으로 직진해서 체력을 아낄 수도 있겠지만 굳이 오르막 좌회전 신호를 받고 만다.

노루목에서 1km의 거리지만 천왕봉에 이어 지리산 제2봉인 반야봉(해발 1732m)인지라 녹록지 않을 것이다. 해발 1875m로 지리산에서 두 번째로 높은 중봉보다 낮지만, 반야봉은 높이에 구애받지 않고 지리산 이인자로 자리 잡았다. 반야봉 오르는 것이 시련이라면 그걸 사서라도 우린 해내련다. 다들 그런 마음이다. 일부러 찾지 않는다면 쉽사리 오기 힘든 곳이다.

본래 천신天神의 딸이었다가 지리산에 머물게 된 마고할미와 혼인한 도사 반야가 불도를 닦던 봉우리라 하여 명명된 곳이다. 또 우리나라 제일의 반야 도량이라고도 하는데 여길 100번 오르면 득도의 경지에 오른다고 한다.

"우리가 득도할 일 있겠나."

한 번 오르고 무겁게 지닌 허황한 보따리 있거들랑 내려놓으면 그만 아니겠나. 단지 더 지혜로울 수 있다면 만족하는 거지. 반야般若란 불교의 반야심경에서 지혜 또는 밝음을 뜻한다.

"이 봉우리 아래로는 환란幻蘭이라고도 부르는 풍란이 꽤 많이 자생한다더군."

마고할미는 천상에서 지리산에 왔다가 한눈에 반한 반야와 결혼하여 천왕봉에서 행복한 나날을 보내며 딸만 여덟 명을 두었다. 그러던 어느 날 반야는 자신의 도가 부족함을 느끼고 반야봉으로 떠난다.

"도를 깨치면 바로 돌아오겠소."

그러나 반야는 수많은 세월이 흘러도 감감무소식이었고 마고할미는 그리움을 견디며 나무껍질을 벗겨 남편이 돌아오면 입힐 옷을 만들었다.
그러는 사이 마고할미가 늙어 딸들을 부양할 수 없게 되자 전국 8도에 한 명씩 내려보내 무당이 되게 하였고 기다림에 지친 마고할미는 끝내 돌아오지 않는 반야를 원망하며 정성껏 만든 옷을 갈기갈기 찢어버린 뒤 숨을 거둔다.
천왕봉에서 찢겨 날린 옷 조각들은 반야봉으로 날아와 소나무 가지에 흰 실오라기처럼 걸려 기생하는 풍란風蘭으로 되살아났다.

72

이후 후세 사람들은 반야가 불도를 닦던 이 봉우리를 반야봉으로 지칭했고, 8도로 내려간 마고할미의 딸들은 무당의 시조가 되었다고 한다. 그 후 수많은 무속인이 마고할미(천왕 할머니)의 제를 지내기 위하여 몰려들고 있다.

"우리가 엄청난 곳에 올라와 있는 거로군."
"엄청난 곳이지. 여인네의 엉덩이 위에 올라와 있으니."

반야봉은 지리산의 어느 방향에서 보아도 여인네의 엉덩이와 비슷한 모양을 하고 있다.

"갑자기 조심스러워지는데요."

지리산 제3경인 반야 낙조는 시간대가 맞지 않아 접할 수 없지만, 저 아래 만복대와 정령치 쪽을 내려다보노라면 해넘이의 장관이 얼마나 멋질지 상상이 되고도 남음이 있다. 내려가며 둘러보면 한쪽은 운무가 피어오르고 다른 쪽은 마루금이 선명하다. 지리산은 한순간에도 온갖 다양한 모습을 창출한다.

임걸령 지나 노루목에서 방향 틀어
반야봉 오르는 가파른 고갯길

만복대에서 정령치로 운무 가득 고여
산자락 바다 되어 포말처럼 물결 일고
진초록 녹음은 가을 향할 기약 없이
폭염 막아주는데
그려, 계절이 무슨 상관이랴
지리산 길고 지루하나 우리 네 사람
한데 어우러져
마냥 호기롭고
무르팍 아직 싱싱하기만 한데

오고 나면 진작 왔어야 할 곳, 힘들고 지루해 다신 오지
않으리라 마음먹고 떠나 미안해지는 곳, 예정하고도 여기저
기 들르느라 늦어 멀리 돌아온 듯싶어 고개 숙이게 되는
곳. 둘러보면 그간의 삶 부끄럽게 다그치는 곳이다.

내려가서 세상 찌든 삶에 허접스럽게 섞이노라면 다시금
마음 추스르게 하는 곳이다. 지리산은 그래서 어머니의 품
이고 내 친구의 우정이며 내 내일의 멘토이다.

십수 번 왔지만 올 때마다 그런 생각 들게 하는 곳이 지
리산이다. 그런 지리산을 그저 걸어 종주하는 장소로만 여
긴다면, 그건 어리석다.

또 가자. 칠선봉 넘고 영신봉 넘어 세석으로

전라남북도와 경상남도의 접경인 삼도봉을 지나고 꽃이 활짝 핀다는 고갯마루, 화개재에 이르렀다. 지날 때마다 느끼지만 여기서 물물교환의 장터가 열렸다는 게 좀처럼 실감나지 않는다. 뱀사골 입구의 반선 마을과 목통 마을에서 올라온 짐들을 여기 풀어놓고 서로 흥정하며 거래가 이루어졌다고 한다.

"참으로 가공할 생활력이군."
"도대체 얼마만큼의 짐을 이고 왔을까요?"
"적어도 우리 배낭보다는 무겁지 않았을까?"
"어휴, 내려갈 때도 그만큼의 짐을 지고 내려갔을 텐데."

큰 산 너머 이질적인 지역에 사는 사람들이 서로의 삶과 애환을 풀어 갔던 시절을 떠올리다가 문득 조선 건국에 대한 설화가 떠오르는 것이었다.

"태조 이성계는 지리산을 불복산이라고 불렀다더군."

고려 말 이성계가 뜻을 펼치고자 전국 명산을 찾아 기도 드렸는데 지리산에서만은 태우려는 종이에 불이 붙지 않았다고 한다. 그래서 반역을 의미하는 불복산不服山으로 불렀으며 조선 건국 후에는 지리산 자락에서 태어나고 자란 사람한테 국사를 맡기지 않았다고 한다. 자신에게 불복하고 반역을 꾀할 수 있을 거라고 판단했기 때문이었다.

"지역감정을 조장하는 계기가 되었어."
"역성혁명을 반대한 호남지역의 정서를 반영한 설화이기도 하겠지."

그 옛날 장날의 화개재를 상상하며 다시 걸음을 옮기는데 느닷없이 지리산 반쪽이 운무로 덮인다. 왔던 길이 흔적 없이 가려졌다. 연평균 강우량이 1200mm가 넘고 연중 맑은 날이 100일도 되지 않는다는 지리산답다. 까칠한 기후를 지닌 지리산임엔 틀림없다.
아마 지리산 일대 주민들이 불교보다 하늘을 믿고 하늘에 운명을 맡기는 민간신앙에 치중했던 건 지역에 따라 심한 기온 차와 강우 등 급변하는 기후조건 때문이 아닌가 싶다. 지나와 바라보는 봉우리들은 자취를 감추었고 다가갈 봉우리들은 멀고도 높다. 체력소모를 체감할 만큼 걸었다.

"여기서 쉬었다 가자."

지리산이 종종 설악산과 비교되는 건 화려하진 않지만, 도저히 자기주장이라곤 없을 듯한 광활한 품새 때문일 것이다. 아무리 잘못을 저지른 자식에게도 회초리를 들 것 같지 않은. 그런 지리산을 또 둘러보고 배낭을 내려놓고 시원한 물맛을 본다.

숲속 개울물 줄기가 구름 속에서 흐른다고 하여 명명된 연하천烟霞泉은 그 명칭만큼이나 아름답고 물이 넘쳐흐르는 곳이다.

연하천 대피소에서 식수를 보충하고 허기진 배를 채운다. 역경을 이겨낸 사람만이 거기서 얻어낸 극복의 진가를 맛보는 것. 평생 행복하기만 한 사람이 행복의 개념을 잘 모르듯 달콤한 초콜릿처럼 고행 후의 휴식 중에 그늘과 양지가 반복되는 장점을 사고해본다.

형제봉 지나 벽소령에 이를 즈음 언제 그랬냐 싶게 꾸물거리던 운무가 말끔하게 걷혔다. 시오리 지나 급살 맞은 봉우리 또 올라서면 발목 시큰해도 보이는 것마다 황홀경이다. 굽이돌고 또 굽이돌아 허리 뻐근해도 내려다보아 눈에 박히는 곳마다 무아지경이다. 안개가 걷혀 산그리메 수려하거늘 한여름 더위는 더욱 뜨겁게 내리쬔다.

창백한 달빛에 드리운 그림자
새벽 햇살이 걷어내니
벽소령 고목은 속살까지 투명하다.
햇살 피해 숨어있던 작은 실바람이

부러지고 찢긴 나뭇가지에 붙였더니
검붉게 멍든 생채기도 참하게 아물었다.
그래도 아직 먼 여름
폭우에 젖었다가 폭염에 버티려면
지리산 능선만큼 요원하기만 하다.

태고의 정적 속에서 고사목을 비추는 벽소령의 밝은 달빛은 천추의 한을 머금은 양 시리도록 차갑고 푸르다고 하는데 지리산 10경 벽소 명월을 표현한 말이다.

하늘을 흐르는 은하수와 함께 창백하게 뜬 보름달을 바라보노라면 얼마나 신비스러울지 그림이 그려진다. 벽소령대피소를 떠나 선비샘에 이르러 목을 축인다.

"지금은 서서 물을 받을 수 있지만, 예전에는 고개를 숙여야 물을 받을 수 있었다더라."

산 아래 상덕평 마을에 평생 가난하여 사람들한테 천대만 받으며 살아온 노인이 있었다. 이 노인의 유언은 죽어서라도 사람들한테 인사를 받아봤으면 하는 것이었다. 후에 노인이 죽자 아들들은 이곳 선비샘 위에 아버지를 묻어 많은 사람이 샘에서 물을 뜨려면 반드시 무릎을 꿇고 고개를 숙이도록 함으로써 아버지의 무덤에 절하는 격이 되게끔 하였다고 한다.

"똑똑하고 효자인 아들들을 둔 노인이었네."

덕평봉에 이르렀을 때는 수분이 모두 빠진 것처럼 땀으로
축축하다. 칠선봉과 영신봉을 지나 세석에 이르는 약 4km
길만 견디면 오늘 행군을 마치게 된다.

세석평전이다. 철쭉 대신 희열이 만발한 고원이 너른 품을
벌린다. 5~6월 저기 안갯속에 결코, 호사스럽지 않게 피는
연분홍 철쭉의 목가적 풍치 또한 지리산 10경이다. 실제
도보거리 30km가 넘는 오늘 하루의 강행군을 세석대피소
에서 마감한다.

천왕봉, 해 뜨는 지리 제1봉으로 다시 어둠을 뚫고

대피소에서 이번처럼 편안하게 잠든 적이 없었다. 새벽 두
시에 기상하여 수프로 간단히 요기하고 화대 이튿날의 긴
거리를 잇는다. 어둠 속 촛대봉을 지나 장터목까지 새벽바
람 가르는 걸음걸이가 경쾌하다.

봉우리 하나 넘어서면 또 하나의 봉우리가 다가선다. 여기
지나서도 곧 다른 봉우리 있으리니 서둘지 마라. 붙들어 세
운다. 온통 까만 세상이지만 연하 선경의 중심 연하봉을 모
른 채 지나칠 순 없다. 여기도 지리 10경에 드는 곳으로

신선의 세계를 눈에 담을 수는 없지만 늘어선 고사목의 향이 그윽하고 바람결에 무언의 소리를 듣게 된다.

"바위에 이슬 고이면 길 더 미끄러워 조심스러우니 마음 앞서지 말고 지친 다리 주무르고 거친 숨결 고르시게."

장터목대피소에 머무는 것도 잠깐, 또 다른 봉우리 제석봉에서는 늙은 고목이 쓸어주는 비탈길 살그머니 밟고 바삐 지나간다. 혹여 천왕봉 일출에 늦을까 봐 속도를 붙였으나 해는 구름 속에서 뒤척거리며 게으름을 피우는 중이다.

통천문을 지나면서 동이 트기 시작한다. 새벽 땀방울에 젖은 산사나이들의 모습이 이슬보다 청초하다는 생각이 든다. 일행의 땀방울을 말려주는 여명이 명품 코디의 화장술처럼 느껴진다.

"제발 오늘도 어제만큼 날씨가 좋았으면."

지리산은 국지성 호우가 자주 발생하는 산악지형이라 언제 날이 급변할지 모른다. 1년 강수량이 1300mm가 넘는다. 금요일이었던 1998년 7월 31일 밤 10시경부터 8월 1일 오전까지 영호남 지역에 퍼부은 폭우로 지리산 일대, 특히 피아골, 뱀사골, 대원사 계곡 등지에서 산악지역 재해 사상 최대의 수해가 발생하였다.

영호남에 최고 226mm의 폭우가 쏟아져 8월 2일 오후 9시까지 105명의 사상자 중 지리산에서만 27명의 사망자와 60여 명의 실종자가 발생하였다.

여름 최성수기 휴가철이자 주말을 끼고 있어서 가족 단위의 수많은 피서객이 지리산 계곡에 몰려 야영하다 참변을 당한 것이다.

그보다 한참 전 학생 시절, 2박 3일의 지리산 종주 내내 빗속을 행군하고 비에 젖은 텐트에서 축축하게 밤을 보냈던 기억이 생생하게 떠오른다. 그런 지리산인지라 비에 젖을세라 떠오르던 태양이 숨어 버릴까 봐 조바심이 생긴다.

'한국인의 기상 여기서 발원되다.'

천왕봉, 해발 1925m. 남한 내륙에서 가장 높은 봉우리다. 정상은 일출을 맞이하려는 산객들로 붐볐다. 3대가 덕을 쌓아야 볼 수 있다는 천왕 일출, 지리산 제1경이다.

두 해 전 계원이와 둘이 왔을 때의 새벽엔 추적추적 비가 내렸었다. 작년에도 해 뜨는 걸 못 보고 등을 돌렸다. 천왕봉에서 해 뜰길 기다리는 게 이번이 다섯 번째다.

"오늘은 우리 할아버지, 아버지와 저 자신을 다시는 원망하지 않게 하소서."

작년에 처음 와서 일출을 본 친구 병소의 충만한 덕으로 인해 무임 승차할 수 있으려나 모르겠다. 30분을 기다렸으나 동편 하늘은 잿빛 구름 그대로다.

"줄 듯 말 듯 애태우는 그대는 붉은 서기 내뿜으며 정녕 뒤태만 보여줄 것인가."

시간을 아껴 중봉으로 향해야 할지 갈등이 생긴다. 여명을 가린 구름은 더 위로 치솟으며 불안감만 증폭시킨다.

"에이, 오늘도 틀렸어."
"잠깐만."

그런데, 등을 돌려 다음 행선지로 방향을 틀었는데 회색 구름밭을 뚫고 붉은 광채가 홀연히 솟아오르기 시작한다.

"우와! 대박!"

날마다 뜨는 해가 이처럼 반가울 줄이야. 지리산에서의 일출이기에, 올라온 이만 볼 수 있는 천왕에서의 해돋이이므로. 그래서 천왕봉 일출은 지리산 비경 중 으뜸이라는 비주얼적인 아름다움보다 또 다른 의미가 내재해 있는 것 같다.

삶에서의 여러 긍정적 측면을 상징하는 의미, 진인사대천명의 숙어처럼 성실한 노력을 다한 자의 숙연한 기다림 같은, 의지와 창의로 소망하는 걸 이루고야 마는 인내의 표상 같은……

어쨌거나 오늘 보는 일출은 마치 천지개벽의 순간을 연상하게 한다. 천왕봉에서 새벽 추위에 떨며 기다린 지 다섯 번째 만에 그예 보게 된다. 너무나 찬란하여 황홀하기까지 한 장관을 보고 있으려니 어제부터의 피로가 일순간에 가신다. 조상의 덕으로 보게 되는 일출이 아니라 오늘 우리가 천왕 일출을 봄으로써 우리 자손들이 충만한 덕을 쌓아 많은 이들에게 선을 행할 수 있기를 기도한다.

오늘 우리가 무사히 하산하고 또 삶이 다할 때까지 우정 이어가며 오래도록 함께 산행할 수 있기를 소망하며 다음 여정 중봉으로 향한다.

"또 오게 될 때까지 편안히 계십시오. 오늘 해 뜨는 모습 보여주어 감사합니다."

"잘들 가게나. 난 항상 여기 있으니 그대들이 오랫동안 발길 끊으면 세상 떠난 거로 알겠네."

내려서면서 뒤돌아본 천왕봉의 산객들은 아직도 환희에 휩싸여 있다.

바위 녹아내릴 듯 뜨거운 여름 천왕봉
치렁치렁 매달리고 목말 탄 식구들
모두 떠나도
헐거워진 고목들 늘어세워
다시 올 새날 위해
기도 올린다.
계절 지나 갈색 낙엽 뒤엉키고 부스러져도
엷은 햇살 뿌려가며 또 오는 이 마중하고
떠나는 이 배웅한다.
다 주어도 모자라
안타까움 금치 못하는 그대는
맛난 반찬 고른 젓가락 자식 입에 넣어주는
자상하기 그지없는 어머니이다.

속세로 내려서는 긴 유람을 안전하게

산행의 최종 목적은 안전한 하산이다. 그러려면 끝까지 적당한 긴장감을 유지하는 것이 관건이다. 좁은 산길, 이슬 젖은 산죽이 바지와 신발을 젖게 하지만 싱그럽다. 끈 풀린 등산화 조여 매고 몇 바퀴 굽이돌자 중봉이다.

걸어온 길, 까마득히 보이는 노고단과 여인네의 풍성한 엉덩이 같은 반야봉을 바라보며 어제부터의 여정을 되짚어본다. 짚이는 곳마다 숨이 가쁘지만 현란한 여정이다.

산에 오르면 헤아리고 가다듬어 차곡차곡 쌓아두게 된다. 산에 오면 아쉬워 남겨두었던 것들 쓸어 모아 툭툭 던져버리게 된다. 눈에 가득 아름다웠던 날들, 감사했던 이들 여미어 담아두게 되고, 없어져도 그만일 욕구 부스러기들 훌훌 털어버리게 된다. 겹쳐 포개진 산그리메를 바라보며 버려야 할 것들, 간직해야 할 것들 새기고 되새기며 잇고 끊음의 진리를 깨닫게 한다.

그늘 길이지만 건조한 무더위가 따갑다. 그래도 막바지 하산하는 걸음은 가볍고 경쾌하기만 하다. 써리봉을 내려와 시야에서 곧 사라질 지리 제1봉을 아쉬워한다.

몇 번의 나무계단 오르고 내려서길 반복해서 하산 길 유일한 대피소, 치밭목 산장에 도착한다. 식수를 보충하고 다시 하산할 즈음 화대 종주 산악마라톤 참가자들이 눈에 띄기 시작한다.

치밭목부터 보폭을 늘려 속도를 냈다. 막바지에 흘린 땀이 아마도 어제와 오늘을 더 진한 추억으로 각인시켜줄 것 같았다. 안전이 최우선이지만 일행들의 걸음걸이는 붙은 가속을 소화해내기에 충분해 보인다.

마라토너들이 줄줄 꼬리를 물자 이들에게 식수 대주는 보조 임무까지 맡게 된듯하다.

개인적인 견해지만 산에서, 특히 우리나라 최고의 명산에서 산악마라톤을 개최하여 나무와 새들을 놀라게 하면서 뛰게 한다는 발상이 너무나 독선적이고 이기적이란 생각이 든다.

"반달곰이 다른 산으로 피신하는 이유가 있었군."
"지리산에 반달곰을 방사한 건 곰과 사람이 자연과 함께 공존하자는 거였는데 말이야."

단순한 멸종위기 동물의 복원에 그칠 것이 아니라 상생의 효과가 얼마나 지대한지를 깨우쳐 반달곰과 함께 살아가기 위해 사소한 부주의라도 놓쳐서는 안 될 것이다.

"원래 지리산의 주인은 곰이었고 호랑이였었거든."

마라토너들에게 길 비켜주며 보폭의 리듬을 깨뜨리긴 했지만 무제치기 다리를 지나 냅다 유평 날머리까지 이르렀다. 결과가 좋을 때 고행을 함께 겪은 이들은 공통된 행복감을 느낀다. 함께이기에 그 포만감은 큼직하다. 감사하다. 고맙다. 그 어떤 인사말로도 속에서 부풀어 오르는 감사의 마음을 전달하기엔 부족하다.

전우로서 함께 전투를 치르며 삶과 죽음의 경계를 넘어선 상황과 비교하는 건 무리가 있지만, 산에서 함께 땀을 흘리고 고초를 극복해내며 목표 지점까지 완주한다는 건 동반의 가치, 서로라는 의미를 가슴 뜨겁도록 각인시킨다.

"화대를 같이 했다는 건 삶의 한 구간을 같이 했음이다."

병소, 계원, 은수. 함께한 이틀 밤낮의 여정은 두고두고 가슴 뭉클한 감사의 심정으로 남게 될 것이다. 단 한 번도 산행에 개인 의사를 표하거나 힘든 내색을 하지 않은 이들이 대견스럽고 역시 고맙기 한량없다.

대원사 계곡 맑고 풍부한 계류에 풍덩 뛰어들어 몸을 푹 담그고 지난 이틀의 땀을 씻어내는데 이 이상 행복할 수는 없다는 표정들이다.

때 / 여름
곳 / 1일 차 : 화엄사 - 화엄사 매표소 - 화엄사계곡 - 무넹기고개 - 돼지령 - 임걸령 - 노루목 - 반야봉 - 삼도봉 - 화개재 - 토끼봉 - 명선봉 - 연하천 대피소 - 형제봉 - 벽소령대피소 - 덕평봉 - 칠선봉 - 영신봉 - 세석대피소 (도상거리 30km)
　　 2일 차 : 세석대피소 - 촛대봉 - 삼신봉 - 연하봉 - 장터목대피소 - 제석봉 - 통천문 - 천왕봉 - 중봉 - 써리봉 - 치밭목 대피소 - 유평 계곡 - 유평리 - 대원사 탐방안내소 (도상거리 18km)

어유소중삼통 6산 종주

어비산-유명산-소구니산-중미산-삼태봉-통방산

언제나처럼 고된 길 딛고 올라 산정에 오르면
삶의 희로애락은 색 바랜 한지에 불과하다.
한지에 그려진 세상의 그림들이야말로 자연에 비할 때
턱없이 하찮다는 생각이 드는 것이다

산과 산을 잇는 연계 산행, 그 산들의 시점부터 종점을 연
결하는 종주 산행은 체력 면에서나 안전성 측면에서 다소
위험을 수반할 수 있지만, 그에 따른 반대급부도 적지 않
다. 목표한 산행을 무사히 마쳤을 때 가슴 깊은 곳으로부터
뜨겁게 복받쳐 오르는 희열과 포만감이 그것이다. 그리고
살아가며 극복을 요하는 역경에 처했을 때의 대처 자세가
확연히 달라진다는 것이다.

그러나 산을 간다는 게 꼭 무얼 얻고자 가는 거였던가. 산
과 산이 이웃해 있고 그 산들을 잇는 능선이 있으므로 연
계 산행의 종주 코스를 찾아 길을 나서게 된다.

버스 하차지점인 가일리 삼거리에서 유명산 휴양림 입구를
오른쪽으로 두고 어비 산장을 찾아 2.5km를 거슬러 오르
면 그 맞은편이 어비산 들머리이다.

"길이 있다는 건 갈 수 있다는 거겠지?"

 신록이 한껏 푸름을 뿜어내기 시작하는 지금, 한강기맥을 거치는 여섯 산을 잇고자 그 첫 산인 어비산 입구에 닿았다. 이제부터 하늘을 올라 구름과 벗하며 녹음 우거진 긴 여행을 하게 될 것이다.

 산 이름의 머리글자를 딴 이른바 '어유소중삼통'은 마니아들이라면 흔히들 연계하는 어비산, 유명산, 소구니산, 중미산의 4산에 삼태봉과 통방산을 연결한 거라 할 수 있다. 검색하다 보니 중미산에서 절터 고개라는 곳을 통과해 통방산까지 길이 이어지는 지도를 보게 되었다.

 "길이 있다는 건 갈 수 있다는 거겠지?"
 "거기에 대한 산행 후기가 하나도 없다는 게 좀 꺼림칙하긴 하지만요."
 "우리가 최초가 되겠지."
 "이미 형한테 판단이 섰으니까 난 따라만 가는 거지, 뭐."

 불안감이 없지 않은 표정이지만 계원이가 동조한다. 등로를 놓쳐 엉뚱한 길을 헤매거나 시간상 시행착오로 여러 차례 고생했으면서도 가는 곳이 어디든 믿고 따라나서는 후배가 고맙다. 계원이와 함께 이 여섯 산을 무사히 완주할 수 있도록 겸허히 기도 올리고 그 들머리로 다가선다.

가평군과 양평군에 걸쳐있는 어비산魚飛山은 그 계곡에 물고기가 날아다닐 정도로 많다고 해서 지어진 명칭이다. 어비산 서쪽으로 흐르는 1급수의 옥계가 어비계곡이고 그 동쪽에 흐르는 계곡이 유명산에 접한 입구지 계곡(유명 계곡)이다.

아침부터 안개구름이 뿌옇게 깔려 주변 산세가 흐릿했으나 건너편 유명산 자락만큼은 손에 잡힐 듯 가깝다. 소나무 사이로 산과 산을 가르는 도로, 선어치고개가 보이고 그 왼쪽으로 소구니산, 오른쪽으로 중미산이 보인다. 몇 시간 후면 만나게 될 곳들이다.

어비산은 부드러운 육산이지만 비교적 가파른 편이어서 처음부터 호흡을 제대로 조절하는 것이 필요하다. 근육질의 소나무 숲과 신갈나무 군락이 좌우로 늘어서 그늘을 만들어주고 거기 더해 쾌적하기 이를 데 없는 음이온을 내뿜으니 그야말로 산림욕이 따로 없다.

"한적하군."
"한적하면서도 고즈넉하네요."

그렇다. 한적하되 고즈넉하다. 주말이 아닌 평일을 잡은 건 여섯 개나 되는 산에서 부대끼지 않고 산행하고 싶어서이다.

등산로 입구에서 2.3km를 올라 첫 산 어비산(해발 829m)에 도착했다. 시작이 반이라 했으니 반 이상 목표 지점에 도달한 셈이다.

"비릿한 민물고기 냄새가 나는 거 같지 않아?"
"……글쎄요."

어비산은 위치상 북한강과 남한강 사이에 있어 장마철에 폭우가 쏟아지면 일대가 잠기게 되는데, 그때 계곡 속 물고기들이 유명산보다 조금 낮은 어비산을 넘어 본류인 한강으로 돌아갔다는 설화가 있다. 이 또한 산 이름과 관련한 이야기일 것이다.

길게 지체할 여유가 없다. 길고 먼 길이기에 흔적만 남기고 두 번째 기착지 유명산으로 향한다. 겨우 5월 중순에 접어들었는데도 날씨는 한여름을 방불케 한다.

부지런히 내려서자 물소리가 점점 크게 들리는가 싶더니 어비산과 유명산의 경계인 입구지 계곡 합수점에 이른다. 이 계곡은 아래로 더욱 수량이 많아지면서 박쥐소, 용소, 마당소 등 맑고 시원한 옥수로 연결된다.

"물은 오래 머물면 사람을 게으르게 하니까."

"부지런히 산으로 가야겠지요?"

세수만 하고 바로 일어선다. 가파르게 내려왔으니 다시 그만큼 올라가야겠지. 정상까지 1.3km의 깔딱 고개는 어비산과 달리 바위투성이 너덜지대의 연속이다.

사람이든 꽃이든 아름다우면 눈길을 돌리게 된다. 진초록을 더욱 멋진 빛깔로 승화시키는 노랑과 보라색 들꽃 무리를 보고 허리를 굽힌다.

"이 자리에 피어줘서 고맙구나."

몸을 낮춰 이 계절 잠깐이겠지만 곱게 피어 제 색을 내는 야생화에 감사를 표한다. 작은 새 한 마리가 구성지게 휘파람을 불어 나뭇가지에 날아 앉는다. 유명산 터줏대감이 응원가를 불러주며 오늘 행보를 성원해주어 더욱 힘이 솟는다. 정상 일대에는 붉은 철쭉이 무리 지어 미소를 짓는다.

유명산 정상(해발 862m)에 올라 희미하나마 어비산 너머로 우뚝 솟은 용문산 백운봉을 바라본다. 흐린 날 탓에 화악산과 명지산은 어슴푸레 실루엣만 보인다.

인근 지역에 많은 말들을 사육하여 마유산이라고 불렸었다. 1973년 한 산악단체에서 국토 자오선 종주를 하던 중 주변 사람들한테 이 산의 이름을 물어보았는데 마침 아는 사람이 없어 이들은 산 이름이 없다고 여겨 일행 중 홍일점이었던 진유명 씨의 이름을 따서 유명산이라고 불렀다. 그런데 이 종주기가 당시 스포츠신문에 게재되면서 유명산으로 굳어 버렸다. 웃자고 던진 조크가 산 이름을 바꿔버린 것이다.

"진유명 씨는 지금도 산행을 즐길까."
"유명산만큼은 자주 찾지 않을까요."

시집가는 신부의 농을 지고 넘던 고개

소구니산으로 향하는 내리막길도 내내 철쭉밭이다. 유명산의 철쭉은 연분홍 꽃 색깔이 유난히 곱고 꽃잎도 무척 매끈하다. 유명산 정상에서 철쭉을 감상하며 340m를 내려와 농다치고개 쪽으로 방향을 잡자 평탄한 숲길이 이어진다.

등산로는 그 길이 넓거나 좁음보다는 험하거나 평탄함을 의식하는 게 보통이다. 한 사람이 충분히 걸을 수 있는 폭이면 그다지 좁다고 느끼지 않게 된다.

이런 길에 농을 지고 걷는다면? 시집가는 신부의 농을 지고 고개를 넘으면 아무리 조심한들 여기저기 부딪쳐 농이

다쳤다고 하여 농다치고개라 한다니 이 고개를 사이에 두고 많은 혼사가 이뤄졌다는 걸 짐작하게 하는 대목이다.

"배낭을 메고도 힘든데 농을 메고 이 길을?"
"용달차가 없었나 보지."

좁지만 평탄한 숲길에서 약간 가파른 고갯길을 올라가면 바로 소구니산 정상(해발 800m)이다. 여섯 산의 각 구간 중 유명산에서 소구니산까지가 가장 짧은 구간이다. 가평군 설악면과 양평군 옥천면의 경계이자 유명산과 중미산을 연결하는 능선 한가운데 솟아 있다.

유명산 쪽으로 눈을 돌려 고랭지 채소밭과 백운봉을 눈에 담고, 떨어진 철쭉 꽃잎 살포시 지르밟으며 선어치고개로 내려간다. 양옆으로 우거진 숲을 끼고 내려가는 길이 무척 비탈지고 길다.

소구니산과 중미산 사이의 안부, 가평과 양평을 이으면서 운전자들과 등산객들에게 국수, 음료 등의 간식을 제공하는 쉼터 역할도 하는데 여기가 선어치 고개이다.

지금은 37번 국도에 유명로라는 명칭을 지닌 4차선의 넓은 도로지만 예전엔 고갯길의 너비가 세 치寸 내지 네 치寸가 될까 말까 할 정도로 좁아 서너 치(三四寸 : 9~12cm) 고개라 불렸다고도 하고, 고개가 하도 높아 서너 치만 더

오르면 하늘과 닿는다거나 신선들이 사는 고개라는 의미의
선어치仙於峙라는 여러 설이 있는 곳이다.

 선어치고개의 이름 유래가 어떠하든 이 고개는 6·25 한국
전쟁 때 남한강으로 진출하려는 중공군을 제압하여 용문산
을 사수하는 등 중공군의 이후 전략을 무력화시켜 빛나는
전과를 올린 유서 깊은 고개라는 사실이다.

"국수 한 그릇씩 먹고 갈까?"
"그러죠. 중미산도 식후경이라는데."

 고개 포장마차에서 국수 한 그릇씩을 뚝딱 비우고 가파른
중미산을 오르는데 바로 땀이 흐른다. 분홍 철쭉 밑에서 숨
을 고르다 바윗길을 끼고 다시 오른다. 오르며 뒤돌아보니
저만치 유명산이 손 흔들어 끝까지 긴장의 끈을 풀지 말라
고 일러준다. 철탑 아래로 선어치고개가 꽤 낮아진 걸 보면
정상이 멀지 않았다.

 중미산 바위 지대 정상(해발 834m)에 올라서서도 사방이
뿌옇다. 아래 유명산 자연휴양림의 연두색 푸름을 시기하는
지 연무가 쉽사리 걷히지 않는다.

 가야 할 삼태봉과 통방산도 더욱 멀어 보인다. 삼태봉까지
4.7km. 거기서 또 통방산으로. 부지런히 걸어야 어둡기 전
에 하산할 수 있다. 그것도 길을 제대로 찾아 하산했을 때

를 전제로 한다.

가는 길은 잎사귀 푸른 활엽수와 쭉쭉 뻗은 침엽수들이 땀을 식혀주어 피로가 덜하다. 삼태봉까지 2.9km라는 이정표를 보고 그 방향을 잡았는데 절터 고개를 지나면서 길을 잘못 들었다. 사방 두리번거려보지만, 방향감각을 잃고 말았다.

산에서 길을 잘못 들어 고생하고 시간까지 허비하는 것을 알바라고 표현하는데 노동 대비 가성비가 낮은 아르바이트에서 나온 말인 듯하다. 종종 알바를 하면서 느끼는 거지만 세상사 벌어지는 많은 일도 마찬가지일 것이다. 그 일의 참된 의미나 가치를 모르고 추진하다 보면 엉뚱한 방향으로 진행되기 마련이다. 첫 단추를 잘못 끼운 꼴이 되고 만다.

국민이 참으로 원하는 바를 모르고 입안된 정책은 국민을 비극으로 몰아가는 게 다반사다. 국민을 국가의 주인이 아닌 다스리는 존재로 여겼기에 수립된 정책이 국민의 이상대로 갈 리 만무하다.

"널 무시하고 마구잡이로 방향을 잡았던 건 아닌데."
"그럴 리가 있겠어요. 결과적으로 그런 상황이 벌어지긴 했지만요."

한 시간을 헤매다가 간신히 삼태봉으로 오르는 명달리 쪽에서의 들머리를 찾았다. 보통 가파른 게 아니다. 길 찾다가 시간에 쫓기다 보니 땀이 비 오듯 흐른다. 군말 없이 따라오는 계원이한테 면목이 서지 않는다.

"지나고 나면 한바탕 봄 꿈같은 추억으로 남겠지요."
"그래, 지금은 힘들겠지만."

겨우 그런 말들로 현 상황을 위안하며 높은 고도를 치고 오른다.

여섯 개 산을 하나로 엮고 그걸 풀어낸 게 감사하다

쉬면서 둘러보니 지나친 이들 없고 앞서간 이들 없어 보이는 곳마다 수북한 숲길이고 아련한 고갯길이다. 가늘고 긴 고목들 늘어선 군락을 지나면서 노을 물들기 시작하더니 삼태봉 꼭대기가 보인다. 정상(해발 682.5m)에 올라서자 제일 먼저 중미산이 아득하게 잡힌다.

언제나처럼 고된 길 딛고 올라 산정에 오르면 삶의 희로애락은 색 바랜 한지에 불과하다. 한지에 그려진 세상의 그림들이야말로 자연에 비할 때 턱없이 하찮다는 생각이 드는 것이다.

지친 발걸음 조심스레 내디딜 무렵 해거름 주홍 노을
속에 담아 돌아오면 너무 그리워
다시 오게끔 하는 그 찬연한 풍광
소매 잡아끌려 몸 맡기면
초록 수림 우거지고
늙은 고목 기침 뱉는 곳
그 무어로도 거부할 수 없는 강한 유혹
우린 그예
그 산
그 깊은 품에 푸근히 안겨있다.

　마지막 통방산이 실제 거리와 비교하면 너무나 멀리 떨어
진 것처럼 보이지만 남은 에너지를 두 다리에 싣고 단전에
기를 모은다. 오로지 저기 뾰족 봉우리 통방산까지 가야만
서울 가는 교통편이 있는 천안리로 내려갈 수 있으므로 달
리 샛길로 탈출할 수도 없다. 통방산 뒤로 보이는 화야산,
곡달산의 흐린 마루금 밑으로 작아진 해가 떨어지려 한다.

　"해야! 잠시만 추락을 늦춰다오. 초행길 어둠에 덮이면 아
직 남은 길 가시밭길 될까 두렵구나."

　통방산 1km, 이때쯤이면 이정표의 숫자가 쉬이 줄어들지
않는다. 마음이 급하기 때문이다. 그런데도 결국 해낸다.
고진감래, 여섯 산과 만남, 아직 하산 길이 남았지만, 목표

를 이뤘을 때의 성취감이 짠하게 몰려온다.

통방산 정상(해발 649.8m)에서 계원이와 굳은 악수를 하고 바로 움직인다. 날머리까지 1.9km. 이때가 7시 40분이니 어둠을 뚫고 지나야 그 끝에 도달할 것이다. 한참을 내려와 하늘을 올려다보니 바람이라도 불면 꺼져버릴 것 같은 몇 점 작은 별들이 점멸한다.

헤드랜턴을 켜고 그리 험하지 않은 하산로를 지나 마을에 도착해서도 바쁘다. 37번 국도변으로 나가 막차를 탈 수 있어야 한다.

"산에서 내려와서도 뛰어야 하다니."

참으로 간발의 차이로 서울 가는 마지막 시외버스가 손 흔들며 뛰어오는 우릴 보고 서준다.

"감사합니다."

모든 게 감사하다. 연출하듯 여섯 개 산을 하나로 엮고 그 엮은 걸 풀어낸 게 감사하고, 초행의 긴 여정인데도 믿고 따라와 준 후배한테 감사하고, 마지막으로 브레이크 잡아 우릴 태워준 기사님이 감사하다.

때 / 초여름
곳 / 가일리 삼거리 – 어비 산장 – 어비산 – 입구지 계곡 합수점 –
유명산 – 농다치고개 – 소구니산 – 선어치 고개 – 중미산 – 절터 고
개 – 나가터골 삼태봉 등산로 입구 – 삼태봉 – 통방산 – 천안리 – 가
마소 유원지 – 뽕나무마을 – 37번 국도

육십령에서 구천동까지, 육구 종주

남덕유산-무룡산-덕유산

신비로운 햇살, 화려한 비상만 쫓았다면 어찌 우리
함께 할 수 있었겠나. 안개비 축축한 오늘 현기증 노랗게
일으키는 건 새벽어둠 저만치 밀치고 달려와
여기 덕유의 향에 한껏 섞이고자 함이 아니었던가.

덕유산, 백두대간이 남하하며 속리산을 지나 추풍령을 거
쳐 숱한 고산준령을 빚어놓고 지리산으로 넘어가는 곳.

3년 전 겨울, 온통 하얗게 덮였을 거라서, 햇살까지 눈부
시게 그 눈밭에 부서질 게 틀림없어서, 너른 주목에 얹혔다
가 엷은 바람에 희게 흩날렸던 미세함이 눈에 밟혀 산행
전부터 가슴 떨림을 주체하지 못했었다.

전북 무주군은 방문 관광객들에게 군내 수많은 관광명소를
소개하고 구체화한 관광 정보를 제공하고자 무주읍 9경, 무
풍면 8경, 설천면 38경, 적상면 26경, 안성면 11경, 부남면
8경 등 무주 100경을 선정하였다. 그만큼 명승 관광지가
많다는 방증이다.

무주군과 장수군, 경남 거창군과 함양군에 걸쳐 장중하게
펼쳐진 덕유산을 3년 만에 다시 찾는다. 두 달 전 지리산

화대 종주 멤버들과의 약속된 일정이다. 설악산 서북 능선 종주, 지리산 화대 종주와 함께 우리나라 산악 3대 종주에 속하는 덕유산 육구 종주. 올 한 해에 3대 종주를 모두 실행하는 병소, 계원, 은수의 산행 리더로 함께한다는 것이 가슴 벅차고 책임감 또한 작지 않다.

육십령에서 구천동까지, 3년 전 영각사에서 남덕유산으로 올라 덕유산 향적봉에서 백련사로 내려갈 때보다 약 18km를 더 걷게 된다. 장거리 종주 산행을 할라치면 늘 그랬듯 속을 모아 깊은 기도를 올린다.

"하나님! 우리가 원해서 온 곳입니다. 우리가 원한 그대로 이 산에 녹여질 수 있게 하소서. 저와 제가 사랑하는 친구, 그리고 또 사랑하는 두 후배가 평생 이 산을 그리워할 수 있도록 이 산이 우릴 사랑하게 하소서. 이번 종주가 이후 우리 살아감에 큰 교훈되게 하소서."

출발지 육십령부터 길을 놓치다

덕이 많고 너그러워 덕유德裕라 칭하게 된 산에 덕이 많은 친구, 후배들과 함께 왔다. 서울에서 오후 4시 반경에 출발, 밤 8시경 육십령 휴게소에 도착. 늦가을 추위에 떨지 않고 휴게소 매점 내에서 고기를 구워 저녁을 먹을 수 있는 게 얼마나 다행인지 모르겠다.

백두대간을 종주하는 이들과 육구 종주를 하는 이들이 머물다 가는 곳이 여기 육십령 휴게소이다. KBS TV 모 프로그램에서 방영했다는 사진이 벽면에 걸려있다. 너무나 친절하여 감동한 산객들이 추천해서 방송을 탔나 보다. MBC나 SBS 다른 지상파 방송에서도 소개해줬으면 좋겠다는 생각이 들 정도로 편안한 곳이다.

여기서 준비사항을 재점검하고 배낭도 새로 정리한다. 가벼운 물건을 배낭 아래에, 무거운 물건은 위에 넣고 될 수 있는 한 등판 쪽에 넣어야 하중을 줄일 수 있다. 등산은 지구 중력을 거스르는 행동 방식이므로 중량감을 최소화하는 게 효과적이다. 그러려면 배낭의 무게가 등 전체에 골고루 분산되도록 해야 한다. 같은 짐이라도 무게를 적절하게 조절하는 패킹요령을 알아야 할 것이다.

"다들 이상 없는 것 같으니 이제 출발하자."

육십령, 너무 험하고 으슥해 도적의 무리가 하도 많아 나그네 60명 이상이 모인 다음에야 함께 지났다는 곳. 삼국시대에는 신라와 백제 국경의 요새지로서 성터와 봉화대 자리가 지금도 남아있다. 전북 장수군 장계면 명덕리와 경남 함양군 서상면 상남리의 두 주소가 겹치는 곳이 바로 이 지점, 백두대간을 관통하는 지역이다.

"우리 네 명이면 육십 명 몫을 해낼 거야. 출발하세."

헤드랜턴을 켜고, 스틱을 펼치고 예정대로 밤 11시 정각에
여기서 육구 종주의 대장정을 시작한다. 할미봉 오르는 길
의 이정표가 모두 찢어져 방향과 거리를 가늠조차 할 수
없다.
이 부근에서 길을 잘못 들어 30여 분간 헤맨다. 낭떠러지
가 있는 고개 끝부분까지 갔다가 되돌아와서야 꼭꼭 숨어
있는 등산로를 겨우 찾았다.

"저거, 친구만 아니면 진작 잘라야 하는 건데."
"어째 쉰여섯 명이 더 모이면 출발하고 싶더라니까요."

일행들에게 미안해 죽겠는데 그들은 여유로운 농담과 웃음
으로 맘을 편케 해준다. 초행길인지라 종주 구간을 더욱 세
밀히 살폈는데도 길을 놓치고 말았다. 낮이라면 그다지 어
렵지 않은 길일 텐데 힘들게 할미봉(해발 1026m)에 도착했
다. 할미봉은 할머니처럼 구부정한 이미지를 연상시키지만,
어원상 '할'은 크거나 많다는 뜻의 '한'과 산의 우리말인 뫼
가 '미'로 변화한즉 큰 산을 이르는 의미이다.

그럼에도 할미꽃에 대한 설화가 이 봉우리에서 전해진다. 부모를 잃고 할머니의 손에 키워진 두 손녀가 성장하여 시집을 갔다.

손녀들을 그리워하던 할머니가 작은 손녀를 만나보고, 더 멀리 시집간 맏손녀를 만나러 깊은 산을 넘다가 지쳐 쓰러져 숨을 거두었다. 그 이듬해 할머니가 죽은 자리에서 할머니를 빼닮은 꽃이 피어났는데 사람들이 그 꽃을 할미꽃이라 불렀다.

"할머니가 보고 싶어 찾아가기 전에 손녀들이 찾아뵀었어야 했는데."
"시집살이가 만만치 않았던 게지."

할미봉에서 서봉을 향하다 보면 비스듬히 하늘을 향해 곤추세워진 바위가 있는데 대포바위라고 명명되어 있다.

임진왜란 때 진주성을 함락시킨 왜군이 전주성을 치기 위해 함양을 거쳐 육십령을 넘어와 고갯마루에서 할미봉 중턱을 바라보았더니 엄청나게 큰 대포가 서 있는 게 아닌가. 깜짝 놀란 왜군은 혼비백산하여 오던 길을 되돌아 남원 쪽으로 선회함으로써 장계 지역이 화를 면했다고 한다. 멀리서 보면 대포처럼 보여 대포바위라 부르지만 실상 가까이에서 보면 남자의 성기와 흡사한 모양이라 남근석이라고 부른단다.

일설에 의하면 사내아이를 갖지 못한 여인들이 이 바위에 절을 하고 치마를 걷어 올린 채 소원을 빌면 사내아이를 얻게 되었다는 이야기가 전한단다.

"예전엔 잘 나갔던 바위구먼."
"요즘엔 딸 갖는 게 대세니까 호시절 다 지났지 뭐."

가겠다는 의지를 다졌을 때 길을 열어주는 곳이 산

할미봉을 어느 정도 지나면서 서봉으로 가는 길이 거칠고 힘들다고 했는데 아니나 다를까 바위벽 밧줄 구간의 연속이다. 아득한 밧줄 하강 길을 내려가야 하는 건지, 또 알바를 하는 건 아닌지 자꾸 망설여진다. 깜깜한 어둠길이고 손이 곱을 정도의 추위 때문에 내려다볼수록 아찔하고 위험천만하다.

"뒤죽박죽 길 엉켜놓고 밧줄 저만치 늘어뜨려 우릴 겁 주려 해도 우린 가야 하네."

왜냐하면, 난 내 사랑하는 일행들에게 얘기했거든. 무룡산에서 꿈틀거리다 춤추며 솟아오르는 여의주 옹골지게 문용을 보여주기로 했고, 향적봉에서 물씬 풍기는 인자가 풍기는 덕의 향을 맡게 해주기로 말일세. 그리고 여기 덕유산은 우리가 거쳐 지나야 할 수많은 행로의 중간거점에 불과하단 걸 명심하시게. 그러니 이는 바람 그만 잠재우고 심술 궂게 흐르는 안개도 거둬주시게.

"날 세워 잔뜩 찌푸린 미간 펴고 우리와 맞서려 하지 말란 말일세. 우린 결코 멈출 수 없거든."

만용을 부리는 게 아니라면 가고야 말겠다는 의지를 다졌을 때 길을 열어주는 곳이 산이다. 절실함과 열정이 전제되었을 때 목표를 당겨주는 삶과 다르지 않다.

다소간의 고비를 극복해내며 경상남도 덕유산 교육원으로 갈라지는 덕유 삼자봉에 이른다. 육십령에서 4km, 할미봉에서 1.8km를 온 지점이다.

표지판에 적힌 걸 보고야 알았지만, 할미봉을 한참 지나 서봉 구간부터가 국립공원 지역이란다. 육십령부터 할미봉을 지나 교육원 삼거리까지는 덕유산 국립공원에 해당하지 않는다는 것이다.

"그러니 이정표도 쓰러지고 찢어지고 엉망이었구나."

그렇게 핑계는 댔지만, 산행 리더가 그런 정보도 미리 파악하지 못하고 산행에 임했다는 것을 자책하게 된다. 겨우 서봉(해발 1492m)에 다다랐을 뿐이다. 지금은 지난 실수에 연연할 때가 아니다.

짙은 안개가 빠르고 습하게 흐른다. 더욱 조심해서 안전하게 전진하는 게 중요하다. 장수 덕유산이라고도 하는 서봉에서도 곧바로 이동한다.

철 계단을 따라 내려선 후 황새 늦은 목이 능선을 따라 올라간다. 기백산, 금원산, 거망산, 황석산의 마루금이 가까이 있을 것이고 지리산 주릉도 멀지 않을 텐데 그저 어둠만 뚫고 지날 뿐이다. 그렇게 흑암 속에서 시행착오와 자책을 곁들인 고생 끝에 남덕유산(해발 1507m)까지 왔다.

남덕유산은 향적봉에 이은 덕유산의 제2봉으로 낮에는 장쾌하고도 호방함이 돋보인다. 이곳 남덕유산에서 지금부터 가게 될 향적봉까지 주 능선을 따라 부드럽고 넉넉한 산세에 푸근하게 안겨 걷노라면 남쪽으로 지리산 그리고 가야산으로 연결되는 숱한 봉우리들을 속속 접하게 된다.

"날씨만 말끔히 갠다면."

지금 잔뜩 찌푸린 기상이 은근한 불안감으로 엄습한다. 남덕유산에서 갈라져 스르르 진양 기맥이 흘러내리는데 월봉산을 지나면서 왼쪽으로 금원산과 기백산을 거쳐 진양호의 남강댐에서 그 맥을 담그는 약 159km의 산줄기를 조망하지 못하는 것이 못내 아쉽다.

"라떼는 말이지."

현성산 우측으로 황석산과 거망산을 가리키며 일행들에게 무용담을 늘어놓을 수 없는 것도 서운하다. 이러한 조망까지 곁들여 서해의 습한 대기가 산을 넘으면서 뿌리는 많은 눈 때문에 겨울철 산객들에게 호감을 주는 남덕유산이지만 3년 전 겨울에도 그랬던 것처럼 정상 지대는 세찬 칼바람이 몰아쳐 잠시도 머물 수가 없다.

첩첩산중 장쾌하게 이어진 연봉들이 눈가루를 흩날리며 연출하는 설경이 아른거리자 더욱 추워져서 얼른 100m 아래 삼거리로 회귀한다.

황점마을로 내려서는 삼거리 월성치부터 굽이굽이 령과 재가 반복되지만 여기서부터 덕유산 주능선이라 지금까지 온 것보다는 훨씬 수월할 것이다. 16km에 이르는 덕유산 주능선에는 1000m 이하로 낮아지는 구간이 없으니까. 단지 몰려오는 졸음이 변수다.

힘들어 그냥 지나칠 수도 있을 텐데 옆길 300m 거리의 삿갓봉(해발 1418.6m)을 굳이 들르고야 만다.

천자문에 왜 하늘을 검다玄고 했는가. 어둠으로부터 세상은 그 실체가 드러나기 때문이리라. 더부룩 깔린 구름 솎아내고 붉게 햇살 펼쳐지면 동이 터오는 걸 의식하겠건만, 산이 깨어나는 소리 듣고 싶어 한밤중에 산을 올랐건만 산은 함부로 그 소리를 들려주지 않는가 보다.

일품의 일출 광경을 볼 수 있는 삿갓봉이지만 가랑비를 동반한 습한 운무 때문에 아무것도 보이지 않는다. 여기서 덕유산의 멋진 산그리메를 보지 못하는 것이 그저 안타깝기만 하다.

동으로 겹겹 산줄기들이 중첩되는 장대함과 남으로는 횡으로 펼쳐진 지리산 능선을 바라보는 게 덕유산에서의 큰 볼거리인데 말이다. 덕유산이 초행인 일행 세 사람에게 마치 내 탓으로 인해 보여주지 못한 기분이 든다.

덕유산 능선은 노고단에서 뻗은 지리산 주 능선, 설악산 서북릉, 소백산 주 능선과 함께 남한 땅을 대표하는 장쾌한 능선이다. 그 능선, 우리가 걷는 저 앞길마저 자욱하게 가려져 있는 게 괜한 죄책감을 느끼게 한다. 하지만 금세 털어내 버린다. 먼 행로에 더 무거워질 수 없으므로.

신비로운 햇살, 화려한 비상만 쫓았다면 어찌 우리 서로가 함께할 수 있었겠나. 안개비 축축한 오늘 현기증 노랗게 일으키는 건 새벽어둠 저만치 밀치고 달려와 여기 덕유의 향에 한껏 섞이고자 함이 아니었던가. 여기 길게 내다보지 못하고 오래 머물지 못할지라도 오늘 그대들과 보냄에 더할 나위 없는 행복 느끼고자 하네.

삿갓재 대피소에서는 가까운 봉우리들이 뿌옇게나마 모습을 드러낸다. 무룡산 가는 길 서편으로 운장산, 장안산, 대둔산 등의 산군일 것이다. 시야에 잡히는 무리를 헤아리려는데 안개는 보여줄 것처럼 살짝 치마를 올리는 듯하더니 그예 내려버린다. 멋지고 아름다운 건 한 번에 다 보여주지 않는가 보다.

산과 산안개처럼 진정한 사랑과 우정 또한 살짝 가리어질 때 더 빛나는 건 아닐까. 도드라지면서 녹이 생기고 금이 간다면 그렇게 진하게 엮이고 싶지 않은 게 사랑과 우정 같은 게 아닐까. 목부터 꼬리까지 이어지는 중첩 마루금을 기대했지만 그예 보지 못하고 걸음을 옮긴다. 알아듣기 힘든 궤변을 웅얼거리며.

아무도 없어서 좋다. 대피소 취사장 복도에 자리를 펼치고 우리끼리만 아침 식사를 한다. 식사를 마치고 대피소 지하에 기대 잠시 눈을 붙이려 했지만, 추위 때문에 변변한 휴식을 취하지도 못하고 다시 길을 청한다.

습한 운무가 결국 비로 변했다

기체가 액체로 서서히 변하는 액화 현상을 체험하며 무룡산에 도착했다.

"상 찡그리지 말고 웃어."

 1491.9m라고 표기된 무룡산舞龍山, 정상석 앞에 축축한 모습으로 섰어도 카메라 앞에서 웃는 모습은 산사나이답고 싱그럽다. 구름이 되려는가, 하늘이 되려는가. 아래로 깔려 운해가 되어야 할 안개가 짙은 운무 되어 끝도 없이 오르려 하다가는 결국 우정의 높이를 넘어서지 못하고 주저앉더니 아래로 미끄러진다.

"짜식, 넘볼 걸 넘봐야지."

 등성이를 타고 피어오르는 운무 속에서 춤추며 승천하는 용의 모습을 연상만 하고 무룡산을 떠난다. 빗방울이 더욱 거세진다. 1500m 고지에서 맞는 가을비는 몹시 차갑다.
 그래서 걸음도 빨라지기 시작한다. 4.2km를 단숨에 걸어오니 동엽령이다. 바로 백암봉으로 향한다. 지리산에서 시작하여 육십령을 거쳐 뻗친 백두대간은 여기 백암봉에서 오른쪽 송계사 방면으로 꺾어진다.

"강행군이구먼."

"화대 종주 때보다 더 힘든데요."

"날씨 때문에 더 힘들군."

대간을 낀 덕유산의 능선과 골들은 그 경관이 수려하고 호방해서 눈을 뗄 수 없는 대하드라마처럼 느껴졌었다. 그래서 자주 쉬며 드라마에 심취하곤 했었는데 오늘은 쉴 곳조차 마땅치 않다. 길이 수월한 편이기도 하지만 쉴만한 곳, 구경할만한 장면이 없어 주 능선에 올라와서는 비교적 빠르게 온 편이다.

"비가 그쳤어요."

졸음도 쫓고 걸음 탄력도 받을 겸 곧바로 중봉으로 향하려는데 어느새 비가 그치면서 아주 천천히 중첩된 산들의 형체가 뿌옇게 드러난다.

"오늘의 태양이 이제라도 떴으면 좋겠건만."

중봉을 지나 정상 향적봉까지의 1km 구간 사이에는 원추리 군락과 구상나무숲, 덕유평전이 볼만한 곳이다. 봄철 덕유산은 철쭉꽃밭에서 해가 떠 철쭉꽃밭에서 해가 진다는 말이 있다.

향적봉에서 남덕유산 육십령까지 이어지는 능선에 펼쳐진 철쭉군락들이 겨울이면 온통 상고대와 눈꽃으로 치장하는 것이다.

철쭉이든 눈꽃이든 덕유평전이 가장 화려하건만 오늘은 그마저도 눈길 주지 않고 향적봉으로 가는 마지막 관문을 바삐 통과한다. 비에 젖어 축축한 고사목들이 온기마저 빠져나가 금세라도 휘어지고 꺾어질 것만 같다.

우리나라에서 네 번째로 높은 덕유산은 유일하게 1600m 대 고지의 산이다. 해발 1614m의 향적봉, 세 해가 지나 다시 찾은 향적봉. 그해 겨울엔 엄동설한에 동상이 걸릴 만큼 추웠는데 지금 그때만큼은 아니지만 젖은 옷차림에 몸을 움츠리며 정상에 섰다.

덕유산은 한반도 남부의 한복판을 남북으로 꿰찬 군사적 자연 장벽이자 영호남을 가르는 장벽 가운데서도 가장 험한 경계선 중 하나라고 한다. 역사적으로 신라와 백제가 각축을 벌이던 국경선, 나제통문羅濟通門이 있는 곳이니 그럴 법도 하다.

아마도 중봉이 최종적으로 향적봉을 사수하려 했던 백제와 신라 양측 최고도의 군사 분계선쯤 되지 않았을까. 아무리 긴장이 고조된 전선일지라도 산꼭대기에서까지 얼굴 붉혀가며 아군 적군 따지지는 않았을 성싶다.

"야, 문디자슥아, 밥 묵었나?"
"거시기해서 잔뜩 배 채웠당께."

입가에 웃음 머금고 덕유산 전경의 안내판을 들여다보니 북으로 가깝게 적상산이 있고 멀리 황악산, 계룡산이 흐릿하게 솟아있으며 서쪽으로 운장산, 대둔산, 남쪽으로는 오늘 우리가 들머리로 삼은 남덕유산이 있다.

지리산 반야봉과 동쪽으로 가야산, 금오산들이 장대하게 연출하는 산그리메를 아쉬움 가득 고이지만 오늘은 머릿속으로만 그려본다.

덕이 많아 한없이 너그러워
덕유德裕라 명명했다지.
이만큼 높이 올라서도 향 풀풀 내뿜으니
향적香積이라 불린다지.
배움이 귀히 여겨지려면
가슴 깊이 덕과 어우러져야.
연륜이 가치를 지니려면
지나온 경험에서 향이 풍겨야.
허나 그런 깨우침이 억지로 되는 일이던가.
깨우치려는 의식조차 떨쳐버리지 못해 오히려
부질없는 욕심으로 드러나는 게 우리네 삶
늘 고개 숙이면 적어도 천정에

이마 찢는 불상사는 없으리니
세상에 낮은 것은 오로지 저 스스로뿐
그저 땀 젖은 육신 씻어 만족스러우면
그 자체가 득도 아니겠나.

내려가는 일만 남았다고 하기에는 그 길이 만만치 않다

"케이블카가 자꾸 눈에 들어오네요."

설천봉에서 케이블카를 타고 내려갔으면 하는 마음을 모르지 않지만 못 들은 척 설천봉에서 눈을 돌린다.

"걸어 내려가게나."

오히려 바로 지척에 세워진 운송 시설물로 크게 위상을 깎인 향적봉이 버럭 소리 지르는 것만 같아 얼른 백련사 쪽으로 걸음을 옮긴다.
조선 명종 때의 문장가 임훈은 덕유산 풍광에 반하여 53세에 덕유산을 올라 무려 3000자에 달하는 장문의 '향적봉기香積峯記'를 남겼다고 한다. 얼마나 장엄하고 멋진 산인가를 짐작하게 하는 대목이다. 1975년 국립공원으로 지정된 후, 덕유산은 북동쪽 칠봉 산록에 대규모 국제야영대회

를 치를 수 있는 청소년 야영장과 자연학습장인 덕유대德
裕臺, 산자락에 길게 스키장 등을 설치하였다.

겨울철이면 눈이 많이 내리는 지리적 기후 특성으로 인해
1990년 덕유산 자락에 건설된 무주리조트는 700만㎡에 이
르는 초대형 산악 휴양지로 1997년에는 동계유니버시아드
대회가 열리기도 했다. 국내에서 가장 긴 6.1㎞의 실크로드
슬로프와 37°에 달하는 급경사의 레이더스 슬로프가 있다.

"산은 특히 국립공원은 자연을 보전하는 게 최우선적 가
치가 되어야 한다고 봐요."

"맞아."

"케이블카가 설치되었으니 저 아래엔 호텔과 레스토랑이
들어설 거고 그러면 유흥가로 변하는 건 시간 문제지요."

일행들의 생각이 같다. 이렇게나 수려한 계곡과 파도처럼
굽이치는 고봉들로 명성 자자한 덕유산에 무주리조트 스키
장이 주봉까지 치고 올라왔다는 건 치명적인 실책이라는
생각을 접을 수 없다.

등산객들과 관광 인파가 뒤섞여 하산 곤돌라를 기다려야
한다는 게 천년을 거슬러 일찌감치 대자연을 훼손한 거란
느낌에 찜찜하기 짝이 없다.

가뜩이나 지리산 화대 종주나 설악산 서북 능선 종주 때

117

와 달리 막바지에 만끽한 희열이 부족한 산행이었는데 찜찜함까지 담고 내려가기가 싫어 편의시설에서 등을 돌리고 만다.

산이 천하 비경의 심산유곡으로 전혀 오염이 되지 않았을 때도 누군가에게 산은 그저 먹을 것을 챙겨주는 수단에 불과했었다. 화전민은 물론이고 심마니나 사냥꾼들에게 산은 그저 생계를 해결하는 터전에 그쳤던 곳이다. 산만큼은 절대 부르주아bourgeois의 이해타산이 넘나들지 않았으면 하는 바람이다.

다행히 내리막길이 미끄럽지 않다. 덕유산 여덟 계곡 중 설천에서 발원한 28㎞ 길이의 무주구천동계곡은 덕유산 국립공원을 대표하는 경승지로 폭포, 담, 소, 기암절벽, 여울 등이 곳곳에 숨어 구천동 33경을 이룬다고 한다. 그중 몇 곳이 오늘 하산 길에 있다.

데크와 계단 등으로 길을 잘 다듬어놓아 예상보다 어렵지 않게 내려왔다. 빛깔 고운 단풍은 백련사에 와서야 겨우 볼 수 있었다. 통일신라시대에 창건된 백련사는 임진왜란과 한국전쟁을 겪으면서 소실되었다가 전쟁 후 새로 지었다는데 9천 명의 성불 공자成佛功者가 살고 있어 구천둔이라 불리다가 지금의 지명인 구천동으로 바뀌었다는 유래에서처럼 불교가 성행했던 덕유산의 중심 사찰이라는 걸 짐작할 수 있다.

날머리 구천동 삼공 탐방안내소에 이르자 그제야 가을이 고여 있는 걸 보게 된다. 아직 물 빠지지 않은 단풍나무 밑에 서서 서로에게 안산 완주를 축하하며 악수하는데 꽉 쥔 손마다 온기가 그득하다.

"날 좋을 때 다시 오자."

비 오면 비 맞는 그대로, 폭설에 발이 빠지면 또 그러한 대로 산은 지나오면 값진 의미이자 귀한 흔적이다. 어스름 물드는 구천동의 해거름이 비 온 뒤라 그런지 더욱 곱다.

높거나 낮거나, 크거나 작거나, 혹은 그런 게 보이거나 보이지 않거나 산은 결코 상대를 견주는 표현이 아님을 느끼게 한다. 높고 큰 산이 낮고 작은 산을 향해 손가락질하는 무경우가 결코, 있지 않으므로. 비록 아무것도 눈에 담을 수 없는 산행이었지만 우린 오늘 대자연이 주는 교훈을 몸소 체득했다.

남녀와 노소, 능력의 우열과 직급의 서열이 분명하게 가늠된 세상의 위계질서를 자청하여 벗어났기에 우린 그 산에서 스스로 경전을 읽고 은덕을 담는 값진 체험을 했다고 할 수 있을 것이다.

때 / 늦가을
곳 / 육십령 – 할미봉 – 서봉 – 남덕유산 – 월성재 – 삿갓봉 – 삿갓
재 대피소 – 무룡산 – 동엽령 – 송계 삼거리 – 백암봉 – 중봉 – 향적
봉 – 백련사 – 구천동 상공 탐방안내소

한강 이남 수도권의 5산, 광청 종주

광교산-백운산-바라산-우담산-청계산

저 아래, 저 높이, 저 멀리서 성큼 다가오는
대자연의 무한 기운을 우리 가슴속에
한가득 부어 담고 우리 우정에 진득이 버무리어
그렇게 또 나아가세나.

수원 경기대학교 캠퍼스 후문 쪽에 있는 광교산 반딧불이 들머리에 네 명이 모여 스틱을 펼쳐 잡고 등산화 끈 조여 매니 이때가 아침 8시 경이다.

병소, 영빈, 계원 모두 표정들이 밝다. 광교산에서 백운산, 바라산, 우담산을 통과하여 청계산까지 약 28km를 걷게 된다. 10시간 남짓 걸어 어둑해질 무렵 청계산 아래 화물 터미널 쪽으로 내려서기로 했다. 다들 무사히 완주했을 경우의 전제이다.

광교산光敎山은 수원시 장안구와 용인시 수지구에 걸친 산으로 수원천의 발원이자 백두대간 한남정맥의 주릉이며 수원의 진산이라 할 수 있다. 북쪽에서 불어오는 겨울바람을 막아주어 풍수지리에서 바람을 가두고 물을 얻게 한다는 장풍 득수藏風得水의 역할을 한다고 할 수 있다.

넓고 크지만 평탄한 흙산이라 초반은 가볍게 시작할 수 있을 것이다. 비교적 더운 날씨지만 우거진 수림이 햇빛을 막아주어 체력 소모도 덜어줄 거로 판단된다.

올해 들어 첫 장거리 산행이다. 몸도 정신도 나태해지려 할 즘에 자신을 스스로 보듬고 친구들과 목표를 공유할 수 있는 좋은 계기라 여겨진다. 열세 개의 봉우리, 수원, 용인, 성남, 의왕, 과천, 서울의 여섯 도시를 좌우로 접하며 걷는 긴 길이다. 그 길에 들어선다.

형제봉을 오르는 첫 계단을 내디디며 늘 그랬던 것처럼 무탈한 안전 산행을 기원한다.

"바라옵건대 오늘의 산행이 우리 네 사람 모두의 몸에 무리 없이, 마음은 더욱 풍요하게, 거기 더해 자연의 정기까지 듬뿍 담아 오늘 이후 새로운 에너지로 작용할 수 있도록 해주소서."

"그래서 5월에 아름답지 않은 산은 어디에도 없어."

경기대 후문에서 산행하는 광교산의 첫 봉우리인 형제봉(해발 448m)은 길이 212m의 380계단을 오르고 그리 길지 않은 자일이 있는 바위를 넘어 닿게 된다.

경기도 안성의 칠장산에서 북서쪽으로 뻗어 김포 문수산까지 이어짐으로써 한강 본류와 남한강 남부 유역의 분수령을 이루는 산줄기를 한남정맥이라 하는데 곧 이르게 될 형제봉과 광교산, 백운산이 거기 해당한다.

박재삼 시인의 '산에서'가 서두르지 말라며 걸음을 멈춰 세운다. 묵직한 메시지를 안겨주는 팻말 앞에서 시를 음미하고 산을 되뇐다.

그 곡절 많은 사랑은
기쁘던가, 아프던가.
젊어 한창때
그냥 좋아서 어쩔 줄 모르던 기쁨이거든
여름날 헐떡이는 녹음에 묻혀 들고
중년 들어 간장이 저려오는 아픔이거든
가을날 울음 빛 단풍에 젖어들거라.
진실로 산이 겪는 사철 속에
아른히 어린 우리 한평생
그가 다스리는 시냇물로
여름엔 시원하고
가을엔 시려 오느니
사랑을 기쁘다고만 할 것이냐,
아니면 아프다고만 할 것이냐.

고려 야사에 전해 내려오기를 광악산 혹은 광옥산으로 불리다가 고려 태조 왕건에 의해 광교산으로 바뀌었다고 한다. 서기 928년 왕건이 후백제의 견훤을 정벌하고 돌아가는 길에 광옥산 행궁에 머물며 군사들을 치하하던 중 하늘로 솟아오르는 광채를 보고 부처님의 가르침을 주는 산이라 하여 친히 광교라고 이름 붙였다는 것이다.

수원과 용인의 접점 지역이라 할 수 있는 종루봉(비로봉)의 정자에서 잠시 휴식을 취하며 충분히 수분도 섭취한다.

"광교산에 올라와서 보니 왜 도시 이름을 수원水原이라고 했는지 알겠군."

영빈이가 광교저수지에서 시선을 떼며 말했는데 역시 산 주변에 저수지가 유난히 많기 때문이다. 정상인 시루봉(해발 582m)에서 내려서면 두 그루의 큼지막한 노송 옆으로 자그마한 통나무집이 한 채 세워져 있는데 노루목 대피소이다.

재작년 하얗게 눈 덮였던 노송의 자태가 그럴듯했었다. 수원 8경 중 광교 적설光教積雪을 으뜸으로 꼽는다니 한겨울 따로 시간을 내어 이 산을 걸으며 하얀 여백을 음미해봐야겠다는 생각이 든다. 통신대(송신소)를 지나면서 광교산을 벗어나 다음 백운산으로 넘어서게 된다. 한남정맥을 쭉 둘러본다.

"우리나라는 눈길 닿는 곳마다 산이 뻗어있어서 좋아."
"은행에 쌓인 돈뭉치를 보는 것보다 훨씬 넉넉해지지?"
"아무렴. 유동자산보다 부동산이 훨씬 효율적이지."

꽃과 신록의 어우러짐, 진초록과 진분홍, 바이올렛violet의 조화로움을 눈여겨보라. 꽃은 아름답다. 꽃보다 더 아름다운 건 신록이다. 신록은 산의 얼굴이며 상징이다.

"그런 게 은행엔 없잖아."
"그래서 5월에 아름답지 않은 산은 어디에도 없는 거야."

먼저 산에 다녔다고 해서 아는 척하면 들어주고, 정확하지 않아도 먼 산 가리키며 설명하면 고개 끄덕여준다. 기특한 친구들이다. 산을 벗어나면 언제 그랬느냐는 양 따져 묻고 들이대겠지만.
두 해전에 흙더미, 눈 더미 마구 뒤섞인 이곳 한남정맥 주능선은 싸늘한 한기 가득해서 더욱 멀고 고독한 길이었었다. 지금 광활한 수림의 짙은 초록은 에너지 활기차게 뿜어내고 더더욱 친구들 함께하니 어디인들 힘들쏜가. 저 아래, 저 높이, 저 멀리서 성큼 다가오는 대자연의 무한 기운을 우리 가슴속에 한가득 부어 담고 우리 우정에 진득이 버무리어 그렇게 또 나아가세나.

백운산白雲山 정상 지대에는 백운호수 쪽에서 올라온 등산객들로 붐빈다. 백운산(해발 567m)은 의왕시 관할이니 수원과 용인을 지나온 셈이다. 정상 공터에 모인 이들은 하나같이 신록의 향연에 심취된 모습들이다. 환하다.

다시 걸음 내디뎌 백운산과 바라산을 잇는 고갯길, 완만한 능선을 걸어 고분재까지 간다. 백운산과 바라산을 잇는 소담한 산길에 의왕대간이란 이정표가 자주 눈에 띈다.

고려가 망한 후 충신들이 도읍인 개성에서 이곳으로 몸을 피해 왕王 씨를 모시고 기리고자 왕의 획이 들어간 의義 자를 써서 의왕이라 했다는 설이 전해진다. 그래서 의왕시도 생긴 듯한데 고려 말부터 조선 초의 일화가 유독 많은 곳이 이 부근의 산들이다.

고려 때 안렴사를 지냈던 조견은 그의 형 조준이 이성계를 도와 1392년 조선이 건국되자 청계산으로 들어갔다. 태조 이성계가 벼슬을 내리고 여러 번 불렀으나 응하지 않고 여생을 마친다.

"내 묘비에 고려 때의 벼슬만 적고, 조선 때의 훈명은 적지 말도록 해라."

그렇게 유언하고 눈을 감았는데 자식들은 후환이 두려워 개국 이등공신 조견 지묘라고 묘비를 세웠다.

"그런데 그날 밤 벼락이 쳐 개국 이등공신이라는 글자만 부서졌다더군."

"하늘이 조견의 손을 들어준 셈이야."

살다 보면 똑같은 상황이 재현된다고 해도 또다시 그렇게 할 수밖에 없는 경우가 종종 있다. 현실을 꺾고 뒤틀어서도 바꿀 수 없는 것은 받아들일 수밖에 없는 필연이고, 거스를 수 없는 운명이다.

조견 또한 굴절된 삶에 휘둘리다 스러지는 걸 현실로 받아들이지 않고 자신의 신념을 고수하여 필연적 운명을 맞이한 인물이었다.

백운호수를 시계방향으로 끼고돌면서 우담산으로

잠시 고려와 조선의 간극에서 벌어지는 충절과 배신을 새겨보다가 바라산으로 향한다.

바라산(해발 498m)은 망산望山이라 불렸었는데 고려 수도 개성을 바라본다는 의미를 풀어 바라산이라 지었다고 한다. 안개가 걷히지 않아 개성은 시야에 없고, 산 아래로 백운호수가 보인다. 백운호수를 시계방향으로 끼고돌면서 우담산으로 향하게 된다.

바라재로 내려가는 24절기 철제 계단, 365 희망 계단이라고 명명한 이 계단은 1년 365일을 15일 간격으로 구분한 24절기를 소재로 이곳을 오르는 등산객들의 건강과 희망이 이루어지기를 바라는 마음으로 만들었다니 감사한 일이다.

동지부터 소한까지 365개의 계단을 내려서서 돌아보면 성큼 한 살을 더 먹은 느낌이 든다. 광교산 들머리부터 대략 10km를 지나온 셈인데 아직은 다들 끄떡없어 보인다. 내려온 만큼 올라가는 곳이 산이다. 바라재에서 다시 고도를 높이게 된다. 뙤약볕 능선이 거의 없다는 것이 오늘 산행의 큰 복이다.

"자, 여기서 점심 먹자."

우담산 정상 지척에 자리 잡고 배낭을 푼다. 한 상 가득 진수성찬을 차려 점심을 먹는다.

"산에서의 즐거움 중엔 먹는 일도 크게 차지하지."
"난 그게 전부인 거 같아."
"그래, 넌 산에 다니면서 살이 더 붙었어."

노동이나 훈련에 휴식이 없다면 얼마나 고되겠는가. 산행

을 잠시 멈추어서 바리바리 챙겨 온 먹거리를 나눠 먹는
건 그럴듯한 만찬 못지않다. 산에서는 갈증을 느끼기 전에,
허기를 느끼기 전에 물을 마시고 음식물을 섭취하는 것이
옳다.

 그런데도 먹는 모습들을 보니 식사가 조금 늦었나 보다.
너무 맛있게 먹는다. 어렸을 적 소풍 나와 먹는 것처럼 맛
있다.

 한 시간여 정찬을 즐기고 바로 우담산(해발 425m)에서 네
번째 인증 사진을 박는다. 볕 뜨거운 산정, 지치고 땀 젖었
어도 카메라 앞인지라 미소 띠면서 서로를 다감하게 끌어
안는다.

 푸릇한 생동, 환희의 빛이 가슴에 자리하고 눈에 들어찬
다. 멀리 눈길 던져도 튕기듯 반사되어 돌아온다. 그 되돌
림 속에 시름과 한숨이 사라지고 미소와 긍정, 그리고 삶의
참한 미소가 풍성하게 담겼으면 좋겠다.

 거리상으로 딱 반 정도 왔다고 할 수 있는 영심봉을 지나
하오고개로 내려간다. 그리고 폭 높은 나무계단을 내려가서
우담산과 청계산을 잇는 교각, 외곽순환도로를 가로지르는
다리를 건넌다. 식사 후의 산행길이라 피로하고 지칠 법도
한데 한 치의 망설임 없이 고행을 이어간다.

 다섯 산의 끝은 이루 형언할 수 없는 감격이어라

이제부터는 다섯 번째 청계산으로 접어든다. 고려 말 목은 이색은 청계산의 옛 이름 청룡산을 이렇게 읊었다.

청룡산 아래 옛 절
얼음과 눈이 끊어진 언덕이
들과 계곡에 잇닿았구나
단정히 남쪽 창에 앉아 주역을 읽노라니
종소리 처음 울리고 닭이 깃들려 하네

"여기 국사봉 오르는 길이 오늘 산행코스 중 가장 가파른 구간이야."
"힘들어 보이네."

영빈이가 갈 길을 올려다보고는 좌우로 몸을 비틀어 스트레칭을 한다.

"앞장서게나."

중턱에 닿자 갑작스레 몰아치는 바람에 진달래 마른 꽃잎이 떨어진다. 오다 만 봄이거늘 한여름 재촉하나 싶어 오던 길 돌아보니 곳곳마다 초록으로 속속 물들이는 중이다.
장딴지 묵직해 오지만 시시때때 관계없이 가는 길 무릉도

원인 양 여겨지는 건 사랑하는 벗들과 산을 통하고 있기 때문이다. 함께 의기투합해 목표한 바에 점점 다가서기 때문이다. 술이 맛있어 혼자 마시겠는가. 원수와 술자리 함께 하는 일이 흔하겠는가.

그 자리에 내가 사랑하는 이, 나를 좋아하는 이가 있으므로 해서 술맛 거나하고 얼큰하게 취기 오르는 것 아니겠나. 그들과의 산길은 숨이 목까지 차올라와도, 온몸이 땀에 젖었어도 마냥 가볍고 싱그럽기만 하다.

쏟아지는 졸음을 떨쳐내고 청계산 첫 봉우리, 국사봉(해발 542m)에 닿는다. 화강암 기단 위에 커다란 바위를 올린 정상석을 보며 그제야 굽었던 허리를 곧게 편다.

숨을 고르고 스트레칭도 하고는 또 고려 멸망의 시간대로 이동해본다.

"나라가 망했는데 목숨을 부지하는 건 개와 다름없다."

고려 충신 조윤은 그래서 고려 멸망 후 자를 종견從犬이라 지었다. 개는 그저 주인을 연모할 뿐이라는 의미이다. 진정한 충신의 오롯한 충심을 어떻게 가늠하겠는가마는 국사봉과 망경대를 오가며 망국의 슬픔을 곱씹었을 조윤의 가슴속이 얼마나 찢어지고 망가졌을지는 헤아려지고도 남음이 있다.

국사봉國思峰은 그렇게 나라를 생각하는 마음을 담아 명명된 곳인데 낮지만 넓게 뻗은 소나무의 푸름이 충절을 대변하듯 의연하게 정상석을 지키고 서 있다.

"정 힘들면 여기서 탈출해."

여기서 청계사 쪽으로의 하산로가 있지만 지나쳐 이수봉으로 간다.

"여기서 포기하면 내 호를 종견이라고 해야겠지."
"후유, 개처럼 기어서라도 가자고."

다소 길긴 해도 청계산 하나를 남기고 중도 탈출을 시도할 수는 없다는 눈빛들이다. 다시 예정대로 행군한다.

이수봉二壽峰(해발 547m)은 조선 연산군 때 세자 시절 연산군의 스승이던 정여창이 무오사화에 연루되어 이곳에 숨어 두 번 위기를 모면했다고 지어진 명칭이다. 그의 호 일두一蠹도 한 마리 바퀴벌레라는 자괴적 의미를 지닌다.

정몽주, 김굉필과 함께 성리학의 대가로 칭송받았던 일두 정여창 선생은 갑자사화가 일어난 1504년에 죽은 후 다시 부관참시를 당했으니 두 번 살아나 두 번 죽임을 당한 셈이다. 그는 온갖 동물들이 드나들어 오막난이굴이라고도 불리는 청계산 마왕굴에서 은거하다 밤이 되면 망경대 정상의 금빛이 감도는 샘물인 금정수를 마시며 갈증을 달랬다.

"정여창 선생이 부관참시를 당하자 달빛을 받아 금빛을 발하던 샘물이 핏빛으로 변했다고 하지."

그 후 1506년 중종반정으로 연산군이 물러나고 복관이 되자 붉어진 샘물은 다시 금빛으로 돌아왔다고 한다.

당시의 정사와 야사가 뒤섞여 많은 이야기를 뽑아내는 이수봉 너른 터에 옛골이나 절 고개에서 올라온 등산객들이 삼삼오오 모여 앉아 식사한다.

여기서 충분히 휴식을 취한 후 망경대 갈림길을 지나 석기봉에서 바위 구간을 우회하여 청계산 주봉인 망경대望京臺(해발 615m)를 찍는다. 이곳 또한 조윤이 이성계를 피해 여기서 막을 치고 고려 수도 개성을 바라보며 망국의 한을 달랜 곳이다.

"저 물이 금정수인가?"

바위 밑에 금빛도, 핏빛도 아닌 샘이 조그맣게 고여 있다.

"아마 그럴 거야."

혈읍재에 닿자 다시 정여창이 등장한다. 성리학적 이상 국가의 실현이 좌절되자 청계산에 은거했던 그가 망경대 아래 고개를 넘다 통분해 울었는데 그 울음소리가 산 멀리까지 들렸다 하여 후학인 정구가 피눈물을 뜻하는 혈읍재라 명명했다고 한다.

청계산은 조윤이나 정여창의 일화에서 보듯 도피 혹은 은둔의 장소였나 보다. 고려 말 포은 정몽주, 야은 길재와 함께 삼은三隱의 한 명인 목은 이색이 이 산에서 숨어 살았고, 추사 김정희도 제주도 귀양살이에서 풀린 뒤 옥녀봉 아래에서 말년을 지냈다고 하니 말이다.

긴 길을 걸어와 막바지 청계산을 지나면서 문득 제로섬 게임 zero sum game의 이론이 떠오른다. 해외 원정도박으로 재산을 탕진했다거나 인터넷 도박으로 물의를 일으키는 유명인들이 화두에 오르곤 했다.

고스톱이나 포커게임 등은 누군가가 따면 반드시 그만큼 잃은 사람이 있게 마련이다. 그들 간에 따거나 잃은 돈의 합은 거기 참가한 사람들의 주머니에서 나온 돈의 액수와 같다. 딴 사람은 희희낙락 웃고 있지만, 그 웃음은 바로 옆 사람의 자조적 한숨인 것이다.

동서고금을 막론하고 새 정권이 기존의 정권을 뒤엎고 들어서는 허다한 사건들은 고려가 조선에 넘어가는 과정처럼 승자와 패자가 극명하게 판가름 나는 win-lose게임이다. 시대의 음지로 물러선 정몽주, 조윤, 정여창, 이색 등과 달리 동시대를 풍미했던 정도전, 이방의, 배극렴 등은 개국공신으로 새 시대의 주도권을 쥐게 된다.

다 같이 win-win이 될 수 없고 게임에 참가한 이들의 이익과 손실을 모두 합하면 그 합이 반드시 '0'zero이 되는 제로섬 게임을 떠올리고 만다.

어찌 되었건 청계산은 지조와 절개의 터전으로 그 유래에 깊이 스며들어 좋은 느낌을 지니고 싶은 곳이다. 지금은 도심의 허파이자 커다란 쉼표 역할을 하는 청계산이다. 그런 산이 패자의 음지로 폄하되는 게 싫다고나 할까.

혈읍재를 지나면서 지친 기색들이 나타나기 시작한다. 이젠 다 같이 완주한다는 의미가 그리 쉽지 않은 일이라는 걸 실감할 즈음이다. 힘에 부친 일행을 달래고 설득하여 억지로 동행한다는 건 어리석은 일이다.

"좀 더 가보고……."
"얼마나 더 가야 하지?"

힘들면 혈읍재 아래 샛길로 빠져 옛골로 하산할 수 있음을 부언했지만 딱 부러지게 응하지 않고 가는 데까지 가보

잔다. 매봉(해발 583m)에서 숨을 돌리고 매바위로 이동했다가 1240계단을 내려선다.

돌문 바위에는 청계산 정기를 듬뿍 받아 가라고 적힌 팻말이 세워져 있다. 지닌 정기나마 흘리지 않고 남은 길을 가면 다행이다. 그 마지막 힘을 뽑아 원터고개를 지나 오늘 산행의 마지막 봉우리 옥녀봉(해발 376m)까지 내달았다.

전국 수많은 산에 옥녀봉이라는 이름의 봉우리가 있다. 내려오는 전설도 이루 헤아릴 수 없을 정도로 많다. 청계산의 옥녀봉은 봉우리 모양이 예쁜 여성처럼 보인다고 해서 붙여진 이름이다. 평소엔 그런 것도 같았는데 오늘은 옥녀봉의 미모가 딱히 눈에 들어오지 않는다.

정부 과천청사, 경마공원 등 과천시 일대를 내려다보고 마지막 하산 길에 접어든다. 서서히 서녘으로 붉게 노을이 물드는 시간이다. 화물터미널 갈림길을 지나 통나무 계단을 내려서면서 양재동 화물터미널 날머리에 도착한다.

"실로 감탄을 금하지 않을 수가 없어. 모두 수고했어."

하루 꼬박 걸리는 장거리 산행이 처음인데도 다들 큰 무리 없이 완주했다는 게 대단하다. 비교적 빠른 보폭이었음에도 전혀 거리 간격 없이 동반 완주했다는 게 놀랍다. 그만큼 희열도 크다.

"그대들과 함께 다섯 산을 종주해서 행복했고 앞으로 더욱 많은 추억을 함께 쌓아 올릴 수 있어 행복하다네."

그들의 뿌듯한 표정을 보면서 이루 형언할 수 없는 감격에 젖는다.

국사봉 거처 이수봉 지나도록 햇살 아직 뜨거운데
매봉 아랫길 일천이백사십 계단 밟아 옥녀봉 이르니
희뿌연 하현달 놓칠세라 에메랄드 황혼 뒤쫓누나.
이른 초저녁별 물 양 산새 한 마리 공중으로 치솟더니
막 지나온 옥녀봉 서둘러 어둠 뿌려
날머리마저 지우누나.
어둠 가린들 그 산 그대로인걸
세월 흐른 들 갈 산 거기 그대로인걸
내키면 신발 끈 조여 매고 나서면 반기는 곳
거기가 산,
거기가 희망,
거기에 바로 추억 있지 아니하던가.

때 / 봄
곳 / 수원 경기대학교 후문 – 문바위 – 형제봉 – 양지재 – 종루봉 – 토끼재 – 광교산 시루봉 – 노루목 – 통신대 – 억새밭 – 백운산 – 고분재 – 바라산 – 365 희망 계단 – 바라재 – 우담산 – 영심봉 – KBS 운중 송신탑 – 하오고개 – 국사봉 – 이수봉 – 헬기장 – 석기봉 – 청계산 망경대 – 혈읍재 – 매봉 – 매바위 – 옥녀봉 – 양재동 화물터미널

화악지맥, 몽가북계삼 5산 종주

몽덕산-가덕산-북배산-계관산-삼악산

도전이나 모험이 아닌 자제와 평정을
먼저 떠올려야 한다고 산은 가르쳤었다.
순간적인 결정과 순발력 넘치는 행동은
위험으로 연결되는 지름길임을 산에서 배웠었다.

5월 초, 화악리 윗 홍적 버스 종점에서 내리자 아침 10시
가 지나지 않았는데도 내리쬐는 태양열이 제법 따갑다.

연계 산행을 즐기는 마니아들에 의해 몽가북계라는 용어가
생겨났는데 한북정맥에서 우측으로 뻗은 화악 지맥의 몽덕
산, 가덕산, 북배산과 계관산을 잇는 산행 구간의 머리글자
이다. 거기 네 곳의 산을 찾아왔다가 지도상으로 연결된 걸
보고 삼악산까지 잇기로 한다.

행정구역상 경기도 연산면 화악 1리를 들머리로 하는 몽
덕산에서 강원도 춘천시 강촌 지역을 날머리로 하는 삼악
산까지의 다섯 산을 넘는 꽤 긴 길이다. 화악리 버스 종점
에서 도로의 보호난간이 끝나는 홍적 고개까지 걸어 올라
간다. 춘천에서는 지암리 고개 또는 마장이 고개라 부르는
데 여기가 경기도와 강원도의 경계 지역이다.

들머리 외진 마을 화악리
그 끄트머리 미끄러질 듯 기운 구릉
적막한 홍적 고개
솟대처럼 높기만 하여 더욱 외로운 나무 한 그루
붉은 꽃 활짝 피어났더라면
고독에 지치고 땀에 찌들어 겨운 시름
잠시나마 덜어냈으려나

쫓지도, 쫓기지도 않고 마냥 그 산들을 걷는다

홍적 고개에서 몽덕산을 오르는 길은 비교적 평탄하다. 신
록의 계절에 접어들었지만, 이곳은 아직 겨울 잔해들이 채
걷히지 않은 모습이다. 나뭇가지는 앙상하게 헐벗었고 땅바
닥도 온기 뿜어내려면 시간이 더 필요할 듯하다.

이날은 산행하는 이들이 없어 싸리밭길 능선을 호젓하게
걷는다. 사방으로 겹겹의 깊은 산들이 없다면 그냥 밋밋한
능선에서 지루한 걸음을 옮겼을 것이었다.

화악산과 매봉이 지붕을 드러내면서 얼마 지나지 않아 몽
덕산 정상(해발 690m)에 닿는다. 쓰러진 정상석을 누군가
기둥으로 받쳐놓았다.

경기도 가평군과 강원도 춘천시의 경계 선상에 있는 몽덕
산인지라 지방자치단체 간의 눈치싸움이 끝날 때까지는 당

분간 기울인 채로 버텨야 할 듯싶다.

"내 문패 걱정은 하지 말고 쭉 편안한 길이니까 느긋하게 즐기시게."
"네, 산에서 내려가면 담당자한테 바로잡도록 조치시키겠습니다."

뒤돌아보니 고개를 치켜든 촛대봉이 손을 흔들어 배웅해주고 그 뒤로 응봉도 자애롭게 미소를 짓고 있다.

조금씩 고도를 높이기는 하지만 산자락이 부드러운지라 느긋하게 거리를 줄여나갈 수 있다. 다만 햇빛을 피할 수 있는 나무가 능선 아래로 심겨 있어 조금 더 지나서는 더위깨나 먹을 것만 같다.

여전히 비슷한 등산로를 걸으며 오른쪽으로 명지산과 애기봉, 화악산을 보다가 납실 고개라는 갈림길에 이른다. 춘천시 서면 오월리 윗납실로 넘어가는 고개라고 한다. 간간이 새소리와 바람 소리만이 귓전을 스치고 주변에 걷는 이 한 사람 없다.

시간이 지날수록 먼 하늘이 청명해지고 있다. 여름 이후엔 키 큰 억새로 인해 걷기가 무척 불편할 듯도 느껴지지만 대체로 넓은 능선은 굴곡이 심하지 않아 겨울 산행에 적합할 것처럼 보인다.

몽덕산에서 외길을 편안하게 걷다가 가덕산에 다다른다. 한 시간이 채 걸리지 않아 가덕산(해발 858.1m)에 도착했으니 어지간한 산의 봉우리와 봉우리처럼 가까운 데 산이 이어지고 있다. 너른 억새 군락지대인 가덕산 정상에서 북배산과 계관산으로 이어지는 능선을 바라보고는 곧장 길을 향한다.

삿갓봉으로 가는 삼거리가 나오고 춘천 서면 서상리로 넘어가는 퇴골 고개로 이어진다. 능선 아래로 노랗게 무리 지은 야생초가 평화로이 햇살을 즐기고 있다.

오늘 접하게 되는 다섯 산 중 가장 높은 북배산北培山(해발 870m)에 도착해서 허기를 채운다. 이때가 홍적 고개에서 출발한 지 세 시간이 지나지 않은 12시 30분 경이다. 휴식을 취하며 둘러보니 지나온 가덕산과 화악산이 환히 드러난다. 춘천과 화천 쪽으로 용화산, 그 너머로 사명산도 고개를 내밀고 있다. 명지산에서 연인산, 또 축령산의 정체성을 확인한다.

경기도 가평군은 지형적으로 군의 대부분 지역이 험한 산지를 이루고 있으며, 북쪽에서 남쪽으로 갈수록 점차 고도가 낮아진다. 그 산들을 끼고 가평천이 흘러 북한강으로 합류된다. 명산과 청정계곡이 즐비하여 발 닿는 곳마다 휴양지나 다름없어 자주 오게 되는 가평은 수도권의 넉넉한 힐링 공간이다.

고만고만한 오르내림 후 한 시 방향으로 능선을 틀자 계관산이 보인다. 그늘이 없는 능선의 연속이다. 이젠 더위를 느낄 시간이고 땀이 솟을 만큼 걸었다. 계관산까지는 보이는 것과 달리 꽤 긴 편이다.

낮은 하늘로 뭉게구름이 흘러가고 능선 아래엔 진달래, 억새랑 잡목들이 마구 섞여 질서는 없어 보여도 수더분하고 자유스럽다. 쫓길 것도, 쫓을 것도 없는 곳, 그래서 산은 산이다.

살아오면서 성실함과는 거리가 있었다. 크게 인내력이 있지도 않았다. 그런데 산을 알고부터, 특히 장거리 연계 산행에 몰입하면서부터 성실함이 절로 몸에 밴 듯하다.

일단 산에 들어서면 앞으로 나아가지 않고는 달리 방안이 없다. 위로 솟구쳐 오르면서 인내심은 습관으로 자리 잡게 되었다. 살아가면서 필요 불급한 것들을 내 것으로 하게 되었으니 이런 큰 가르침을 산이 아닌 어디에서 익힐 수 있었겠는가.

가평군 고달면 목동리 싸리재 마을로 내려가는 삼거리 고개인 싸리재를 지난다. 들짐승의 등줄기 같은 구릉 몇 개를 넘다 보니 닭 볏 형상으로 솟은 계관산鷄冠山 정상(해발 735.7m)에 이르자 몇몇 등산객들이 모여 있다.

싸리재 버스 종점에서 올라왔다고 한다. 명지산과 화악산이 커다랗게 뭉친 구름을 얹었고 의암호 너머로는 춘천 시

내가 낮게 몸을 굽히고 있다.

몽가북계의 4산 연계 산행에서는 보통 여기 계관산 정상에서 2.8km 아래의 싸리재 버스 종점으로 하산하게 된다. 홍적 고개에서 여기 계관산까지 11.2km이니 총 14km 거리의 4산 종주 코스라 할 수 있다.

날카롭기가 수리 발톱 같은 삼악산인데다 심하게 지쳤

"이리 갈까, 저리 갈까?"

능선 너머 다소 아득하게 보이는 삼악산과 싸리재 내리막을 놓고 잠시 망설인다.

"지나침은 모자람만 못하다고 했는데."

도전이나 모험이 아닌 자제와 평정을 먼저 떠올려야 한다고 산은 가르쳤었다. 순간적인 결정과 순발력 넘치는 행동은 위험으로 연결되는 지름길임을 산에서 배웠었다. 삼악산까지 갔다가 내려가려면 지금까지 온 만큼 혹은 그보다 더 가야 한다.

거리보다 중요한 건 길을 제대로 찾을 수 있느냐는 거다.

143

충분히 검색했지만, 실제 산길은 지도와 매우 다르다는 것을 여러 번 겪어봤다. 더구나 식수가 거의 바닥을 드러낸 상태다.

"아아, 그런데도 나는……"

걸음은 머리가 결정 내리기 전에 이미 그쪽으로 내디디고 있다. 이제부턴 더욱 지치고 고독한 수행이 될 것이다. 계관산 정상에서 900m 지점에 낡은 이정목이 세워졌는데 삼악산까지 8km라고 적혀있다.

다시 빠른 걸음으로 꽤 많이 왔다고 생각했는데 삼악산 등선봉까지의 거리가 침울하고 목이 타게 한다. 7.3km 거리의 등선봉에 올랐다가 강촌마을로 내려갈 때까지 갈증을 견뎌내야 한다.

"나이 먹을수록 주머니에 돈 떨어지면 외로워져."

갑자기 왜 이런 말이 떠오르는 걸까. 없으면 더 궁해지나 보다. 인적 없는 산길에 익숙해 있기는 하지만 물이 없어서일까, 마을도 갈림길도 보이지 않는 외길이다 보니 은근히 걱정스러워지고 바짝 입이 타들어 간다.

그러나 산은 믿음을 준다. 언제나 내 편일 거라는 강한 믿음을 준다. 늘 그래 왔다.

 지천에 숱하게 깔린 바이올렛 야생화를 내려다보고 크게 심호흡을 하며 마음을 안정시키려 하지만 좀처럼 불안이 가시지 않는다.

 그렇게 조바심을 안고 석파령 꼭대기(해발 380m)까지 왔다. 그런데 이정표에 삼악산으로의 방향 표시가 없다. 표시가 없으면 직진이 운행 상식이다. 내비게이션도 그렇지 않은가. 역시 석파령 전면으로 오르는 길이 보인다.

"그대는 이번에도 안전하게 해낼 걸세."

 좌우로 쭉쭉 뻗어 늘어선 낙엽송들이 푸릇푸릇 힘을 실어주는 느낌이다. 이정표나 리본은 진작부터 보이지 않아도 밧줄이 설치되어 있다는 건 제대로 길을 가고 있다는 방증이다. 바위들이 보이고 바위 구간이 나타난 걸 보니 삼악산 자락에 들어서긴 했나 보다. 시간이 지날수록 갈증이 심해 입술이 말라버렸다. 물도 떨어진 상태에서 길을 연장한 게 후회가 되기도 하고 무모함에 자책하게도 된다.

"역시 과유불급이었나."

 바윗길을 타고 또 타길 거듭해서 수북한 돌무더기에 이르렀는데 삼악 3봉 중 한 곳인 청운봉이다. 주봉인 용화봉과 등선봉 그리고 여기 청운봉을 일컬어 삼악산이라 명명했다. 잡목 숲 사이로 등선봉과 570m의 삼악 좌봉이 잡힌다.

왼쪽으로 계관산이 8.7km, 오른쪽으로 등선봉이 1.2km인 이정표가 있다. 날카롭기가 수리 발톱 같은 삼악산인데다 심하게 지쳐있다.

이정표의 수치가 오늘처럼 멀게 느껴진 적이 있었던가. 북한강 줄기를 보면서도 저 물을 마시고 싶단 생각만 든다.

등선봉의 앉은뱅이 정상석(해발 632m)과 키를 맞춰 앉는다. 아니 정상석 옆으로 주저앉는다는 표현이 적절하다. 신선이 되어 오른다는 등선봉에서 셀프 카메라를 들이댔는데 낯빛까지 창백하니 신선은 고사하고 영락없는 노숙자다.

그래도 오늘 목표한 다섯 산의 최종 봉우리에 이르자 살짝 긴장이 누그러지며 뿌듯한 기분이 든다. 등산화 끈을 고쳐매고 일어섰다. 어둠이 몰려올 시간이기에 여기서도 서두르지 않을 수 없다.

"다시 만날 땐 편한 맘, 웃는 얼굴로 해후하세나."

등선봉의 인사말도 듣는 둥 마는 둥 등을 돌린다. 삼악 좌봉 쪽으로의 하산로, 그야말로 너덜길이다. 다시 고개 들어 저물어가는 한북정맥의 산들을 둘러본다.

"이처럼 시련을 주는 그대 산들이 있으므로 그래도 난, 무척 행복하다오."

 강촌에 하나둘 불빛이 켜지는 중이다. 마음이 급해진다는 걸 의식하며 끝까지 조심해야 한다고 마음 다지지만, 허기까지 겹쳐서일까. 암릉 하산길이 무척 어지럽다.

 두어 번 왔던 곳인데 삼악 좌봉으로 건너는 길이 왠지 생소하다. 끝내 하산로를 찾으려 헤매다가 길이 아닌 곳으로 들어서고 말았다. 위험지역이란 표지판을 보고 안전한 길을 찾는다는 게 그만 위험지역으로 들어섰다.

"침착해야 해. 차분해져야 한다."

 그랬어도 미끄러워 헛디디기를 여러 번, 거의 80도에 가까운 낙엽 경사로를 간신히 내려오고 보니 바위가 굴러 생긴 애추崖墜의 너덜지대다. 경직된 긴장 탓으로 온몸이 땀에 젖었다. 이미 어둠이 산을 휘덮었다.

"하나님! 도우소서."

 저도 모르게 하나님을 찾으며 도와달라고 중얼거린다. 헤드랜턴도 없이 최대한 서행하며 조심스럽게 발을 내딛다가 물소리를 들었다.

바위틈에 팔을 뻗어 들이민 물병에 물이 담기는 걸 보니 환청이 아니었다. 이 물이 식수로서 적합한 건지 아닌지는 전혀 상관이 없다. 마치 지옥 같은 곳에서, 태어나 가장 맛있는 물을 먹어보았다.

"아아! 역시 하나님은, 산은 내 편이었어."

불빛을 보고 내려오니 강촌검문소에서 1km 떨어진 국도변이다. 강변 국도 갓길을 걷는 것도 내리막 산길만큼이나 무섭다. 밤바람을 가르는 차량들 속도가 엄청나다.

평상시 느끼지 못했던 자신을 깨우치게 됐다. 준비도 안 된 상태에서 내지르는 무모함, 자칫 무기력해질 수 있는 상황에서의 극복 의지와 생존본능……. 내 안에 스스로도 인지하지 못했던 다른 모습이 있다는 걸 깨달았다.

사람은 역시 예상치 못한 상황에 던져졌을 때 자기 자신의 새로운 모습을 보게 되는가 보다.

"어쨌든 이젠 살았어."

강촌교 앞 건널목에서 파란불을 기다리는 동안 달리는 차들의 바람 가르는 소리가 이명처럼 울리는 중에 다시 살아났다는 생각이 든다.

'강촌역에서는 산도 구름도 기차도 강물 속으로 떠난다.'

다리를 건너 강촌유원지에 들어서니 다신 오늘처럼 무모하
게 까불지 않겠다는 반성뿐이다.

나 홀로 긴 여정
피로 몰려오고 입술 타들어 가며
나,
무얼 담아 내려왔는가.
수행은 원래 고독하다 했잖은가.

땀 흘려 숨 가쁘게 오르고
수직 비탈 미끄러지며
무얼 담아오려
거길 간 건 아니었잖은가.

길 잃고도
목 축여 해갈하고
내려와 허기진 배 채웠으니
그게 극한의 행복 아니겠는가.

때 / 초여름
곳 / 윗 홍적 버스종점 – 홍적 고개 – 몽덕산 – 납실고개 – 가덕산 – 전명골재 – 퇴골 고개 – 북배산 – 갈밭재 – 자라바위 – 싸리재 – 계관산 – 작은 촛대봉 – 방화선 끝 – 석파령 – 475봉 – 삼악산 청운봉 – 삼악산 등선봉 – 삼악 좌봉 – 강변로 – 강촌유원지 – 강촌역

거제도 바닷길 남북 5산 종주

망산-가라산-노자산-선자산-계룡산

하늘과 바다와 산의 경계가 없다.
거기 더해 사람들까지 모두 하나로 이어져 있다.
바람이 멈추면 바다는 잠을 자는가.
나는 오로지 걷고 있는데 바다는 한 치의 미동조차 없다.

거제도 남단 명사 포구 위로 솟은 망산에서 가라산, 노자산 선자산을 거쳐 거제시 중심에 솟은 계룡산까지의 다섯 산을 남북으로 종주하는, 이른바 거제 남북 5산 종주 코스를 두 번째 시도하게 된다.

3년 전 홀로 산행했던 추억이 떠올라 몇몇 친구들에게 언급했더니 여덟 명이 군침을 흘린다. 보름 뒤 주말에 두 대의 승용차를 나눠 타고 바로 거제도로 달려갔다. 거기 산이 있고 바다가 있고 또 가까운 친구들이 있었다.

태영, 순희, 인섭, 계원이가 한 차에 타고 병소, 노천, 남영, 영빈과 함께 다섯 명이 또 한 차로 출발하였다. 대다수 운길산, 적갑산, 예봉산을 함께 종주한 동창이자 오랜 벗들이다.

거제도는 올 때마다 다시 찾을 명분을 만들어준다. 거제도에서 유람선을 타고 외도를 탐방하고자 하면 기상 탓으로 배가 출항하지 않아 날 좋을 때를 골라 다시 오게 하는 것처럼 말이다.

제주도에 이어 두 번째로 큰 섬 거제도는 크고 작은 60여 개의 섬이 그 부속 도서로 주변에 깔려있다. 망산, 가라산, 노자산, 선자산, 계룡산, 북병산, 국사봉, 옥녀봉, 산방산, 대금산, 앵산 등 열한 개의 산들이 남북 혹은 동서로 이어져 있다.

그중 남북으로 늘어선 다섯 산을 접하고 나머지 산은 거제도에 다시 올 명분으로 남겨놓는다.

최남단 남부면의 명사해수욕장에서 첫 산을 오른다

금요일 오후 느지막하게 서울에서 출발하여 거제도에 들어섰을 때는 이미 밤이 깊었다. 늦은 밤, 저녁 식사를 하고 적당히 휴식을 취하다가 이른 새벽에 산행을 시작하기로 계획을 세웠다. 몇몇 친구들은 차 안에서 눈을 붙이고 또 몇몇은 잡담을 나누며 시간을 보낸다.

"기상! 출발 20분 전!"

새벽 네 시, 안개가 짙게 드리우며 흐릿하던 날씨가 먼 데서 오신 손님들을 예우하려는지 점차 개이기 시작한다. 이른 봄 바닷가인데도 춥다는 느낌은 들지 않는다. 친구들도 대다수 표정이 밝은 편이다. 출발 채비를 마치고 망산 들머리로 향한다.

국운이 기울던 조선 말엽, 왜구 선박의 침범을 감시하고 고기잡이 어부가 망을 본다고 하여 망산望山이라 불리게 되었다고 한다. 경남 통영시를 중심으로 세 개의 망산이 있는데 한산도 망산, 사량도 지리망산이 있고 여기 거제도 남쪽 해안에 접한 망산이 그것이다.

바다에서 시작하여 잠시 가파른 바윗길을 넘어서면 검은 바다가 다시 나타난다. 어둠 속 불빛 산행이라 더욱 그런가 보다. 산길을 걷는지 물길을 걷는지 혹은 하늘을 유영하는지 점점 구분이 흐릿해진다.

인자요산仁者樂山, 지자요수知者樂水의 양변을 모두 접하였으니 어찌 표정이 밝지 않을쏜가. 가까운 친구들과의 산행이라 마음은 더욱 넉넉하고 얼굴엔 자꾸 미소를 머금게 된다.

안개 커튼을 거둬내면서 들머리 명사 해안과 매물도 여객선 선착장이 한 폭 풍경화처럼 드러나는 중이다. 오를수록 마을의 가옥들과 배는 작아진다. 깎아지른 낭떠러지 아래에 거품으로 흩어지는 소소한 물결이 가슴을 일렁이게 한다.

"저 아래 악어처럼 떠 있는 섬이 장사도야."

"매물도도 보일 거 같은데."

"저게 매물도, 좀 더 뒤로 흐릿한 게 비진도야."

시야에 잡히는 모든 게 선명하진 않지만, 두루두루 대병대도, 소병대도와 매물도, 욕지도, 비진도 등 한려해상의 내로라하는 섬들을 콕콕 찍어낼 수 있다.

"높은 산은 아닌데 꽤 힘드네."

"바닷가 산이잖아. 해발 제로부터 시작하니까 숫자만 보고 판단했다간 낭패 볼 수 있어."

해발 397m의 망산 정상을 동네 뒷산 정도로 생각했다는 몇몇 친구들이 마음을 가다듬는 것처럼 보인다.

청명한 날엔 여기서 부산과 대마도까지 보인다고 하는데 오늘 거기까지 보려 하는 건 과한 욕심일 듯하다. 은근히 걱정했던 습한 날씨가 개는 것만도 감사하다.

돌탑을 쌓고 그 위에 자갈을 깔아 세운 정상석, 바다 수면에서 그리 높아 보이지 않는 곳에 세워진 정상석이 묘한 낭만을 풍긴다. 커다란 언덕을 등지고 근포와 대포마을이 각각 바다를 낀 풍광도 낭만 가득하다.

'태산은 작은 흙덩이도 사양하지 않기에 그 거대함을 이룰 수 있고, 바다는 작은 물줄기도 가리지 않기에 그처럼 깊어질 수 있다.'

바다를 내려 보노라니 중국 역사상 가장 뛰어난 명문 중 하나로 평가받는 간축객서諫逐客書의 한 문장이 떠오른다. 진나라의 가신인 이사는 간축객서를 통해 출신을 가리지 말고 널리 인재를 등용하여 나라를 부강하게 이루라는 제안을 하였고, 마침내 진나라는 진시황으로 하여금 중국을 통일하게 한다.

뒷간에 사는 쥐는 더러운 것을 먹다가 사람이나 개를 보면 두려워 도망치지만, 곳간에 사는 쥐는 쌓아놓은 곡식을 먹으며 사람을 안중에 두지 않는다는 것을 본 이사는 사람이 어질거나 못났다고 하는 것은 이런 쥐의 행태와 같아 처해 있는 환경에 달렸을 뿐이라고 했다.

그는 진시황을 도와 천하 통일의 공을 세워 진나라 최고의 권력을 얻었지만, 결국 자신의 부귀영화를 누리려는 생각밖에 없었기 때문에 비참한 최후를 맞고 만다. 처한 환경에 대한 습성을 잘 아는 이가 결국 처한 환경에 속박되어 사람을 안중에 두지 못한 꼴이 되고 말았다.

바다로 흐르는 작은 물줄기일지라도 오염된 폐수만큼은 절대 흘러들지 않았으면 하는 생각으로 이어지다가 망산과 작별한다. 내봉산(해발 359m)에 이르러서도 미끄러지면 풍덩, 그대로 바다로 구를 것만 같다. 몸집이 큰 순희와 계원이가 땀을 쏟아내긴 하지만 너끈히 여유로운 표정이다.

"노천이랑 인섭이도 끄떡없지?"
"아직은 문제없어."

운전하고 온 태영이와 병소는 마라톤과 장거리 산행으로 단련된 지라 염려할 게 없다. 영빈이와 남영이도 여유롭게 물길 산행을 즐기는 표정이다.

야트막한 천장산 아래의 여차 몽돌 해안이 거기 머물러서 바다를 즐길 때만큼이나 아늑하고 평화로워 보인다. 수시로 저구항을 드나드는 소형어선들이 바다 마을의 바쁜 일상을 실감하게 해 준다.

거제도의 최고봉 가라산, 신선에 비유되는 노자산

"저기가 가라산 정상이야."
"엄청나게 멀구나."
"넌 다섯 산 완주는 무리겠어. 망산 하나로 만족하고 계룡산 날머리에서 기다리는 게 어때?"

"그러고 싶지만, 우리 어머니가 하늘에서 지켜보고 계셔서 멈출 수가 없네."

농을 주고받으면서도 친구의 체력을 염려해준다. 모두가 다 같이 안전하게 완주하고픈 마음이 동하기 때문이다. 진행할 능선을 따라 볼록하게 솟아 앞이마가 벗어진 봉우리가 가라산 정상이다.

돌담을 끼고 내려가다 아직은 휑한 침엽수림을 지나면 도로변에 닿는다. 작은 다대재라고 불리는 곳이다. 여기서 가라산 등산로 입구로 들어선다. 산에서 내려와 다시 산을 오르지만, 누구 하나 엄살 섞인 말을 하지 않는다. 다대산성을 지나 고갯마루 학동재 직전의 능선까지는 계속되는 잡목 숲에다 길이 꽤나 거친 편이다.

학동재를 넘어 여전히 물길, 산길이 이어진다. 남쪽이지만 아직 봄이 오기엔 이른지라 산수유 노랗게 피려면 멀어 보인다. 가라산에서 내려다보는 해금강은 여의주를 문 청룡이 동해를 향해 날아가는 형상을 하고 있다고 한다. 그 모습이 떠올라 걸음을 빨리하려다 뒤를 돌아보고 보조를 맞춘다. 망등을 지나 이제까지 없던 바위가 많이 눈에 띄는 가라산 정상(해발 585m)에 도착한다.

"여기가 거제도에서 제일 높은 산이야."

500년대 초 금관가야는 해인사가 있는 가야산과 여기 거제도의 남쪽 가야산까지가 그 국경이었는데 이곳이 가라산으로 변음 되었다고 전해진다.

숨은그림찾기 하듯 여의주 문 청룡의 모습을 헤아리다가 고개를 돌리고 길을 서두른다. 자칫 늦어지면 막판 체력이 떨어질 즈음 다 같이 하산하는데 차질을 빚을 수 있다. 진만큼 재로 가면서 햇살 듬뿍 받은 억새가 한가롭고도 평온해 보인다. 학동 해안과 해금강 등 노을빛 물들기 시작하는 바다 곳곳마다 감미롭고 평화롭다.

"안녕하세요."
"안녕하세요. 즐거운 산행 되세요."

몇 명의 산객들이 반대편에서 걸어온다. 이들도 외지에서 온 것처럼 보인다.

하늘과 바다와 산의 경계가 없다. 거기 더해 사람들까지 모두 하나로 이어져 있다. 바람이 멈추면 바다는 잠을 자는가. 우리는 오로지 걷고 있는데 바다는 한 치의 미동조차 없다. 가던 길 멈추고 뫼 바위에 올라 학동 포구를 내려다본다.

학동 몽돌 해안에서 올려다보면 노자산의 기암괴석이 꽤 볼만하다. 오래전 저기서 해상 식물공원 외도를 다녀온 적이 있었다. 47000평 규모의 외도 해상공원은 3000여 종이나 되는 식물들이 심겨 있고 지중해 양식으로 지어진 건물들이 이국적 정취를 물씬 풍긴다. 아직도 외도 유람선에서 돌아본 해금강의 사자바위, 촛대바위 등이 눈에 선하다.

노자산 전망대로 향하는 막바지 바윗길이 제법 날카롭다. 노자산 전망대에서 노자산 정상까지 800m, 거꾸로 가라산 정상까지는 3.4km라고 표시되어 있다. 밤샘 피로가 몰려오는지 노자산 정상이 실제 거리보다 멀게 느껴진다.

몇몇 친구들도 조금씩 지친 기색을 보인다. 오기 전부터 마음 다지고 소망했었다. 아홉 명 다 같이 무사히 완주하여 오랫동안 추억으로 공유하고 싶었다.

"욕심일 수도 있겠지만 끝까지 최선을 다해보자."

전망대에서 간식을 먹으며 한 번 더 다짐해보고는 정상으로 향한다. 너덜 오르막길을 올라 송신탑에 이르면 바로 정상이다. 거제도 동남쪽 위치인 동부면 구천리, 부춘리와 학동을 끼고 있어 각 마을에서 올라올 수 있게끔 등산로가 나 있다.

노자산老子山 정상(해발 565m)에서 내려다보는 조망도 시원하기가 이루 말할 수 없다. 다도해는 섬과 바다와 바람까지 서로 어우러져 춤을 추는 것처럼 보인다.

"불로초와 절경으로 인해 늙지 않고 오래 산다는 신선에 비유하여 노자산이라고 이름 붙여졌다니 우리도 건강수명이 연장되지 않을까."

"계룡산 찍을 때까지만이라도 건강하게 걸어야 할 텐데."

가을 단풍이 멋질 뿐 아니라 희귀조인 팔색조를 비롯하여 여러 종류의 희귀 동식물도 서식한다는 노자산에서 웃음을 지으며 서로를 격려하고 다시 진행한다.

멀리 선자산 정상이 보이고 그 왼편으로 이어진 능선을 따라 10시 방향의 끝 봉우리가 계룡산 정상이다. 여기서도 다시 내려갔다가 또 올라야 한다. 이 두 산으로 가기 위해 해양사 방향으로 하산한다. 하산로 초입은 상당히 가파르고 비좁은 편이다.

"이제 두 개의 산이 남았어. 친구 따라 억지로 올라갔다가는 다시 친구를 못 볼 수도 있어."

"오늘 너희들 보는 게 마지막이 될지도 모르지만……."

그렇게 남은 산을 아홉 명 모두가 동반한다.

선자산과 계룡산, 바다를 끌어안은 하늘길을 걷는다

선자산 들머리로 가는 거리 곳곳에 만개하지는 않았어도

160

동백꽃이 피기 시작한다. 평지에서 차분하게 시작되던 선자산 등로는 갈수록 가파르게 고도가 높아지고 너덜 바위 가득한 험로로 이어진다.

"노천아! 내려가지 못하고 쓰러지면 우리 집사람한테 사랑했었다고 전해줘."
"마지막까지도 친구한테 거짓말하라고 시키는 거냐."
"하하하!"

여러 차례 쉬었다가 땀깨나 흘리며 도착한 선자산 정상(해발 507m)에서 내려다보는 바다는 곧 어둠이 내려앉을 것처럼 묵직해졌다.

계룡산 남쪽 줄기로 이어진 선자산은 가을에는 단풍나무가 아름답고 자작나무와 참나무가 무성하며 계곡물이 맑고 깨끗하단다. 이 계곡의 물이 굽이굽이 모여 구천 댐을 이루고 있다.

오르면서 둘러보는 남쪽 나라, 노을을 살포시 품기 시작한 바다, 그 바다를 끌어안은 잿빛 하늘, 하루를 접어야 한다는 신호처럼 마음을 바쁘게 한다. 친구들과 함께 왔으면서도 이들에 대한 그리움이 생성된다. 무언가를 함께 한다는 사실에 대한 무한한 공감대, 그 느낌은 바로 함께 있으면서도 마구 솟구치는 그리움이다.

눈이 부시게 푸르른 날은
그리운 사람을 그리워하자
저기 저기 저, 가을꽃 자리
초록이 지쳐 단풍 드는데
눈이 나리면 어이 하리야
봄이 또 오면 어이 하리야
내가 죽고서 네가 산다면
네가 죽고서 내가 산다면
눈이 부시게 푸르른 날은
그리운 사람을 그리워하자

　- 푸르른 날 / 미당 서정주 -

이처럼 맛깔스럽고 낭만 가득한 곳에 함께 왔으므로 해서 끝까지 함께 하고, 함께 이루고픈 본능이다.

　네 군데의 방향으로 갈라지는 고자산치를 지나고 6.25 한국전쟁 당시 포로 관리를 위해 세운 통신대 건물의 잔해를 보게 된다. 아파트 단지와 자그마한 마을에 불이 켜졌고, 어두워 실체를 구분하기 어려워진 농지와 저수지를 아래에 두고 걸으며 계룡산까지 왔다.

"우리가 해낸 거야?"
"해냈어."

"마지막 하산 길만 조심하자. 모두 랜턴 꺼내서 켜."

가슴이 울컥했지만, 축배는 내려가서 들어도 늦지 않다. 거제도의 중앙에 우뚝 솟은 계룡산(해발 506m)은 산정이 닭 볏과 흡사하고 산이 용트림하여 구천계곡을 이루었다 하여 그렇게 명명했다고 한다. 정상에는 신라 의상대사가 지었던 의상대의 절터와 불이문바위, 장군바위, 거북바위, 장기판바위 등이 있다.

왼편 아래로 삼성중공업 거제조선소에도 불빛이 보인다. 거제도는 조선 산업의 메카로 잘 알려져 왔다. 조선업계의 불황으로 거제도 섬 전체의 경제가 엉망이라는 얘기를 하도 많이 들어서인지 조선소에 에너지가 쑥 빠진 느낌이다.

내려오다가 비켜서서 보니 정상의 바위들 실루엣이 닭 벼슬을 닮은 것처럼도 보인다. 더 내려와서는 거제 시내와 공설운동장이 가깝게 보인다. 갈림길에서 계룡사를 지나 포로수용소 유적 공원까지 내려온다.

"수고들 했어."
"모두 자랑스럽지만 나 자신이 제일 자랑스럽다. 너희들 덕분에 내가 해냈다. 고맙다, 친구들아."

누가 먼저랄 것도 없이 악수하고 서로서로 포옹하며 해피

엔딩을 만끽한다. 경험해보니까 혼자 긴 연계 산행을 했을 때보다 여럿이 할수록 그 기쁨과 감동은 훨씬 커진다. 그 큰 감동을 잠시 가슴에 여며두고 이상 유무를 점검했는데 아무도 탈이 생기지 않은 것 같다.

1950년 11월 27일부터 유엔군에 의해 설치된 포로수용소에는 1951년 6월까지 북한군 포로 15만 명과 중공군 포로 2만 명 등 최대 17만 3천 명의 포로를 수용했었고, 그중에는 여성 포로도 300명이 있었다.

현재는 잔존건물 일부만 남아서 당시 포로들의 생활상이나 모습, 의복, 무기 등을 전시해 놓았으며, 기존의 시설을 확장하여 거제도 포로수용소 유적 공원으로 탈바꿈하여 1983년 12월 경상남도 문화재자료 제99호로 지정된 바 있다.

예약한 통영의 콘도로 향하면서 대장정의 뿌듯함도 있지만, 마음 한구석 허전함이 고여 드는 걸 의식하게 된다. 아홉 명이 총 도상거리 27km, 실제 30여 km를 걸으며 바다를 품고 산을 만끽했는데도 말이다.

혼자나 두서너 명이 아닌 아홉 친구가 함께 시작하고 함께 마쳤다는 사실이 이곳 거제도에 커다란 흔적을 남겼기 때문일 것이다.

때 / 초봄
곳 / 명사 포구 - 칼바위등 - 전망대 - 망산 - 전망 바위 - 해미장골

등 – 내봉산 – 호연암 – 여차등 – 세말번디 – 각지미 – 저구 고개 –
작은 다대재 – 다대산성 – 학동재 – 망등 – **가라산** – 진마이재 – 뫼
바위 – 노자산 전망대 – **노자산** – 해양사 – 임도 – 부춘마을 – 동부
면 사무소 – 구천댐 – 암석지대 – **선자산** – 고자산치 – 포로수용소
잔해 – 통신탑 – 절터 – **계룡산** – 434m 봉 – 임도 – 김실령 고개 –
계룡사 – 포로수용소 유적공원

충북알프스 종주

구병산과 속리산 관통

진정한 결핍을 겪었을 때 비로소 삶을 전환할 수 있는
에너지를 얻게 되는 걸까. 처한 현실에 다시는
나빠질 일이 없어 보이므로 불가능하다 싶은
일을 해내려 하는 건지도 모르겠다

충청북도 보은군은 그 지세가 대부분 산지를 이루는데 동쪽은 소백산맥이 이어져 높고 험준하며, 서쪽은 노령산맥이 뻗어있으나 대체로 낮은 지세를 형성하면서 중앙으로 평야가 전개되어있다.

예로부터 보은에서는 속리산 천왕봉을 지아비 산, 구병산을 지어미 산, 금적산을 아들 산이라 하여 이들을 3산으로 일컬어왔다니 이들 세 산이 두루 보은군을 휘감고 있음의 표현일 것이다.

보은군에 자리한 구병산九屛山은 구봉산九峰山으로 불리기도 하는데 속리산에서 떨어져 나와 웅장하고 수려한 아홉 개의 봉우리가 병풍을 두른 듯 동서로 길게 이어졌으며 그 능선이 내속리면과 경북 상주시 일대까지 뻗어있다.

속리산의 명성에 가려져 유명세에서 많이 밀리고 있지만

166

1999년 보은군에서 속리산과 구병산을 잇는 43.9km 구간을 특허청에 충북알프스로 출원 등록하여 널리 홍보하면서 등산객들이 몰리고 있다. 산객들 사이에 구전으로 전해져 하나의 고유명사처럼 부각된 영남알프스나 호남 알프스와 달리 충북알프스는 기존 등산로를 잇고 또 개설해 상품으로 특화한 것이다.

경남의 1000m 고지가 넘는 일곱 개의 산을 태극 모양으로 이은 종주 코스 영남알프스는 광활한 고원의 억새 지대를 특징으로 하며, 지리산과 덕유산의 주 능선을 바라보면서 100리를 넘게 걷는 호방한 산길 호남알프스는 육산과 바위산을 고루 느낄 수 있는 묘미가 있다. 충북알프스는 다양한 바위로 이루어진 출중한 바위 봉우리와 암릉 산행이 매력적인 곳이라고 정리할 수 있을 것이다.

버겁고 피폐한 삶에서의 모진 일탈

"거기 산을 이어 길을 터주었으므로 감사한 마음으로 그곳을 걷게 된다."

그렇게 부러 산을 연계시키며 그 산들을 찾지만 결국은 겨운 삶에서의 일탈이다. 버거운 속세에서의 피난처는 안락

한 휴식처가 아닌 보다 힘든 곳이었음 싶었다.

진정한 결핍을 겪었을 때 비로소 삶을 전환할 수 있는 에너지를 얻게 되는 걸까. 처한 현실에 다시는 나빠질 일이 없어 보이므로 불가능하다 싶은 일을 해내려 하는 건지도 모르겠다.

이즈음의 산행은 길고, 멀고, 험한 곳을 택하곤 했는데 극한적으로 피폐하고 비루해졌다고 자인했기에 오히려 편안한 상태에서 새로운 세계를 만나려 했던 거였는지도 모르겠다.

비우고 또 비워 더는 비울 게 없으면 그 사람은 이미 성자요, 부처일 것이다. 누군가를 증오하고 무엇엔가 분노하는 것은 아직 다 비워내지 못했기 때문이다.

절대 긍정적인 현상이랄 수는 없지만 무언가 색다른 리듬을 추구하고 싶은 모진 일탈이 어느 때부터인가 삶의 한 부분이 되고 말았다. 그 한 부분을 채워주는 충북알프스에 감사한 마음이 든다.

구병산으로 올라 속리산, 상학봉으로 이어지는 충북알프스의 숱한 바위 구간을 무박으로 단번에 종주하기는 여러모로 녹록지 않다.

지리산이나 설악산처럼 산장이 있는 것도 아니고 교통도 무척 불편하다. 산행 거리 약 24km 지점 피앗재 아래에 피앗재 산장이 있어 검색을 통해서 거길 예약할 수 있었다. 두드리니 열리고 가고자 하니 길이 생긴다.

혼자라서 더욱 조심스럽다

주말 새벽 첫 고속버스를 타고 보은으로 가서 예정대로 장안면 서원리의 서원교에서 산행을 시작한다. 충북알프스 시발점이란 팻말에 43.9km라고 거리를 적어놓았다. 알고 왔지만, 막상 숫자를 접하니 위축되는 걸 의식하게 된다. 또 설치한 팻말에서 자치단체가 애쓰는 노력을 느낀다. 역시 감사하다. 결과적으로 산객들에게 편의를 주고 탐방 욕구까지 채워주는 게 아닌가.

안내판 옆의 나무계단을 오르며 긴 여정의 첫 단추를 끼운다. 늘 그랬듯 40km가 넘는 여정의 첫걸음은 들뜬 마음과 긴장감이 마구 버무려지면서 내디뎠고, 혼자일 땐 두려움도 없지 않았었다. 다섯 혹은 여섯 개의 산을 무박으로 홀로 종주하면서도 두려움을 떨쳐냈었는데 오늘은 두려움조차 무뎌지고 있는 것 같아 자신을 추스른다.

그건 위험스러운 징조일 수 있다. 아예 긴장감이 없다는 건, 두려움이 솟지 않는다는 건 훨씬 큰 위험을 자초할 수 있다. 출발 전의 혼란을 털어버리고 나무계단을 오른다. 들머리 오르막부터 급경사의 계단이다.

30여 분 꾸준히 오르다가 올라온 길을 돌아보니 시골 마을 보은의 소담한 가옥들과 전답이 산과 산 사이에 빼곡하게 이어진다. 날씨도 쾌청하고 바람도 적당히 불어주어 초반 산행은 상쾌하게 시작하고 있는 편이다.

속리산 주 능선이 한눈에 보이는 곳에서 첫 휴식을 취한다. 오른쪽 천왕봉부터 비로봉, 입석대, 신선대, 문장대에 이어 관음봉까지 왼쪽으로 줄줄이 펼쳐졌다. 볼 때마다 장쾌하여 눈을 치뜨게 하는 풍광이다.

구병산은 남쪽 경사면이 절벽이고 북쪽 사면이 흙산이라 등산로는 거의 북사면으로 우회하여 이어지는데 어쩔 수 없이 바위 지대를 타고 오르는 길이 많다. 그래서인지 곳곳에 밧줄이 흔하다. 칼바위 능선도 자칫 주의력이 흐트러지면 위험을 초래할 소지가 다분한 구간이다. 혼자라서 더욱 조심스럽다.

백지미 재를 지나 삼가저수지와 구병산으로 갈라지는 삼거리에서 또 줄을 붙들고 바위를 오른다. 진달래와 소나무 사이로 세모처럼 각진 삼가저수지가 조그맣게 보인다.

바람 굴, 여름에도 늘 서늘한 바람이 불어 나오는 산기슭의 구멍이나 바위틈새를 풍혈風穴이라 하는데 구병산 풍혈은 여름에는 냉풍이, 겨울에는 훈풍이 솔솔 불어 나온다. 구병산 정상에서 서원계곡 방향으로 약 30m 지점에 지름 1m의 풍혈 한 개와 지름 30cm 풍혈이 세 개 발견되었다.

2005년 1월 보은군 문화관광과 직원들이 충북알프스 등산로 정비를 위해 왔다가 발견했다는데 직접 보니 충분한 포상금을 받을만한 대발견이란 생각이 든다.

구병산 풍혈은 전북 진안의 대두산 풍혈, 울릉도 도동의 동래 폭포 풍혈과 함께 우리나라 3대 풍혈이라고 적혀있다. 풍혈 중심에 손을 대니 자연 에어컨처럼 시원한 바람이 나온다. 참으로 오묘하다. 상식적인 논리로는 이해되지 않는 대자연의 섭리에 고개만 끄덕일 뿐이다.

서원계곡, 만수계곡, 삼가저수지 등이 자리 잡은 구병산은 기암절벽과 어우러진 단풍이 장관이라 가을 산행지로 적격인 편이다. 서원계곡 진입로 주변에 속리산의 정이품송을 닮은 큰 소나무가 있는데 정이품송의 정부인이라 불리는 암소나무로 수령 250년이 넘은 충청북도 지정 보호수이다. 따로 떨어져 있는데 부부라니 아마도 한때 부부였다는 얘기일까.

충북알프스는 종주 구간의 거리상 크게 구병산, 속리산과 묘봉의 세 구간으로 구분하기도 한다. 첫 구간인 구병산 정상(해발 876m)은 그리 넓지 않지만 멋진 고목 한 그루가 곡예하듯 서 있고 동서남북 사방을 시원하게 바라볼 수 있다. 장거리 종주를 하면서 가야 할 길을 내다보면 자칫 움츠러들 수 있다. 끝도 없이 멀어 한숨이 절로 나올 때가 있다. 그러나 가야 한다.

"속리산에 위축되지 말고 어깨를 활짝 펴세요."

"너나 잘하세요."

곧 이르게 될 백운대와 아득하게 멀어 보이는 853m 봉을 가늠하고는 진솔한 충고에 익숙지 않은 구병산을 떠난다. 정상을 내려서면 바위의 연속이다. 우회로가 있긴 하지만 암릉의 오르내림을 반복하지 않을 수 없다. 아직 한 명의 산객도 만나지 못했다.

얇은 속옷 같은 흰 구름과 가끔 들리는 새소리가 적적함을 달래준다. 날아가는 게 힘겨워 억지로 날갯짓하는 제비꼬리 나비 한 마리한테서 지난 세월의 데자뷔deja vu를 경험하는 듯하다. 삶의 흔적을 남기려는지 있는 힘 모두 실어 날개 퍼덕이건만 저 약한 기운으로 무후한 꽃술 중 단 하나에라도 끝을 남길 수 있을까.

어스름 노을은 한창때와 달리 마구 무너져 내리고, 평화와 고혹이 공존하며 여유로움으로 무한할 것만 같던 숲은 한계에 다다라 우울한 적막에 덮여있구나.

맨홀처럼 퀭한 어둠 속에서도 아직 숨결 남아있지만, 생채기투성이 나래는 더 힘을 싣지 못한다. 그저 타오르는 숨결을 찾아 헤맬 뿐이다.

결국, 더 높이 솟구치지도 못하고 낮은 솔가지에 간신히 제 몸뚱이를 얹은 나비를 빤히 관찰하다가 처진 어깨를 곧 추세운다.

"이 세상을 잘 마무리하고 떠나거라."

바위를 타고 올라 853m 봉에 이르렀다. 돌탑이 쌓여있고 나뭇가지에 무수히 많은 리본이 달려있다. 여기서 목을 축이고 바로 방향을 잡아 적암리 방향으로 내려가는 갈림길에 닿는다. 구병산만 단일 산행한다면 신선대를 둘러보고 다시 돌아와 하산할 수 있는 길이다.

외갓집 같은 피앗재 산장에서 여장을 풀다

충북알프스 시발점을 통과한 지 4시간 30분쯤 지나 신선대(해발 820m)에 다다랐다. 여기서 형제봉까지도 먼 길인지라 걸음을 재촉한다.

신선대를 내려와 갈림길부터는 형제봉 방향으로 능선이 이어진다. 산행로는 헬기장까지 무난하다. 헬기장에서 바라본 속리산 천왕봉의 삼각 봉우리가 유난히 뾰족하다. 다시 좌측으로 내려서서는 리본을 유심히 찾게 된다.

산객들의 발길이 뜸해서인지 길이 흐려져 등산로를 놓칠 우려가 없지 않다. 묘지도 지나게 되고 낙엽송 조림지를 거치면서 장고개로 내려선다. 2차선 차량 도로인 장고개에서도 차량은 보지 못하고 통과한다.

흐르는 땀을 훔치며 올랐다가 헬기장에서 다시 내려서며 잘록한 안부에 이르렀고, 여기서 허름한 시멘트 가옥을 만나게 되는데 율령 산왕각이란 팻말이 걸려있다. 산신각인 것 같은데 밤에 혼자 지나치면 율령 산왕이 불러 세울 것처럼 스산하다.

열심히 걸어 백토재를 지나고 또 꾸준하게 걸어 못재에 도착한다. 장고개와 백두대간 비재로 갈라지는 구간이다. 못재에서 땀 흘리며 갈령 삼거리를 지나고 비재 삼거리에 도달해서야 형제봉까지 700m 남았다는 이정표를 접한다.

백두대간 상의 형제봉(해발 832m), 아무리 둘러봐도 형제인 듯한 봉우리가 하나 더 있지는 않다. 아무튼, 여기까지 걸어온 길이 길고도 지루하지만 여기서도 바로 움직인다.

오늘 산행의 종착지라 할 수 있는 피앗재에서 1.2km 내리막 지점에 하룻밤 묵어갈 피앗재 산장이 있다. 걸음이 빨라진다. 눅진한 피로가 몰려들어 쉬고 싶은 마음이 앞서기 때문이다.

만수리 쪽으로 1km가량 내려가니 임도로 이어지고 그 앞으로 물 좋은 계곡이 보인다. 그리고 10여 분 더 지나 피앗재 산장에 당도하자 어릴 적 외갓집 싸리문을 열고 들어서는 기분이다. 충북알프스 중간지점이며 산 꾼들의 쉼터라고 적혀있다.

백두대간과 충북알프스를 걷는 산객들이 주로 이용하는 산장이라 리본도 많이 달려있다. 저렴한 가격으로 저녁과 아침 식사에 숙박, 게다가 점심 도시락과 식수를 보충할 수 있으니 든든한 지원센터가 아닐 수 없다.

산등성 녹음 내 가슴 깊이
햇살처럼 번지니
향수에 젖어 고향 그리는 시
푸른 그림자 번진 저 하늘에 쓰리라

떠나는 이 애달파하다
미처 못 한 이야기
타는 가슴 누르는 애절한 시
진홍 립스틱 찍어 물드는 노을 위에 쓰리라

어느덧 계절 바뀌어
피앗재에 알록달록 단풍 들면
낙엽 부스러지는 슬픈 시
애잔한 맘 찬찬히 문지르며
흐르는 계류 은빛 여울 위에 쓰리라

그리움 다시 새겨 짙은 감성
눈물 흐를 듯 설운 바이브레이션
그렇게 갈잎 노래 부르리라

이른 새벽, 다시 혼자다

둘째 날, 새벽 4시에 일어나 5시에 아침밥까지 먹으니 어제의 피로가 싹 가셔져 무척 상쾌하다. 산장에서 함께 머문 몇 명의 등산객들과 길을 나선다. 속리산 천왕봉까지는 동행이 될 것이다.

안개 뿌옇게 낀 이른 새벽 바윗길에서도 싱그러움을 느낀다. 생태계 보호를 위해 출입을 금지한 한남금북정맥 구간에서 방향을 틀어 속리산 최고봉인 천왕봉(해발 1058m)에 이르자 속리산 주 능선을 따라 왼쪽 끝으로 문장대가 선명하게 시야에 잡힌다.

"안전 산행하세요."

잠깐 함께 걸었던 일행들은 반대 방향으로 간다. 다시 혼자다. 여러 번 속리산을 왔었다. 법주사에서 문장대로 올라와 천왕봉까지 왔다가 원점 회귀한 적이 있었는데 오늘은 그 길을 역으로 걸으며 속리산을 파고든다.

장각동 갈림길 헬기장에서 신선대와 문장대로 이어지는 암릉 군의 민낯들이 산뜻하다. 종종 느꼈듯 이른 아침에 바라

보는 바위 봉우리는 화장기 없이 비누 내음 가득한 여인의
얼굴처럼 싱그럽다.

"이게 얼마 만인가, 다들 잘 지냈지?"

원숭이바위와 거북바위를 다시 만나자 이만저만 반가운 게
아니다.

"지도 잘 있었구면유."

이어 곰바위도 얼굴 잊지 않고 아는 체해준다. 그리고 우
뚝 세워진 입석대를 마주한다. 1618년인 조선 광해군 10년
에 25세의 충민공 임경업은 무과에 급제하였다. 임경업 장
군에 대한 야사 혹은 전설은 전국 여러 곳에서 전해지는데
여기 입석대와 경업대도 그의 기개와 용맹에 대한 설화를
지니고 있다. 임경업 장군이 불과 7일 만에 입석대를 세워
수련을 연마했다고 전해 내려온다.

"겨우 7일? 7개월이나 7년이 아니었을까."

걸음 멈춰 입석대를 바라보며 크기와 무게를 가늠하니 그

과장됨을 조금만 줄였으면 하는 생각이 들기도 했지만 존경하는 장군의 역발산기개세에 인식을 고정한다.

경업대 역시 장군이 무술 연마를 위한 수련 장소로 삼아 그의 이름을 따서 지었다. 경업대에서 다섯 걸음 떨어진 곳에 있는 뜀금바위는 임경업 장군이 바위를 뛰어넘는 훈련을 하였다고 하며, 장군이 머물며 공부하던 토굴 밑의 명천 약수는 장군이 마시던 물이라 하여 장군수라 부른다는데 경업대를 찾는 이들이 즐겨 마신다고 한다.

훗날 정조대왕은 당대의 화백 김홍도에게 자신이 특히 존경했던 임경업 장군의 초상화를 새로 그리게 시켰다고 하니 입석대와 경업대의 모양이 새롭게 각인된다. 속리산의 명물들을 두루 만나고 내처 걸어 신선대(해발 1026m)에 이르렀다. 신선대 휴게소에서 냉커피 한 잔을 마시고 곤두박질하듯 내려섰다가 가파르게 솟구친 문장대에 다다른다.

문장대(해발 1054m)는 휴일을 맞아 산객들로 장사진을 이루고 있었다. 최고봉인 천왕봉보다 문장대가 인기는 훨씬 많다.

단종을 시해하고 왕위에 오른 세조가 불치병에 걸렸는데 신하들과 산을 찾아 삼강오륜을 논하면서 병을 고쳤다는 곳이 여기 문장대이다. 철제 계단에 올라서서 둘러보는 칠형제봉과 우측 끝으로 천왕봉까지 다양한 화강암 암릉과 단애의 멋진 풍광을 다시 보게 되어 감회가 새롭다.

다소 뿌옇던 연무가 말끔히 걷히자 늘재에서 조항산과 희양산을 잇는 백두대간 마루금이 선명하다. 오늘 걸어온 천왕봉부터 곧 마주할 관음봉을 살펴보고 문장대를 내려선다. 여기서부터는 다시 초행길이다. 묘봉까지 4.9km, 온통 암릉 구간이다.

가도 가도 제자리 같았다

삼각 형태의 근육질, 관음봉이 다가갈수록 위압감을 준다. 바위를 꺾어 돌고 휘어 감으며 오르내리길 반복하여 올라가서 세로로 갈라진 거대한 바위 꼭대기에 심어놓은 관음봉 정상석(해발 985m) 앞에 섰다. 밧줄도 없는 최정상까지 간신히 올라 인증을 하고 둘러보는데, 이곳이야말로 최고의 전망장소라는 걸 실감하게 된다.

첩첩 골골, 겹겹 산봉…… 과연 충북알프스란 말이 무색하지 않다는 걸 느끼게 된다. 나희덕 시인의 '속리산에서'에 평탄한 길은 가도 가도 제자리 같았다는 구절이 떠오른다. 가도 가도 제자리를 배회하는 것만 같은 산길이다.

가파른 비탈만이
순결한 싸움터라고 여겨 온 나에게
속리산은 순하디순한 길을 열어 보였다

산다는 일은
더 높이 오르는 게 아니라
더 깊이 들어가는 것이라는 듯
평평한 길은 가도 가도 제자리 같았다

아직 높이에 대한 선망을 가진 나에게
세속을 벗어나도
세속의 습관은 남아있는 나에게
산은 어깨를 낮추며 이렇게 속삭였다
산을 오르고 있지만
내가 넘는 건 정작 산이 아니라
산속에 갇힌 시간일 거라고
오히려 산 아래서 밥을 끓여 먹고살던
그 하루하루가
더 가파른 고비였을 거라고

속리산은
단숨에 오를 수도 있는 높이를
길게 길게 늘여서 내 앞에 펼쳐 주었다

　가도 가도 나아가지 못하는 삶, 시인은 바로 어제부터 마냥 걷는 내게 충언해주고 응원을 보내주려 이 시를 지었나 보다. 세속의 숱한 경쟁에서 밀리고 넘어지다가 찾은 산에서도 스스로 경쟁을 자초하는 걸 지적해주는 듯하다.

나무마다 가늘게 휘어졌고 고개 젖혀 바라보면 눈길 닿는 곳마다 주름졌다. 굽은 산등성이, 허리 굽혀 오르는 산길. 불의와 비리에 물든 세상, 고개 돌려 외면하는 비틀림. 굽은 인생, 휜 처세……

"세상도 삶도 곧은 걸 찾기가 쉽지 않아."

관음봉을 내려와 다시 능선을 걸어 여적암과 미타사로 갈라지는 북 가치에 이르고 600m를 더 걸어 묘봉(해발 874m)에 도착하였다. 관음봉에서 여기 묘봉까지 거친 암릉은 없지만, 굴곡이 심하다. 배낭을 풀고 정상석 옆에 앉으니 이마에 맺혔던 땀이 턱밑까지 흘러내린다.

"여기는 정상! 더 이상 오를 곳이 없다."

이곳 묘봉에는 산악인 고상돈을 기리는 표지목이 세워져 있다. 1977년 9월, 세계 최고봉 에베레스트(해발 8848m)를 등정한 최초의 한국인으로 고상돈에 의해 우리나라는 세계에서 여덟 번째로 에베레스트를 등정한 국가가 된다. 세계 최고봉의 정상에서 무전을 통해 더 오를 곳이 없다고 소리친 그의 목소리가 생생하다.

1979년 북아메리카 최고봉인 알래스카산맥의 매킨리산(해발 6191m) 원정 대장으로 정상 등정에 성공하고 하산하던 중 안타깝게도 웨스턴 리브 800m 빙벽에서 이일교 대원과 함께 추락해 사망하였다. 그의 묘소는 죽어서도 산악인임을 강조하듯 한라산의 해발 1100m 고지에 있다. 표지목을 어루만져보고 여정을 이어간다.

가야 할 상학봉까지도 멀지는 않지만 길이 곱지 않아 보인다. 역시 쉽지 않다. 숱한 오르내림을 거듭하게 된다. 석벽에 가라진 틈새, 바위가 막아서고 그 틈으로 비좁게 길을 내준다.

밧줄이 지겨울 때쯤 되어서야 상학봉(해발 834m)에 다다랐다. 묘봉에서 상학봉까지 겨우 1km인데 훨씬 긴 길을 온 것처럼 버겁고 시간도 오래 걸렸다. 상학봉에서 어제부터의 행로를 되짚어본다.

"다시 그 길을 반복하라면?"

절대 못 할 거란 생각이 든다. 군대를 두 번 가라는 거나 다름없다. 크게 심호흡을 하고는 전역, 아니 하산을 준비한다. 100리가 넘는 종주 중 가장 반가운 구간이 더는 고도를 높이지 않는 최종 봉우리일 것이다. 물론 그 지점에서 이미 뿌듯한 성취감을 느끼고 있다.

신정리와 활목재 갈림길에서 신정리로 방향을 잡는다. 좁은 바위굴을 통과하고, 암봉 사면에 조심스럽게 올라섰다가 밧줄을 잡고 내려서며 길을 줄여나간다. 그리고 최종 날머리에 도착하면서 긴장이 풀어지고 다리에 근근이 남아있던 근력도 풀어지는 걸 느낀다.

충북알프스. 1박 2일의 대장정을 마치고 아무 데나 털썩 주저앉았는데 평소 느끼지 못했던 묘한 감정이 마구 솟구친다. 얼른 손등으로 눈가를 훔친다. 왜 눈물이 맺히는 걸까. 누가 볼세라 생각보다 손이 앞선다.

다소 암울한 마음을 지니고 찾아왔던 산에서 무언가를 덜어냈나 보다. 그래서 감사한 마음이 일었던 듯하다.

"죄송합니다. 진심으로 사죄합니다."

내려온 산을 올려다보며 진정 뉘우치게 된다. 원怨은 잘못된 상황을 남에게서 찾아 풀고자 함이며, 한恨은 잘못된 처지를 자신에게 돌리는 비애라 했던가. 자기 자신을 증오하고 학대하며 맺힌 한을 풀겠다는 것은 빈 곳에 욕구를 채우려는 이기에 다름아니기에, 그런 마음으로 찾아온 속리산과 구병산에 죄책감이 들고 말았다.

툭툭 엉덩이를 털고 도로를 걷는데 산길을 닦아 혼자서도 안전하게 하산할 수 있도록 해 준 충북 보은군에 보은하고자 하는 마음이 절로 생긴다.

때 / 늦봄
곳 / 서원리 – 백미지재 – 구병산 – 신선대 – 장고개 – 동관음고개 –
못재 – 갈령재 – 피앗재 – 피앗재 산장 – 속리산 천왕봉 – 신선대 –
문장대 – 관음봉 – 북가치 – 묘봉 – 상학봉 – 신정리

동두천 6산 종주
칠봉산-해룡산-왕방산-국사봉-소요산-마차산

등성이마다, 고개마다, 봉우리마다 숨 가쁘고 뚝뚝 떨어진
땀방울로 축축하다. 한세월 지나고 나면 지워져도 그만일
자취일 수 있겠지만 지금만큼은 내면 깊숙이 여며두고
언제든 펼칠 수 있게 포개 두고 싶다.

경기도 동두천시와 양주시 그리고 포천시를 경계로 칠봉
산, 해룡산, 왕방산, 국사봉, 소요산, 마차산의 여섯 산을
연계하여 산행할 수 있는 종주 코스가 있다.

첫 번째 오르게 될 칠봉산 아래의 사찰, 일련사 입구에서
여섯 번째 마차산을 하산한 동광교까지 무려 50여 km의
산행로를 조성하여 많은 등산 마니아들을 뒤숭숭하게 하는
것이다.

"왜 산 타는 이들은 무리이다 싶을 정도의 강행군에 연연
하는 것일까. 나는 또 왜?"

3산, 4산, 5산, 6산…… 여러 차례 산을 이어 탐방하면서
그저 사람의 타고난 습성 때문이라는 결론을 내리게 된다.

185

인간의 본성, 이기적 욕심이 배인 그 본성. 자신이 좋아하는 것에 대한 집착……

"그래? 그리 멀지 않은 곳에 그런 코스가 있었군."

알아보니 길도 잘 조성되어 있고 이정표도 제대로 설치되어 길을 헤맬 염려는 접어도 될 듯싶었다. 북한산에서 도봉산, 사패산, 수락산을 거쳐 불암산까지, 혹은 불암산에서 거꾸로 북한산을 연계하는 수도권의 5산 종주 길보다는 수월해 보인다.

"그렇다면 해야지."

동두천으로 간다. 거기 있는 여섯 산을 종주하기 위해.

임금 행차에 맞춰 명명된 일곱 봉우리

수도권 1호선 전철을 타고 지행역에서 내려 송내 삼거리로 간다. 어둠이 내려앉은 밤 8시가 조금 지나서였다. 숙고 끝에 산행 시작을 이 시간대에 맞추는 게 여러모로 수월할 것 같다는 판단이 섰다.

조형 탑 맞은편 전철 교각 아래로 통과하니 일련사 입구에 동두천 6산 종주 안내도가 설치되어 있다. 6산 종주 시작이라는 방향 표지판에는 종주 끝 지점인 동광교까지 50.3km라고 적혀있다.

크게 심호흡을 하고 팔다리를 흔들며 스트레칭을 한다. 산을 다니다 보니 더러 달밤에 체조하게 된다. 헤드랜턴을 착용하고 이리저리 비춰본다. 새 배터리로 교체해서 무척 밝아졌다. 크게 심호흡을 하면서 쉬이 진정되지 않는 긴장감을 추스른다.

보호난간이 설치된 왼쪽 계곡을 따라 마을을 지나면 작은 사찰 일련사가 있다. 정적이 깔린 사찰 왼편을 조용히 걸어 화단과 장독대 사이로 올라간다. 일련사 삼거리 0.2km라는 표지판이 가리키는 방향이다.

수도권 불수사도북과 북도사수불의 다섯 산을 혼자 걸을 때와는 확연히 다르다. 일단 낯설다. 이곳의 여섯 산 중 소요산과 왕방산은 다녀간 적이 있지만, 나머지 산들은 미답지이다. 고작 인터넷에서 지도를 검색한 정도의 정보력만 지니고 맞서니 생소하여 껄끄럽기까지 하다. 아마도 깜깜한 밤중이라서 더 그럴 것이다. 그래서 더 혼자라는 의식이 불안감을 동반하는 것 같다.

"혼자일 리가 있나. 지금 여섯 명이나 되는 친구를 사귀러

왔지 않은가."

일련사 삼거리에서 칠봉산 정상까지 3.7km를 걸으면서 자신을 스스로 컨트롤하고 마음을 다진다.

여정 아무리 길다 한들 있는 노자
다 지니고 갈 셈인가.
먼 산 오른다고 등짐 가득 채워
걸음 옮기기조차 힘들어할 텐가.
감당할 수 있을 만큼만
지녀 편할 만큼만
필요한 만큼만
딱 그만큼만 등에 지고
유유자적 유람하듯,
옛 벗 찾아가듯 자연에 녹아드세.
오른 산에설랑
그나마 욕구의 찌꺼기가 채운 괜한 무게까지
훌훌 털어놓고 내려가세.

동두천시 탑동동과 송내동, 포천시 설운동, 그리고 양주시 봉양동에 걸친 칠봉산七峰山은 양주시 내촌동 뒷산에서 보면 일곱 봉우리가 뚜렷하게 보여 그렇게 이름이 붙여졌다고 한다. 단풍 곱게 물드는 가을이면 단풍나무 사이의 기암괴석이 한 폭 비단 병풍과 흡사하여 금병산錦屛山으로도

188

불렸다.

 가을도 만추에 접어들어 기온이 떨어질까 우려가 없지 않았는데 신선한 공기가 밤길 걷기에는 안성맞춤이다.

"멧돼지가 덤벼들진 않겠지."

 사람이 멧돼지를 만났을 때가 무서울까. 아니면 사람을 만난 멧돼지가 더 무서워할까. 대부분 야생동물은 오히려 사람을 두려워한다고 한다. 사람이 접근하는 것을 알면 먼저 피하지만 큰 소리로 위협하거나 놀라게 하면 공격할 가능성이 크다. 몸집이 크건 작건 궁지에 몰렸을 때 저항하지 않는 동물은 없다.

 대다수 동물은 새끼를 거느렸을 때와 부상을 당했을 때 가장 위험하다. 특히 무리에서 벗어난 멧돼지는 사납기 그지없다. 멧돼지의 번식기는 봄에서 초여름 사이로 대개 서너 마리에서, 많게는 열 마리가 넘는 새끼를 낳는다.

 이런 때는 사소한 자극에도 민감하게 반응해 공격본능이 생기니 절대 접근 말고 조용히 피해야 한다. 멧돼지는 주로 활엽수가 우거진 곳에 무리 지어 생활한다는 말을 들어 혹시 지금 활엽수림 속은 아닌가 하고 살피게 된다.

 현실성 없는 걱정일 거라고 위안하며 칠봉산의 첫 번째 봉우리에 닿는다. 임금이 산을 오르기 위해 떠난 곳이라는 발리봉發離峰이다.

"어떤 임금이지?"

밧줄을 붙들고 경사 급한 바윗길을 내려오면서도 궁금증이 동한다. 아니, 머릿속이 하얗게 비면 안 될 것 같아 무어든 떠올리고 몰입하려는 본능 의식일 게다.

두 번째 매봉(응봉)은 임금께서 수렵할 때마다 사냥에 필요한 매를 날렸던 곳이라고 적혀있다. 매가 날아갔을 법한 곳엔 점점이 희미한 별빛들이 그나마 산중에서의 적막감을 덜어준다.

평범한 바위 옆에 표지판이 있어 랜턴을 비춰보니 아들바위라고 적혀있다. 곳곳에 수수하나마 산행하는 이들을 배려한 흔적이 역력하다. 지루함을 덜어주어 고맙다. 널찍한 공터 깃대봉은 임금이 수렵을 시작한다는 표시 깃발을 꽂아 붙여진 이름이란다. 작은 정자가 세워져 있지만, 그냥 지나쳐 다음 봉우리로 향한다.

"이 봉우리엔 돌이 꽤 많구나."

임금이 이렇게 말해서 석봉石峯(해발 518m)이라고 이름 지었다는 봉우리에 이르러 어느 임금인지 유추해본다. 조선 시대 이 지역을 포함한 양주 일대는 수도 한성부와 가깝고, 산과 들판이 알맞게 펼쳐져 있어 왕실의 강무장, 즉 임금이 공식적으로 사냥하던 곳이었다.

성종 때에는 백성들한테 피해를 주지 않으려 농한기에 사냥을 나갔다고 한다. 조선왕조실록에 의하면 조선왕조 초기 임금들이 양주에서 자주 강무를 하였는데, 태종은 11회, 세종은 36회, 단종은 5회, 세조는 26회, 성종은 21회, 연산군이 15회 등 자주 양주 땅으로 거동하였다는 기록이 있다.

칠봉산은 세조가 왕위찬탈 과정 중에 많은 신하를 죽인 것을 참회하여 전국의 사찰을 찾아다니다가 사냥을 하러 이 산에 오른 것이 계기가 되어 어등산於登山으로 불렸었다고 한다.

어쨌든 사냥하기 좋아하는 조선조의 왕들이 이 산봉우리 명칭의 원인제공을 한 건 분명한 것 같다.

MTB 산악자전거 코스로 길이 이어지다가 투구봉鬪具峰에 이르니 이곳은 임금이 쉬자 군사가 따라 쉬면서 갑옷과 투구를 벗어놓은 곳이라 한다. 여기서 내려서면 MTB 코스와 등산로가 갈라진다.

오늘 밤부터 내일 저녁나절쯤까지 이어지게 될 여섯 산의 첫 산인 칠봉산 정상(해발 506m)에 올라 배낭을 내려놓는다. 묵직해진 어깨 근육을 풀려 스트레칭을 하고 적당히 허기도 채운다.

"돌이 많으니 두루 조심들 하여라."

임금께서 이렇게 당부했다고 해서 이곳 정상은 돌봉突峰
이라고도 부른단다. 누군지 몰라도 돌에 민감하고 신하들
안전을 배려하는 살가운 임금이다.

다시 임금이 군사를 거느리고 떠났던 곳이라 해서 일컫는
수리봉(솔리봉率離峰)까지 일곱 봉우리를 모두 지났다. 각
봉우리마다 화천 1동 주민자치위원회에서 '임금님께서'로
시작하는 명칭 유래를 적어 세워놓아 임금님이 행차하는
착각에 빠져 지루하지 않게 올라왔다. 밤이지만 칠봉산은
거칠지 않은 등산로여서 진행에 무리가 없었다.
칠봉산을 벗어나면서 이어지는 숲길은 깊어 가는 밤과 함
께 더욱 적막하고 스산하다. 가족들을 떠올려보고 친구들과
의 술자리도 회상하면서 짙은 어둠 속으로 빨려 들어간다.

그렇게 고요를 벗 삼아 해룡산과 천보산의 갈림길인 장림
고개를 지난다. 밝은 낮이었으면 천보산을 다녀왔다가 해룡
산으로 갔을 것이지만 지금은 그냥 지나치며 칠봉산에서
능선으로 연결되어 양주와 포천을 가르는 산줄기의 중앙부
에 솟은 시커먼 실루엣만 훔쳐본다.

조선시대 어느 임금이 난을 당해 이 산에 피신하여 목숨
을 건지자 이 산을 금은보화로 치장하라고 명하였다. 신하
가 난리 후라 금은보화를 구하기가 어려워 하늘 밑에 보배
로운 산이라고 이름 짓는 것이 좋겠다고 간청하여 천보산
天寶山이라 부르게 되었다고 한다.

명장 밑에 약졸 없다는 말이 있지만, 이 설화야말로 약장 밑에도 명졸이 있음을 방증한다고 하겠다. 옛날부터 이 일대 주민들은 천보산도 뭉뚱그려 칠봉산으로 불러왔다.

"어명에 따라 금은보화로 치장했더라면 이 지역주민들은 대대손손 부자로 살았을 텐데."

생뚱맞은 생각을 하다가 해룡산으로 진입하여 임도를 지난다. 동두천시와 포천시 선단동 경계에 있는 해룡산海龍山은 정상 일대에 큰 연못이 있었는데, 비가 내리기를 빌며 연못 주위를 밟고 뛰어다니면 비가 내리거나 적어도 날씨가 흐려지는 효험이 있었다고 전한다.

이 연못은 조선시대 때 사라져 버렸다고 하는데 연못 주변을 밟고 뛰었으니 무너져 연못이 메꿔졌을 거로 추측하게 된다. 또 해룡산에서 큰 홍수가 났을 때, 이 산에 살던 이무기가 그 물을 이용해 용이 되었다는 이야기가 있는데 이 역시 해룡산의 명칭과 관련한 무수한 허구 중 하나일 것이다.

안평대군, 김구, 한호와 함께 조선 4대 명필인 봉래 양사언이 이 산을 즐겨 찾았다고 하는데 유명한 시조 태산가를 짓고 금강산에도 자주 다녔다니 그분 또한 원효대사나 최치원 못지않은 알피니스트alpinist였던가 보다. 해룡산(해발

661m)의 실제 정상위치인 군사시설은 주변 사방이 나무로 둘러싸여 용의 조형물을 설치해 놓았다.

혼자 내버려진 듯한 고독감이 때론 달콤한 향으로

군사시설 왼쪽으로 차도가 닦여있는데 아마도 보급로인 듯하다. 이 길을 따라 오지재烏知滓고개에 닿는다. 동두천시 탑동에서 포천시 선단동으로 이어지는 고개로 지금은 왕방터널이 생겨 대다수 차들이 그 길을 이용한다. 오지재란 옹기를 굽고 난 후에 남는 찌꺼기를 의미하는 말인데 이 주변에 가마터가 있어 이런 이름이 붙었다고 한다.

내처 걸음을 빨리하여 대진대학교 갈림길에 이르니 능선길의 시작이다. 인근 마을에서 개 짖는 소리가 들려오다가 멎으면서 다시 고요하다. 아무도 없는 공간에 혼자 내버려진 듯한 고독감이 때론 달콤한 향으로 느껴지기도 한다.

너무나 적막한 고독은 차라리 끈끈한 동반보다도 더 푸근할 때가 있다. 그래서 사람은 혼자일 때에도 홀로의 세상을 감내하고 즐기기도 하는 것인가 보다.

돌탑 위로 몇 점의 별들이 점멸한다. 여치 소리도 들리고 어디선가 맹꽁이도 운다. 왕방산 정상(해발 737.2m)까지도 그리 험한 경우를 접하지 않고 도착했다. 포천읍 서쪽에 우뚝 솟아 포천의 진산으로 불려 온 왕방산王方山은 동두천과 접해 있다.

신라 헌강왕 때 국왕이 친히 행차하여 이곳에서 수행하던 도선국사를 격려하였다 해서 왕방산으로 불렀다고 한다. 또 조선 태조 이성계가 왕위를 물려주고 이 산에 있는 사찰을 방문해 체류하여 왕방산이라 하고 절 이름을 왕방사라 하였다는 이야기도 있지만, 이 설에는 고개를 흔들게 된다. 왕위에서 물러난 이성계는 왕자의 난을 접하며 수많은 절을 방문했었는데 그 절들은 왕이 방문했다는 의미를 사찰 이름으로 사용하지는 않았다.

천보산맥의 북단에 자리한 왕방산의 호병골에 들어서면 맑은 계류가 흐르는 수려한 산세를 보며 여기 정상까지 오를 수 있다. 아무것도 가늠할 수 없는 어둠 속이라 그 길로 올라왔던 기억만 떠오른다.

왕방산에서 내려와 국사봉으로 향하면서는 크고 작은 봉우리를 반복해서 오르내리게 된다. 국사봉으로 가는 1.2km의 오름길은 오늘 걸었던 길 중 가장 고되고 숨이 차다. 넓은 헬기장인 국사봉(해발 754m)에 이르러 헐떡이는 숨을 가라앉힌다.

왕방산의 상봉上峰을 국사봉이라고도 하는데 고려 3은의 한 사람인 목은 이색이 속세를 떠나 이 산에 들어와 삼신암이란 암자를 짓고 은신했다 하여 국사봉이라 칭했으며, 왕이 이색을 염두에 두고 이 산을 바라봤다 하여 왕망산이

195

라 부른 것이 왕방산으로 변했다고도 한다. 역시 스토리의 편집일 것이다.

부대 좌측의 담장을 끼고 걷다가 구불구불한 군사 도로를 따라 1.3km 더 내려가면 수위봉고개에 이른다. 수위봉고개 왼편으로 올라가서 소요산과 국사봉이 갈라지는 이정표를 보게 된다. 뒤돌아 올려다보니 국사봉과 정상의 군부대가 거무튀튀한 실루엣으로 아직도 먼 길을 배웅해준다.

날이 밝으려면 아직도 멀었다

새목고개에 도착했다. 여기서 임도를 따라가면 동점마을로 내려갈 수 있다. 소요산 칼바위 능선까지 6.3km이며 종주 코스의 종점인 동두천 동광교까지는 약 31.6km가 남았다.

'동두천 방향으로 미군 사격장이 있고 이곳으로부터 약 0.9km에 걸쳐 철조망이 있어 산행에 조심해야 한다.'

소요산에서 수위봉 철조망 구간에 대한 안내판에 랜턴을 비추니 아직도 많이 남은 거리가 의식되어 부담스럽던 차에 기분마저 축 처지고 만다. 괜히 조심스러워진다. 수도 없이 오르내림이 반복된다.

꽤 많이 다녀간 소요산逍遙山이다. 수려한 자연경관과 수많은 전설을 지닌 명승지를 품고 있어 경기 소금강이라 칭하는 소요산을 매월당 김시습처럼 유람하듯 소요했었다.

"그런 소요산을 이렇게 올라야 하다니."

지금까지의 산들과 달리 소요산은 바위산이다. 게다가 이름 그대로 칼바위로 향한다. 곧 날이 밝아올 것 같다. 체력이 급격히 떨어지는 걸 느껴 나무 벤치에 앉아 동이 트기를 기다리며 기운을 보충하기로 했다. 휴식을 취하자 졸음까지 몰려온다. 잠시 쉬며 눈을 붙이려 했지만, 한기가 파고들어 움직이지 않을 수가 없다.

칼바위능선 바윗길은 새벽이슬에 젖어 축축하다. 예전엔 나무와 바위가 마구 어우러진 모양새가 그런대로 조화롭다고 생각했었는데 오늘은 길을 방해하는 느낌이다.

상백운대(해발 560.5m)에 이르러서도 배낭을 풀고 휴식을 취한다. 상백운대임을 알리는 팻말에 조선 태조 이성계가 지었다는 시가 적혀있다.

넝쿨을 휘어 감으며 푸른 봉우리에 오르니
흰 구름 가운데 암자 하나 놓였네
내 나라 산천이 눈 아래 펼쳐지고

중국 땅 강남조차 보일 듯 하이

여기서 300m를 지나 왼쪽의 중백운대로 향하는 길이 보통 소요산을 일주하는 산행코스인데 여섯 산의 마지막 남은 마차산을 가려면 덕일봉 쪽으로 방향을 틀어야 한다.

감투봉이라고도 부르는 덕일봉(해발 535.6m)에서 포천시 신북면과 연천군 청산면으로 각각 길이 갈라진다.

말턱고개를 가리키는 청산면 방향으로 무거워진 걸음을 내디뎌 안전로프가 설치된 경사 지대를 더듬더듬 내려선다. 낙엽 수북한 내리막길도 골프장 울타리 옆으로 철조망이 엉켜있어 걸음을 더디게 한다. 근근이 차도로 내려서자 세상이 여간 반가운 게 아니다.

초성리 버스정류장 옆의 말턱고개 약수터를 지나 한탄강 관광지 방향으로 가면서 거리를 두리번거린다. 문을 연 식당이 있어 무조건 들어갔다. 이른 아침 식사를 하고 한 시간여 쪽잠을 잤다가 다시 출발할 때는 다시 생기가 도는 기분이다.

"꼭 완주하시쇼잉."

식당 주인한테 손을 흔들고 초성교를 건너는데 자동차가 빠르게 지나가며 찬바람을 일으킨다. 다리 건너로 보이는 연천군 입간판 뒤로 마차산으로 오르는 등산로가 있다.

경기도 연천군 전곡읍과 동두천시의 경계 선상에서 경원선 철길을 사이에 두고 소요산과 마주하고 있음에도 소요산의 유명세에 밀려 찾는 이가 그리 많지 않다.

이슬 먹은 낙엽이 매우 미끄럽다. 밧줄에 의지하며 급경사 깔딱 고개를 올라 임도에 이르러 거친 호흡을 가다듬는다. 마차산을 가리키는 이정표를 따라 임도와 무성한 수풀 지대, 밧줄 늘어뜨린 비탈 경사 구간을 고루 지나는 중에 급격하게 몸의 감각이 무뎌지는 걸 의식하게 된다.

향수로 남고 그리움으로 품어진 그 산, 아득한 그 길들

양원리 고개를 지나 간신히 정상 직전에 다다르자 비교적 원형이 잘 보존된 듯한 산성이 보인다. 예로부터 이 지역이 군사요충지였음을 알려주는 마차산성의 흔적이다. 또 참호가 자주 눈에 띈다.

한국전쟁이 발발하기 직전인 1950년 초, 북한의 군사 동향이 심상치 않아 춘천 북방에서 마차산과 임진강 일대를 연결하는 방어선을 치게 된다. 마차산은 한국전쟁 당시의 치열한 격전장이었으며 이 산 계곡에는 시신이 가득 덮였다고 전한다.

쓰라린 상처를 품은 마차산의 정상(해발 588.4m)은 고요하게 찬바람만 흘려보내고 있다. 날씨는 청명한 편인데 구름이 많다. 정상부의 높은 수리바위에서 철길 건너 소요산이 제대로 보일 뿐 파주 감악산까지 연결되는 능선은 구름이 덮어버렸다.

그래도 전방의 올망졸망한 봉우리들이 수고했노라고 성원을 보내주고, 갈색 억새들이 치어리더처럼 여린 허리를 흔들며 응원해준다.

정상석 뒷면에는 마고할미의 전설이 적혀있다. 각지의 영험한 산을 골라 다산과 풍요를 베푸는 마고할미가 세상의 만사를 주재하다가, 이곳 정상 수리바위에 앉아 옥비녀와 구슬을 갈고 옷매무새를 고쳤다고 한다. 그래서 산의 이름도 갈 마磨와 비녀 차釵 자를 써서 마차산磨釵山으로 명해진 것이라고 한다.

어렴풋하게나마 어제부터 지나온 길들을 더듬어보고 하산길을 챙긴다. 늦은맥이 고개로 내려서고 감악지맥 간파리 방향의 갈림길에 이르러 작은 바위에 털썩 주저앉는다. 나무가 흔들리고 숲이 회전한다.

진작 경험해보았던 증세다. 허기지고 갈증도 나고 졸음이 몰려오는 것이다. 앉은자리에서 한 시간 가까이 흘려보내며 그럭저럭 원인을 해소하고 일어선다.

산불감시초소를 내려선 다음 만수 약수터 갈림길을 지나면서 긴 종주의 끝자락을 보게 된다. 칠봉산에서 왕방산으로 이어지는 마루금을 돌아보고 동두천 6산 종주의 마지막 이 정표를 대하자 쿵쿵 가슴이 뛰다가 아릿하게 저린다.

막 내려와 걸음 멈추고 뒤돌아보노라니 아련하기만 하다. 등성이마다, 고개마다, 봉우리마다 숨 가쁘고 뚝뚝 떨어진 땀방울로 축축하다.

한세월 지나고 나면 지워져도 그만일 자취일 수 있겠지만 지금만큼은 내면 깊숙이 여며두고 언제든 펼칠 수 있게 포개 두고 싶다.

눈에 가득 드리웠던 갈색 나뭇잎들, 뇌리에 깊이 박힌 각진 바위들, 푸름 잃지 않은 소나무와 막 떨어진 낙엽들, 그리고 어디선가 들려오는 이름 모를 새소리. 저 너머 너머라 이제 보이진 않아도 내가 걸어온 그 산 그 봉우리들 가슴 가득 향수로 남는다.

동두천경찰서를 지나 마을에 들어섰다가 동광교에 이르렀다. 세상에서 보았던 수없이 많은 다리 중 가장 반가운 다리에서 다시 걸음 멈춰 또 한 번 온 길을 되돌아본다.

향수로 남고 그리움으로 품어진 그 산, 아득한 그 길들은 쿵쿵 감동으로 울림 되고 눈물 되어 두 뺨을 흥건히 적실 것만 같다.

때 / 늦가을
곳 / 송내 삼거리 - 일련사 - 일련사 삼거리 - **칠봉산** - 장림고개 -

천보산 갈림길 – **해룡산** – 오지재 고개 – **왕방산** – **국사봉** – 새목고개 – 나한대 갈림길 – **소요산** – 상백운대 – 중백운대 갈림길 – 덕일봉 – 동막고개 – 동막골 갈림길 – 소요지맥 갈림길 – 임도 – 말뚝 약수터 – 초성교 – 한탄강 임도 갈림길 – 임도 갈림길 – 천둥로 이정표 – 양원리 고개 – **마차산** – 늦은 고개 – 흰돌 바위 – 산불감시탑 – 광덕사 갈림길– 동광교

오대산 환종주

비로봉-상왕봉-두로봉-동대산

북쪽으로 점봉산과 설악산을 보게 되고
동쪽으로 노인봉과 황병산, 남쪽의 가리왕산,
서쪽 방태산 등 내로라하는 강원도의 명산들이
두루 눈에 잡힌다.

3년 전 겨울, 오대산 상원사에서 주봉 비로봉과 상왕봉을 올라 두로령 삼거리에서 원점 회귀한 적이 있었다.

친구 셋과 신년 일출 산행을 겸해 비로봉, 상왕봉, 두로봉, 동대산 등 1400m 고지 이상의 오대산 환종주를 계획했는데 혹한과 폭설로 두로봉으로 향하지 못하고 중도 포기하고 만 것이다. 다시 생각해도 당시 완주 목표를 달성하는 게 열정 같은 거로 착각하지 않길 잘했다는 생각이다.

"완벽한 등산은 평지에 안전하게 되돌아오는 것이다."

1953년 처음으로 에베레스트를 등정한 에드먼드 힐러리가 한 말이다. 동감이다. 그래야 또 산에 갈 수 있지 않겠는

가. 그는 또 이렇게 말했다.

"세계 최고봉 에베레스트는 이미 다 자랐지만 내 꿈은 계속 자라나고 있다. 다시 돌아와 반드시 정복할 것이다"

1952년 에베레스트 등정에 실패한 그는 바로 그 이듬해 자신이 한 말을 행동에 옮겼다. 힐러리의 위대한 업적에 슬쩍 빗대는 게 민망스럽기는 하다. 3년이 지나서야 날 좋은 초여름에 다시 왔다. 그때 포기했던 그대로의 코스, 상원사에서 비로봉으로 올라 상왕봉, 두로봉을 거쳐 동대산을 지나 원점으로 회귀하는 환종주 코스이다.

큰 의미의 오대산 환종주라 함은 동대산에서 노인봉, 소황병산과 황병산을 거쳐 오대산의 호령봉으로 되돌아오는 약 55km의 종주 코스를 의미한다. 일부 구간이 비탐방 구간이라 몇몇 갈등을 해결해야만 실행에 옮길 수 있는 길이다.

그 길은 다음에 갈등 없이 갈 수 있는 기회를 엿보기로 하고 이번엔 네 개의 봉우리를 찍는 보통의 환종주 코스를 택했다.

상원사에 머문 세조의 혼

446번 지방도로를 타고 가다 월정사 부도를 지나면서 비포장도로로 바뀌자 맑고 수려한 오대천 계곡에 이르게 된다. 신선골, 동피골, 조개골에서 흐르는 물이 합수하면서 오대천 상류를 형성하여 남한강의 시원始原이 되며, 역시 오대산 골짜기에서 시작된 내린천은 북한강의 시원이 되니 곧 한강의 발원이다.

동피골 야영장을 지나 상원사 입구에 주차한 후 등산화 끈을 조여 맨다. 이른 아침인데도 햇빛이 창창하다.

"땀깨나 흘리겠군."

그래도 체감온도 영하 20도가 넘었던 3년 전의 추위를 떠올리면 이코노미석에서 비즈니스석으로 옮겨 앉은 거나 다름없다.

오대산은 지리산, 설악산에 이어 세 번째로 크고 넓은 산이다. 월정사 지구, 소금강지구, 계방산 지구의 셋으로 나뉘는 오대산 영역은 각각의 산세가 판이하다. 다섯 개의 연꽃잎에 싸여 연꽃의 마음을 품었다는 월정사 지구의 오대산이기에 이번엔 홀로 산행이지만 보살핌이 있을 거로 믿고 주봉인 비로봉을 다시 오른다.

"이번 산행엔 폭염으로 포기하는 일이 생기지 않기를."

네 번째 이 길을 오른다. 상원사 들머리에서 비로봉까지의 길은 늘 만만치 않았다. 급경사 오름길을 숨 몰아쉬며 땀범벅이 되어 버겁게 올랐던 기억이 새록새록 떠오른다. 겨워하면서도 다시 찾고 또 찾는 것은 그만큼 멋진 곳이기 때문이다. 마음을 사로잡는 아름다움은 대개 험상궂은 곳에 자리를 잡고 있다.

월정사 스님들은 여름철 비 오는 풍광은 월정사에서 바라보고, 겨울 설경은 오대산에서 느끼라는 의미로 우중 월정 설중 오대雨中月精 雪中五臺라는 말을 했는데 사시사철 월정사와 오대산의 아름다움에서 한 치 어긋남이 없는 표현이란 생각이다.

육중한 산세를 병풍 삼은 상원사는 월정사와 함께 유서 깊은 불교 성지이다. 두 사찰 모두 자장율사가 창건했다고 한다. 무수한 암자 등 산 전체가 불교 성지를 이룬 곳은 국내에서 오대산이 유일하다니 얼마나 많은 국보급 문화재를 보유하고 있겠는가.

상원사에도 예술적 가치가 높은 역사유물이 많이 소장되어 있다. 그중 문수동자 좌상(국보 제221호)을 보고 자신도 모를 표정을 짓게 된다.

오대산 상원사에 와서 경기도 남양주 운길산의 수종사를 언급하는 게 뜬금없기는 하다. 피부병을 고치려고 금강산을 다녀오던 조선 7대 세조가 운길산 밑에서 하룻밤을 묵던 중 바위굴에서 떨어지는 물소리가 종소리처럼 들려 그 자리에 절을 짓고 수종사水鐘寺라 이름 지었다고 한다.

그 일화와 맥락을 같이 하는 상원사 문수동자를 보며 또 하나의 일화가 떠올려진다. 종기로 고생하던 세조가 이곳 오대천 계곡에서 지나가던 동자승을 불러 등을 씻어달라고 한다.

"누구에게든 임금의 등을 씻어주었다고 말하지 말아라."

목욕을 마친 세조가 동자승에게 당부하자 동자승이 정중히 말을 받았다.

"대왕께서도 어디 가서 문수보살을 보았다고 말씀하지 마시지요."

오대 신앙을 정착시킨 신라의 보천태자가 근처 수정암에서 수양 중이던 문수보살에게 매일 물을 길어다 친히 공양했는데 바로 그 문수보살이 씻겨주었으니 불치병인들 고쳐지지 않겠는가.

보천태자가 공양한 물이 속리산 삼파수, 충주 달천수와 함께 조선 3대 명수에 속한다는 우통수于筒水이며 그 샘터가 한수의 발원이라고도 전해진다.

그 후 세조의 종기는 깨끗이 치유되었고 세조는 허름했던 상원사를 번듯한 사찰로 증축시켜 임금의 원당 사찰로 만들었다. 거기 더해 기억을 되살려 화공에게 동자로 나타난 문수보살의 모습을 그리게 하였다. 그 그림을 표본으로 조각한 것이 상원사 본당인 청량선원에 모셔진 목조 문수동자 좌상이다.

청량선원 앞에 멈춰서서 두 마리의 고양이 석상을 보면서도 야릇한 웃음을 짓게 된다. 상원사를 방문한 세조가 법당에 들어가 예불을 드리려 하는데 별안간 고양이가 나타나 세조의 옷소매를 물고는 들어가지 못하게 하는 것이었다.

"기이한 일이로다. 법당 안팎을 샅샅이 뒤지어라."

결국, 불상을 모신 탁자 밑에 숨어있는 자객을 잡았다. 고양이 도움으로 목숨을 건진 세조는 은혜에 보답하기 위해 상원사에 묘전描田을 하사하였다. 또 봉은사 등 한양 근교의 여러 곳에 묘전을 설치하고 고양이를 기르게 했다.

불교를 배척한 조선시대에 들어서서 전국의 사찰이 황폐해졌지만, 왕의 원찰이 되는 등 오히려 상원사는 승승장구 거듭 발전하였다. 여러 차례 중창을 거듭하다가 1946년 화재로 전소되고 말았는데 당시 월정사 주지였던 이종욱 스님이 그 이듬해에 금강산 마하연의 건물 형태를 본떠 청량선원을 지으면서 다시 중창되기 시작했다.

막 지나온 관대걸이라는 안내판에도 세조가 목욕할 때 의관을 걸어둔 곳이라고 적혀있는 걸 보면 세조가 피부병 때문에 금강산을 다녀오다가 결국 오대산에서 고치고 한양으로 가던 중 수종사를 지었다는 일화가 연결되는 맥락일지 모르겠다.

어쨌거나 왕위를 찬탈하고 조카를 죽이면서 그 업보로 얻었을 피부병을 절 두 채의 값으로 고쳤으니 세조는 부가가치가 높은 거래를 한 셈이다.

오대산의 다섯 개 대臺는 중대를 비롯해 방위에 따라 동대, 서대, 남대, 북대를 가리키고 대마다 사자암, 관음암, 수정암, 지장암, 미륵암의 암자가 있다.

중대 사자암을 가리키는 길로 진입하기 전에 돌아보다가 이명처럼 은은하고도 청아한 종소리를 듣는다. 불교에서는 사찰에서 울리는 범종梵鐘 소리를 진리를 설하는 부처님의 열변과 같으므로 귀가 아닌 마음으로 들어야 한다고 가르친다. 모든 중생의 각성을 촉구하는 부처님의 음성이며 정신을 일깨우는 지혜의 울림이라는 것이다.

상원사 동종(국보 제36호)이 우리나라에서 가장 오래된 범종인데 이 종 또한 세조에 의해 상원사로 옮겨졌다. 전국에서 가장 소리 울림이 좋은 종을 찾게 해 안동에 있던 3300근이나 되는 종을 찾아 이리로 옮긴 것이다.

"세조랑 상원사는 절대 궁합이야."

무얼 해도 상생의 결과를 도출하는 세조와 상원사의 인연을 새겨보다가 중대 사자암 쪽으로 진입하면서 비로봉으로의 산행을 본격적으로 시작한다.

혹한 대신 불볕더위를 감내하고

이전엔 없었던 돌계단이 깔끔하게 깔려있다. 적멸보궁까지 계속되는 계단이다. 풍수지리상 적멸보궁이 자리한 곳이 용의 정수리 부분이란다.

샘터 하나가 있는데 마시면 눈이 맑아진다는 용안수이다. 용안수를 지나 국내 5대 적멸보궁의 하나인 이곳의 적멸보궁을 왼쪽으로 두고 지나가게 된다. 두 번이나 다녀왔으므로 오늘은 들르지 않고 바로 올라간다.

없던 공원 지킴터 막사가 생기고 가파른 오르막이 이어지더니 다시 나무계단이 나타난다. 비로봉 오르는 이 길은 그리 급경사도 아니고 긴 길이 아닌데도 좀처럼 속도가 나지 않는다. 올 때마다 그랬던 것 같다.

아름드리나무들이 햇빛을 가려주어 크게 덥지는 않아 좋다. 처음 보는 버섯이 고목에 피었고 둥근이질풀, 투구꽃

등이 눈에 띄는가 싶더니 아기자기한 야생화 군락이 보인다. 그리고 곧 비로봉에 다다른다. 해발 1563m의 오대산 주봉과 네 번째의 해후이다.

대관령 삼양목장의 초지가 푸릇푸릇하다. 오대산 다섯 봉우리 중 위치상 외떨어져 있어 가지 못하는 호령봉이 푸른 능선을 따라 이곳 비로봉까지 부드럽게 다가온다.

북쪽으로 점봉산과 설악산을 보게 되고 동쪽으로 노인봉과 황병산, 남쪽의 가리왕산, 서쪽 방태산 등 내로라하는 강원도의 명산들이 두루 눈에 잡힌다.

"벌써 네 번이나 뵙는군요. 언제 봐도 이곳은 멋집니다."

"3년 전에 친구들과 왔다가 덜덜 떨던 기억이 나는구먼. 오늘은 혼자인가?"

"네, 홀로 땀 흘리면 수행 좀 해볼까 해서 또 왔습니다."

"수행이 될지 고행이 될지는 모르겠지만 조심하게. 추울 때만큼 이렇게 더울 때도 위험성이 많아. 여기 올라와서 쓰러진 사람들 몇 명 봤거든."

더워서 귀찮으니까 빨리 갈 길이나 가라는 것처럼 들려 얼른 상왕봉 쪽으로 발길을 돌린다. 많은 돌탑과도 건성으로 눈만 맞추고 보폭을 넓힌다. 평탄한 길 오른쪽으로 지천에 야생화가 널려있다. 수줍어 고개 들지 못하는 금강초롱을 접사하려 허리를 굽혔다가 동자꽃을 보려 또 고개를 숙인다.

보호수 명판이 붙은 주목이 보이더니 다시 누울 듯 기울어지다가 가지를 추켜올린 기이한 모양새의 백양나무가 눈길을 잡아끌기도 한다. 3년 전 겨울엔 싸리나무와 고사목 군락에 핀 새벽 눈꽃이 절경이었었다. 조금 더 지나 동상 걸릴 만큼 추웠지만 멋진 일출을 보았던 상왕봉(해발 1491m)에 닿는다.

"역시 오대산에서의 조망은 모자람이 없어."

비로봉에서 효령봉을 거쳐 계방산으로 이어지는 국립공원 일대와 두타산, 청옥산에서 함백산과 태백산을 연결하는 백두대간을 눈에 가득 담고, 굽이치며 산허리를 휘감는 응복산과 구룡령 너머로 점봉산에서 설악산 서북릉까지 눈길을 주다가 30여 분 내리막을 걸어 북대 삼거리까지 당도한다.

햇빛 받아 더 창백하게 보이는 백양나무군락을 지나고 두어 개의 무명봉을 오르내려 백두대간 두로령 표지석(해발 1310m)을 다시 보게 된다. 여기서 진행을 포기하고 상원사로 내려갔었다.

지금부터는 초행길이다. 두로봉 들머리로 들어서며 살짝 가슴 설레는 걸 느끼게 된다. 가고 싶었던 곳, 가려 했으나

212

늦게 온 곳, 그런 곳이 산일 때 설렘이 생긴다.

기둥 줄기가 벗겨진 몇 그루의 거대한 주목을 매만지며 작은 숲길을 걷는데 간간이 멧돼지 흔적이 보이기도 한다. 비포장 산간 도로를 건너 완만한 능선에는 사람도 없고 멧돼지도 없고 부는 바람에 나뭇잎 떠는소리만 들린다.

간간이 당귀, 동자꽃, 모싯대와 또 이름을 알 수 없는 들꽃들이 속속 고개 숙여 인사하니 대자연의 황태자가 된 기분이다.

조망이 열리면서 동해가 보이는데 가까이 보이는 물빛은 주문진 앞바다이다. 바다에 잠깐 시선을 담갔다가 헬기장이기도 한 두로봉 정상(해발 1421m)에 이르자 선자령의 풍력발전기가 빙글빙글 돌아가는 듯하고 황병산도 그리 멀지 않다.

울타리를 넘어와 지나온 비로봉 5.8km, 동대산 6.7km의 거리가 표기된 두로봉 이정표를 보고 동대산으로 향한다.

조금씩 버거워지나 보다. 고도가 낮아지는 게 반갑지 않다. 그만큼 고도를 높여 다시 올라가야 한다. 두로봉과 동대산의 표고 차가 크지 않기 때문이다.

자작나무 숲을 거쳐 신선목이 이정표를 지나게 되고 두로봉 출발 4km 지점에 몇 개의 커다란 차돌 바위가 널브러진 차돌백이(해발 1200m)라는 곳까지 오게 된다. 매끈한 차돌의 촉감을 느끼면서 물 한 모금 마시고 내처 2.7km를 당겨 동대산 정상(해발 1433m)에 당도한다.

오대산 다섯 봉우리 중 동쪽의 만월봉이 지금의 동대산이다. 노인봉이 가깝고 그 왼쪽으로는 백마봉, 오른쪽으로 황병산을 또 보게 된다.

이제부터는 하산길이다. 이마에서 눈으로 흐르는 땀을 훔치고 동대산 삼거리에서 진고개 반대 방향인 동피골로 걸음을 내디딘다.

노루오줌꽃이 지천에 깔린 길을 내려와 동피골에 닿았으니 상원사까지 2.6km를 남겨두었다. 네 개의 봉우리를 넘으면서도 체득하지 못했던 지혜를 구하고자 선재길로 들어선다. 선재길은 지혜를 구하기 위해 천하를 돌아다니며 53명의 현인을 만나 결국 깨달음의 경지에 이르렀다는 화엄경의 선재동자에서 유래한 길이다.

선재동자가 문수보살을 찾아갔다는 이 길은 널찍한 암반 위로 쉴 새 없이 맑은 물이 흐르는데 월정사 계곡의 양옆으로 울창하게 우거진 숲 덕분에 더욱 아늑하게 느껴진다. 섶다리, 출렁다리, 나무다리 등을 건너며 지나온 길을 돌아보고 다가올 삶을 명상한다.

월정사 일주문부터 상원사까지 잘 조성된 9km의 아름다운 숲길, 활엽수의 푸름과 맑은 계류가 흐르는 쾌적한 숲길에서 지혜의 자취를 발견하지 못한 채 그저 길고, 무덥고, 외로운 산행을 마치는 것에 만족하고 만다.

때 / 초여름
곳 / 상원사 – 사자암 – 비로봉 – 상왕봉 – 두로령 – 두로봉 – 신선
목이 – 차돌박이 – 동대산 – 동피골 – 선재길 – 원점회귀

남도 땅끝의 7산 종주

만덕산-석문산-덕룡산-주작산-두륜산-대둔산-달마산

줄지어 늘어선 뾰족 기암들 너머로 완도와 청산도를
볼 수 있으며 푸른 바다에 둥둥 뜬 작은 섬들, 다도해를
눈에 담게 된다. 갖춰야 할 건 다 갖추었고,
덩달아 보여줄 것도 모두 보여주는 달마산이다

어린이날이 낀 5월 초의 사흘 연휴를 전라남도, 그것도 땅
끝 기맥에서 보내기로 마음먹고도 막상 몸이 움직이기까지
망설임이 적지 않았다.

"멀리 예닐곱 개 산을 혼자 산행한다는 게 예전 같지 않
게 겁도 생기고 버거워지는군."

"이제 나이 들어가는 거겠죠."

"익어가진 못할망정 늙어가게 내버려 둘 순 없지."

툭 던진 아내의 말에 반발심이 생겨 배낭을 꾸린다.

오래전 두륜산은 다녀온 바 있었지만, 그 양옆으로 이어지
는 주작산과 달마산이 눈에 밟혔었다. 기왕에 남도의 용아
장성으로 불리는 만덕산에서 석문산과 덕룡산을 거쳐 주작

산을 찍고 다시 두륜산과 대둔산, 달마산을 잇는 7산 연계 산행에 꽂히고 만 것이다.

　모처럼 봄기운 물씬 풍기는 바다도 보고 싶었지만, 무엇보다 나태함에 무뎌지려는 심신 상태를 일으켜 세우고 싶어서였다. 촘촘하게 계획을 세워 떠나도 좋겠지만 아무런 계획 없이 훌쩍 마음 가는 대로 떠나도 좋은 시절이다. 그런 5월의 금요일 저녁에 고속버스에 올라 또 자유로운 영혼이 된다.

　남도 답사 일 번지라고도 일컫는 전남 강진에 내려 찜질방에서 눈을 붙이고 동이 틀 무렵 예약한 택시를 타고 옥련사로 향한다. 기사는 옥련사가 비구니들만 있는 사찰이라고 말을 붙이더니 예전과 달리 만덕산을 찾는 등산객이 많이 늘었다는 말도 곁들인다.

　도로를 사이에 둔 만덕산과 석문산을 새로 생긴 구름다리가 이어 주면서부터일 것이다. 그 구름다리로 인해 몇 개의 산을 더 연계하는 등산객들도 늘었을 것이기 때문이다.

일곱 산의 들머리 옥련사에서 첫 산 만덕산으로

　강진읍 덕남리 기룡마을 뒤 만덕산을 오르는 길에 옥련사라는 절이 있다. 여기가 만덕산의 들머리이자 완주를 하게 된다면 모두 일곱 산의 시점이 되는 곳이다.

옥련사 담장을 끼고 벚꽃 화사한 길을 지나 편백나무 숲으로 들어선다. 옥녀봉이라고도 하는 필봉(해발 204.8m)을 올라설 즈음 천관산 위쪽으로 해가 떠오르면서 환하게 날을 밝힌다. 임천 저수지 뒤로 영암의 월출산도 모습을 드러냈다.

드넓게 펼쳐진 광활한 농토의 강진읍과 강진만 간척지가 보이고 그 뒤로 멀리 보이는 산자락은 아마도 부용산일 듯하다. 깃대봉을 가리키는 방향으로 철쭉 따라 걷다가 봉우리가 잘려버린 듯한 직벽이 보여 눈살을 찌푸리게 한다. 구시골창봉이라고 적혀있는데 광물을 채굴하고 복원하지 않은 채 내버려 둬서 심한 거부감이 인다.

오르내림의 고도가 심한 봉우리들을 몇 차례 오르내리다가 전망 좋은 암릉에서 숨을 돌린다. 향로봉과 천왕봉의 마루금이 드러난 월출산을 마주하자 수락산에서 도봉산을 바라보는 느낌이다. 자운봉을 중심으로 한 도봉산 정상 일대에서 좌우 주봉 능선과 포대 능선으로 양팔 벌린 모습과 흡사하다.

영암 월출산에서 방향을 틀어 화학산과 천관산을 살필 수 있고 완도 오봉산까지 눈에 잡히니 폐광산으로 인한 불쾌감이 조금은 가시는 것 같다.

반가운 지기들과 눈인사를 나누고 걸음을 옮겨 듬북쟁이봉(해발 301m)이라는 곳을 통과하고 다시 통샘거리봉(해발

337m)이라는 종이 문패가 걸린 나무 기둥을 지나간다.

"이름들이 참 클래식하면서 까칠하군."

작은 산인 줄 알았는데 바위도 많은 데다 바위 구간도 길고 거칠다. 소소하게 일던 바람이 멎으면서 햇살이 창창해진다. 월출산이 조금씩 멀어지고 대신 무등산이 모습을 드러낸다.

가우도를 둘러싼 바닷물결이 은빛으로 반사되며 아직 기상하지 않은 주변 섬들을 일제히 일으켜 세운다. 그리고 정상인 깃대봉(해발 408.6m)에 오른다. 정상석 옆에는 청렴봉이라고 적힌 작은 돌비석을 박아 눕혔는데 2020년 전남 공무원교육원 설립을 기념하면서 다산의 얼이 숨 쉬는 청렴정신을 가다듬는다고 적혀있다.

아래로 이 지역의 천년고찰 백련사가 강진만을 굽어보고 있는 게 눈에 들어온다. 동백나무 7000여 그루가 밀집하여 이른 초봄이면 절 주변을 붉고도 붉게 물들인다.

고려 무인 집권기와 대 몽고 항쟁 때 백련 결사 운동을 이끌어 민중에 기반을 두는 실천적 불교개혁에 앞장섰던 유서 깊은 명찰이 백련사라고 한다. 효령대군이 동생 충녕에게 왕위를 양보하고 백련사에 들어와 8년 동안 기거하면서 불사 작업에 큰 도움을 주었다고 전해진다.

인근 만덕리에 정약용이 유배되어 머물던 다산초당이 있다. 강진으로 유배당해 마땅한 거처가 없던 다산에게 초당을 흔쾌히 내어준 건 해남 윤씨 집안이다.

유배 시절 다산은 백련사에 자주 들러 주지 스님과 차를 마시곤 했다는데 무슨 대화를 나누었는지 알려지지 않았지만 아마도 저술한 책들을 화두로 삼지 않았을까 추측해본다. 이곳에서의 긴 유배 기간에 목민심서, 흠흠신서, 경세유표 등 500여 권에 달하는 저서를 완성했다니 말이다. 귀인은 귀인이 알아보는 이치일까. 다산도 존경심이 우러나오는 훌륭한 분이지만 고산 윤선도의 집안 또한 속을 훈훈하게 하는 멋진 가문이 아닐 수 없다.

지독하게 고독했을 유배 중에 알아주는 이가 있어 살 곳을 내어주고 차 한 잔의 대화를 나눌 수 있었으니 얼마나 다행한 일인가.

서정시 '모란이 피기까지는'의 작가 김영랑의 생가도 멀지 않은 강진읍 탑동에 있어 이 고장의 역사, 문화적 자취는 절대 가볍지 않다.

지금부터 가야 할 석문산, 덕룡산과 주작산 그리고 두륜산까지 쭉 도열한 걸 보고 그들을 사열하러 걸음을 옮긴다. 바람재 방향으로 오솔길 따라 느긋하게 걸어 마당봉을 넘어서며 많은 기암을 눈여겨보게 된다.

암릉 구간의 널찍한 바위에 걸터앉아 송송 솟는 땀을 닦

으며 내려다보는 남해의 은물결이 자연스레 숨을 고르게
해 준다. 도로를 가로지른 구름다리가 석문산으로 연결된
게 보이고 거대한 죽순처럼 솟은 바위들이 우직하고도 경
이롭다. 강진의 소금강이라고 칭할 만하다.

넓은 공터 사거리 바람재에서 모처럼 완만한 평지를 걷다
가 다시 바위 사이를 비집고 건너뛰어 석문정과 구름다리
를 진행 방향으로 잡는다.

만덕산을 내려서면 남도 명품 길인 바스락길 구간이다. 이
중 강진 바스락길은 백련사에서 해남 대흥사에 이르는
37.4km의 구간으로 전남을 대표하는 걷기 길이라고 한다.
육산과 골산이 마구 섞이고 크고 작은 바위 봉우리들이 날
을 세운 만덕산을 처음 생각했던 것보다 힘들게 지나왔다.

폭 1.5m의 다리 양 끝에 하트 모양의 조형물을 설치하여
사랑과 만남이 이어지는 의미를 주어 '사랑 + 구름다리'로
칭한다. 다리 가운데 투명하게 판을 만들어 밑을 내려다볼
수 있게 만든 현수교이다.

구름다리 건너고 돌문 통로를 지나 용아장성으로

만덕산에서 볼 때 우람한 근육질의 석문산은 111m 길이
의 구름다리를 건너면서 역시 가파른 바윗길로 이어진다.

만덕산 중턱의 용문사를 쳐다보고 석문산 기암들 사이에서

숨은 그림처럼 탕건바위라는 걸 찾았는데 설명 팻말에 쓰인 것처럼 세종대왕이 익선관을 쓴 인자한 모습이다.

꽃이 물들어 덩달아 청량하게 물들고 싶었던 신록이 엊그제 지나니 석문산에도 더욱 기세 높여 질푸름을 발산하는 녹음으로 발 닿는 곳마다 색감이 두드러졌다.

새들과 꽃봉오리의 재잘거림이 잦아들어 묵직한 고요가 담담하게 가라앉은 분위기지만 푸름을 뚫고 솟은 암봉은 계절과 관계없이 그 표정에 변함이 없다.

어둠이라야 별이 더욱 반짝이는 것처럼, 구름을 그려 넣어 달빛의 오묘함을 묘사하는 것처럼 석문산 수림들은 바위산의 근육을 보기 좋을 만큼 적당히 드러냈다.

전망대인 석문정 바로 앞의 매바위는 팻말에 쓰인 것처럼 매가 비상하듯 하늘을 향하고 있는 형상이다. 날카로운 주둥이는 금방이라도 먹이를 낚아챌 것 같다.

석문공원에서 1km를 걸어 올라와 소석문으로 가는 길에 이정표가 세워진 곳이 석문산 정상(해발 282m)인데 정상석은 없다. 덕룡산 아래로 석문 저수지가 보이고 너른 강진만이 시원하게 트였다. 맑은 도암천 사이로 협곡을 이루고 있는 석문산石門山은 해남의 남창과 완도에서 강진에 이르는 돌문 통로를 의미하는 명칭이라 한다. 정상에서 소석문으로 내려가 다시 올려다보는 석문산도 창백하고 뾰족한 바위들이 병풍처럼 둘러친 형태다.

세 번째 덕룡산으로 향한다. 개울 위에 세워진 작은 다리를 건너 정자를 지난다. 이곳이 석문산에서의 날머리이자 덕룡산으로 오르는 들머리이다.

처음부터 밧줄 길게 늘어진 암벽을 타고 올라야 한다. 연이어 줄을 잇는 암봉의 거친 산세를 설악산 용아장성에 비견하는 덕룡산이다. 첫 봉우리 역시 아홉 개 용의 이빨 중 첫 어금니처럼 날카롭지만, 시계는 사통팔달 훤하게 트여 시원스럽기가 이루 말할 수 없다.

제암산, 사자산에서 오른쪽으로 천관산까지 이어진 마루금이 오전보다 훨씬 선명하다. 멀리 많은 섬이 떠 있는 다도해가 바다인지 안개 위인지 몽롱하게 모습을 드러낸다. 발밑으로 돌을 던지면 바로 풍덩 소리를 낼 것처럼 석문 저수지가 가깝고 그 우측으로 조금 전 지나온 석문산과 만덕산이 이어져 있다.

산을 오르는 내내 남해를 볼 수 있는 것도 이 산을 오르는 묘미이다. 웅장한 건 이루 말할 것도 없고 솟대처럼 날카롭게 솟구친 암봉이 연이어 나타났다가는 펑퍼짐하고도 매끈하게 뻗은 초원 능선이 나타낼 수 있는 아름다움과 옹골찬 기세를 유감없이 드러낸다.

나아갈수록 봉우리들은 한 치도 곁눈질을 허용하지 않게끔 바짝 날을 세우고 있다. 잠시 멈춰 서면 뭍에서 가우도를 잇는 출렁다리를 볼 수 있고, 고개 들면 우뚝 눈길 잡는 두 개의 봉우리가 보이는데 이제부터 올라서야 할 동봉과 서봉이다. 만덕광업이라는 곳으로 하산하는 갈림길에서 300m 암릉 구간을 올라 동봉(해발 420m)에 이르렀다. 들머리 소석문에서 3km를 걸어온 지점이다.

"집에서 편안하게 쉴 걸 그랬나."

이쯤 이르자 그런 생각이 든다.

"사서 고생은 젊어서나 하는 건데."

힘이 소진되면서 생기는 갈등을 지우려고 팔다리를 흔들고 몸을 비틀어 스트레칭을 하면서 마음을 다잡아 본다.

"어쩌겠나. 칼을 뽑았으니 휘둘러야지."

여기서 서봉으로 넘어가는 길은 더욱 호되다. 만덕산이 점점 멀어지고 두륜산이 가까이 다가온다. 밧줄을 잡기도 하고 간혹 바위를 붙들다시피 오르내리며 서봉(해발 432.9m)에 도착해서 돌아보는 풍광은 가히 설악산 공룡능선의 축소판이라 할 수 있다.

서봉에서 밧줄 붙들고 내려서서 거듭 이어지는 암릉, 외계인 닮은 바위에 이어 독수리바위를 지난다. 돌아보면 보이는 곳마다 수석 전시장이다. 힘이 부쩍 떨어질 즈음 걷게 되는 초원길은 가파름이 없어 모처럼 아늑하게 마음이 풀어진다. 유격훈련을 마친 후의 달콤한 휴식처럼 유순한 흙길을 걷는 게 감사하기까지 하다.

정상석은 주작산 덕룡봉으로 표기되어 있다. 정상 덕룡봉 (해발 475m)에서 완도 상황봉을 바라보며 크게 숨을 고른다. 저곳 상황봉뿐 아니라 심봉 등 오봉산의 각 봉우리에서 이곳 덕룡산을 보았었고 내일 이어가야 할 대둔산과 두륜산도 가늠했었다. 돌아보니 아침부터 걸어온 길이 아득하게 멀어졌다.

용의 이빨에서 빠져나와 봉황의 날개로

한 손에는 날카로운 창을 쥐어 힘을 과시하는 무사를 보는 듯하고 다른 손에는 아이를 보듬어 안고 수유를 하는 어머니처럼 강온 양면성을 지녔다. 작천소령 고갯마루에서 주작산으로 오르며 다리가 무거워지지만, 주작산의 그런 양면성이 더욱 매력적이란 생각이 든다.

덕룡산을 용에 견주고 주작산을 봉황에 견주었다. 봉황이 활짝 나래를 펼쳐 날아가는 기세의 주작산에 막상 들어와서 보니 그 능선도 우아하기가 그만이다.

430m 봉 분기점을 지나고 흔들바위 삼거리를 거쳐 정상 (해발 428m)에 올라선다. 바로 봉황의 정수리 부분이라 할 수 있다. 작천소령에서 덕룡산으로 이어지는 왼쪽 날개를 막 지나왔고 해남 오소재로 이어지는 오른쪽 날개를 안전 하게 내려서야 오늘 산행의 대미를 장식하게 된다.

정상에서 다시 작천소령 쪽 편안한 육산을 되돌아가 주작 산 삼거리에서 오소재 방향으로 가다 보면 얼마 지나지 않 아 암릉이 나타난다. 처음에는 암릉을 좌우로 두고 잘 다듬 어진 오솔길이라 괜찮다가 또 바위틈으로 몸 비틀며 빠져 나가야 한다.

극도의 아름다움에는 독이 묻어있을 수도 있다. 아름다움 과 조여드는 압박감이 공존한 주작산에서 그런 말이 떠오 르고 만다. 긴 시간의 산행이라 힘에 부치긴 하지만 창 든 무사가 뿜어내는 역발산기개세의 무한 에너지에 내내 탄성 을 자아내게 된다. 고도 400m급의 산이라고는 절대 느껴지 지 않는 탄탄한 카리스마에 이미 압도당한 지 오래였다.

내일 만나게 될 두륜산이 눈앞에 펼쳐졌다. 아마도 내일은 저기서 지금 서 있는 이곳을 돌아보게 될 것이다. 세 개의 비상탈출로 삼거리를 지날 때까지 암릉의 이어짐을 보게 된다. 그리고 또 한참을 걸어 나무계단을 내려서고 지방도 로까지 닿으면서 남도에서의 첫날을 고되게 마친다.

다시 뒤돌아보면
아득했던 그 산들
가파른 등성이마다
거친 호흡, 굵은 땀방울
없어져도 그만일
짧은 흔적이겠지만
가슴 깊은 곳에
줍고 쓸어 담아
고이 여미고
가지런히 포개 놓게 된다.

눈에 가득 드리운 연초록 나뭇잎들
마음 가득 채운 무수한 낙엽길
내려와 다시 그 산 올려다보면
비록 어둠에 가렸어도
흔적마다 온통 그리움이다.

저만치 가다 또 한 번 온 길 되돌아보면
달빛 흐릿한 어둠마저
감동으로 일렁이는
가슴속 쿵쿵거림은
금세라도 눈물 되어
내 두 뺨 적실 것만 같다.

어둡고 거친 두륜산에서 남도의 여명을 밝히다

주작산 마루금의 실루엣을 가물가물 눈에 담다가 잠이 들었는데 꿈에서도 날카로운 바윗길을 걷다가 다시 밧줄을 잡고 암벽을 기어오르다 눈을 뜬다.

아직 동이 트지 않은 새벽, 오소재의 원룸형 민박집을 나선다. 잠 설치기 딱 좋은 낯선 곳에서의 유숙이지만 새벽 산행의 상큼한 맛을 느낄 수 있을 정도로 몸 상태는 괜찮은 편이다. 산악회 버스 한 대에서 내린 30여 명의 등산객이 두륜산 들머리로 들어선다. 자연스레 그들의 행렬에 섞이게 되었다.

1979년 전라남도 도립공원으로 지정된 두륜산頭輪山은 동쪽 사면의 경사가 급하고 서쪽은 비교적 완만한 산세를 이룬다.

봉우리와 봉우리를 잇는 산마루 지대는 대개 말안장처럼 움푹 들어가 안부鞍部라 불리는데 두륜산의 연봉은 날카로운 산정을 이루지 못하고 둥글넓적한 모습을 하고 있어 둥근 머리 산이라는 의미로 두륜산의 이름이 연유하였다.

깜깜한 어둠 속 산길이라 헤드랜턴과 앞뒤 일행의 행보 때문에 수동적으로 걸음을 떼게 된다. 계곡 길 오심재를 지나 능허대라고도 일컫는 노승봉(해발 685m)에 다다를 때까지도 어둠은 쉬이 걷어지지 않고 흐릿하게 서기만 어릴 뿐이다.

두륜산 최고의 조망을 자랑하는 이곳을 아무것도 보지 못하고 지나가는 게 매우 안타깝다. 산과 바다가 공존하여 남해를 조망할 수 있는 지리상 여건이 두륜산의 특화된 장점인데 말이다.

여기서 가련봉 오름길도 상당히 어려운 구간이라 조망을 놓치는 안타까움은 접어둘 수밖에 없다. 두륜산 최고봉인 가련봉(해발 703m)도 인증 사진을 찍는 일 외에는 달리 머물 이유가 없어 막간의 쉼도 없이 지나친다.

바윗길을 조심스레 내디디며 넓은 헬기장이 있는 만일재에 내려설 즈음 날이 밝아진다. 삼거리에서 쇠줄을 잡고 철 계단을 밟아 오르면서 바위와 바위가 이어진 희귀한 모습을 보게 된다. 코끼리바위라고도 하고 구름다리라고도 부르는 기암이다.

두륜봉(해발 630m)에 올랐을 땐 습한 안개가 자욱하게 사방 시야를 막았다가 트이길 반복한다. 조금 지나 묵직한 잿빛 구름을 뚫고 솟는 해 아래로 땅끝마을이 드러나기 시작한다. 또 지나온 노승봉과 가련봉, 가야 할 도솔봉도 그 지붕이 보인다.

가련봉 넘고 두륜봉 지나 도솔봉 오르는 고갯길

운무 가득하다가 하늘이 바다 되어 물결 일고
연초록 녹음 우거져 솔향 가득하니
두륜산 바윗길 홀로 걸어도 혼자가 아닐세

띠밭재(해림령)로 가는 길의 깎아지른 암벽 아래로 길게 밧줄이 늘어져 있다. 오늘 산행 중 가장 긴장해야 할 구간일 듯싶다. 여기서 잠시 정체되긴 하지만 통과하는 이들 모두 안정감 있게 내려선다. 띠밭재와 대둔산으로 향하는 능선은 완만해 보인다. 뒤돌아본 두륜봉은 오늘 첫 방문객들을 떠나보내고 세수를 했나 보다. 정갈하다.

연화봉과 혈망봉도 막 깨어나 기지개를 켠다. 대둔산 도솔봉으로 이어지는 능선은 완만한데 이슬 젖은 산죽이 키까지 커서 행로를 방해한다.

땅끝 기맥 508m라고 팻말이 걸린 508m 봉에서 30여 분 가까이 걸어 중계소가 있는 도솔봉(해발 671.5m)에 닿는다. 정상부에 시설물이 설치되어 있어서 정상석은 저만치 비켜 세워져 있다. 시설물은 종종 가야 할 길도 돌아가게 한다. 여기서도 중계소 울타리를 끼고 한참 우회해서야 암릉과 산죽 길을 걷는다.

저만치 달마산이 눈에 들어온다. 308m 봉을 넘어 꽤나 날카로운 암벽지대를 지나게 되는데 자칫 긴장을 풀었다가는 발을 헛디딜 수 있다. 바위가 미끄러워 스틱도 어긋나기 일쑤다.

오늘은 달마봉으로 바로 넘어서기 때문에 두륜산의 명찰 대흥사를 그냥 지나치게 된다. 신라 진흥왕이 어머니 소지부인을 위하여 창건했다는 대흥사는 탑산사 동종(보물 제88호) 외에도 무수한 보물들과 문화자원을 보유하고 있는데 임진왜란과 6·25 한국전쟁 때 재난을 당하지 않았던 곳으로도 유명하다.

우리나라처럼 좁은 땅에 비해 큰 전쟁이 잦았던 곳에서 전쟁의 화마를 피해 문화유산을 보존할 수 있었다는 건 필시 하늘이 내린 축복이라 하겠다.

대흥사 입구에 맑고 넘치는 계류와 동백나무, 왕벚나무, 그리고 후박나무 등이 울창한 숲을 이룬 장춘동 계곡의 수려한 경관이 아른거려 내려다보노라면 거기서 은은한 차향이 입맛을 다시게 한다.

대웅전에서 700m가량 정상 쪽으로 가파른 산길을 올라가면 조선 후기의 선승이자 다성茶聖으로 추앙받는 초의선사의 일지암이 나온다. 초의선사의 다선 일여茶禪一如 사상을 생활화하기 위해 꾸민 다원茶苑인데 그는 여기서 다산 정약용, 추사 김정희 등과 교류하며 차 문화의 중흥에 이바지하여 지금까지 한국 차의 성지로 주목받게끔 하였다. 거기서 배달된 한 잔의 차를 산 중턱에서 음미하고 일어선다.

고개 위로 도솔봉 가는 길도 거친 암벽 구간이다. 전망 좋은 큼직한 바위에 올라서자 바다 건너 완도가 보인다. 역시

남서해의 너른 물길을 멀리 따라갈 수 있어 마음이 평온해
진다.

왼편 아래로 동해 저수지와 그 둑 밑으로 농토와 민가가
있다. 매일 달마산의 새벽 정기를 마시며 하루를 열 것이
다. 주민들 대다수가 건강하게 장수할 거란 느낌이 강하게
든다. 그만큼 장애가 되거나 거리낄 것이 조금도 보이지 않
는 곳이다.

떡봉(해발 422m)을 지나서도 계속되는 암릉 군이지만 길
은 아까 날 등을 타고 온 길보다 덜 까다롭다. 직벽 구간을
우회하여 고도 편차 심한 봉우리 하나를 지나면서 허기가
지고 갈증도 생긴다.

13번 도로를 내려다보면서 소모된 에너지를 보충한다. 빽
빽한 소나무 숲과 채 지지 않은 철쭉, 파릇한 농토와 에메
랄드빛 바다들이 마냥 평온하기만 하다. 다시 하숙골재라는
곳으로 내려서는데 아마도 여기까지가 지도상 대둔산이라
표기된 곳이기도 하고 또 여기부터 달마산에 해당하는 것
같다.

갖출 걸 다 갖추고, 또 아낌없이 내어주는 산

다채로운 형상의 바위와 암벽들을 깃발처럼 치켜세우고 길
게 펼쳐져 달마산達摩山은 삼면이 모두 바다와 닿아있다.

고려 때 중국 사신이 해남으로 와 산을 가리키며 물었다.

"저 산이 달마대사가 다녀갔다는 그 산인가?"
"그렇소."

주민들의 대답을 들은 사신은 산을 향해 예를 갖추고 그림을 그리는 것이었다.

"우리나라에서는 단지 그 이름만 듣고 아득히 경배만 해왔는데 그대들은 여기에서 생장했으니 참으로 부럽도다."

여기가 바로 달마 화상이 상주한 곳이라 부러움을 감추지 못하고 그림으로 그려간 것이었다. 중국으로 건너간 달마는 자신의 불법을 이해하지 못하는 무리로부터 모함을 받아 죽게 되어 웅이산에 매장된다. 숨을 거둔 지 3년이 되던 해 달마는 지팡이에 짚신 한 짝을 꿰어 매고 서천(지금의 인도)으로 가고자 파미르 고원을 넘고 있었다.

"대사님! 어디로 가시는 길입니까?"

때마침 서역에 다녀오던 위나라 사신이 달마가 죽은 사실을 모르고 그에게 물었다.

"서천으로 가는 길이네."

사신이 도착하고 보니 달마는 이미 3년 전에 죽었다는 것
이었다.

"달마대사의 묘를 파보아라."

위나라 왕의 지시를 받고 무덤을 팠는데 짚신 한 짝만 덩
그러니 남아있는 것이었다. 흔히 달마대사라고 일컫는 보리
달마 Bodhidharma 의 전설이다.

그는 남인도 출신으로 중국으로 건너가 선禪의 씨앗을 뿌
려 선종의 개조開祖로 여기는 부처의 28대 계승자이다. 보
리달마는 부처의 심적 가르침에 돌아가는 방법으로 선을
가르쳤기 때문에 그의 일파를 선종이라고 하였다.

하숙골재를 지나 달마봉 능선으로 가는 초록 숲길로 들어
서자 이제까지 걸어왔을 때와는 또 다른 산행 분위기를 창
출한다. 바위산에서 육산으로 접어들었는가 싶었는데 고도
가 높아지면서 다시 암릉 지대이다.

힘이 떨어지지만, 달마산의 명물인 금샘을 그냥 지나칠 수
는 없다. 금빛으로 반짝이는 신비의 샘은 바위틈에 꼭꼭 숨

어있었다. 석영의 주성분인 석질의 영향으로 금빛을 낸다고
한다. 물맛도 좋고 약효도 있다고 하는데 플라스틱 바가지
가 지저분해 보는 거로 만족한다.

큰 금샘을 지나 대밭 삼거리에서 다시 작은 금샘을 통과
해 달마산 정상으로 오르는 안부가 넓은 들판처럼 아늑하
게 맞아준다. 지킬박사와 하이드처럼 극단의 양면을 가감
없이 보여준다. 부지런히 오른 전위봉 뒤로 정상인 불선봉
이 고깔 모양으로 높이 치솟아있다.

"무사 기질이 강한 가문이군요."

"그렇다네. 잘 살피며 걷다 보면 무사의 강인함도 아름답
다는 걸 느낄 수 있을 걸세."

돌탑이 쌓인 달마산 정상 불선봉(해발 489m)까지 암릉의
야무진 기세가 수그러들지 않는다. 달마산의 가문 자랑을
새겨보니 남도의 금강산이란 표현에 수긍하게 된다. 그래서
인지 정상이 무척이나 반갑다. 초면이지만 오래된 만남처럼
친근감이 든다.

이곳의 봉수대는 완도 오봉산의 숙승봉과 해남 좌일산에서
횃불을 이어받아 불선봉의 명칭 유래가 되었고, 가뭄 때면
산 아래 주민들이 올라와 기우제를 지냈다고 한다.

줄지어 늘어선 뾰족 기암들 너머로 완도와 청산도를 볼

수 있으며 푸른 바다에 둥둥 뜬 작은 섬들, 다도해를 눈에 담게 된다. 갖춰야 할 건 다 갖추었고, 덩달아 보여줄 것도 모두 보여주는 달마산이다.

산 중턱 가파른 바윗길과 울창한 숲길에 평평하게 등산로를 닦은 달마 고도를 내려서고 다시 완만한 내리막을 걸어 육지의 가장 남쪽 사찰인 미황사美黃寺에 닿는다.

사찰 뒤로 병풍처럼 둘러쳐진 달마산의 연릉이 마지막까지 멋진 비주얼을 선사한다. 그런 달마산을 바라보며 달마대사가 이곳까지 오긴 했겠냐는 의구심이 든다.

소의 울음소리가 아름다워 명명한 미황사에 남겨진 기록들은 달마대사가 땅끝 해남까지 왔다고 주장한다. 이곳 사람들은 달마가 이곳 땅끝에 머물고 있다고 믿는다. 미황사를 달마대사의 법신이 있으신 곳이라고 소개한다.

끊임없이 수행하고 노력하되 수행과 노력에 얽매이지 않는 것을 강조하는 그의 선법 가르침은 뚜렷하나 그의 생애에 관한 이야기는 대개 설화적이다.

달마는 선정 도중에 잠들어버린 것에 화가 나서 자신의 눈꺼풀을 잘라냈다. 그런데 그 눈꺼풀이 땅에 떨어지자 자라기 시작하더니 최초의 차나무가 되었다고 한다. 이 전설은 선사들이 선정 중에 깨어 있기 위해 차 마시는 걸 일상화시키게끔 하였다.

바위의 누런 이끼, 금빛 나는 금샘, 달마전 낙조를 미황사의 3황으로 꼽는다는데 저녁 무렵 서해 낙조와 어우러지면 달마산도, 미황사도 더욱 황금빛을 발할 것만 같다. 그처럼 찬연한 황금빛이 이곳에 드리우는 중에 달마대사가 거기 있었다는 걸 믿기로 한다.

남도에서도 가장 남쪽 끄트머리라 할 수 있는 강진에서 해남까지 일곱 산을 무사히 마치게 되어 다행이다. 여느 때의 연계 산행을 마친 후처럼 뿌듯한 감회보다 다행이란 생각이 먼저 드는 건 그만큼 버거웠기 때문일 것이다.

고도에 비해 암팡진 남도의 산들이 오래도록, 아주 오래도록 눈에 아른거릴 것이다.

때 / 봄
곳 / 1일차 : 옥련사 - 필봉 - 통샘거리봉 - **만덕산 깃대봉** - 바람재 - 마당봉 - 구름다리 - **석문산** - 소석문 - 동봉 - 서봉 - **덕룡산** - 작천소령 - **주작산** - 작천소령 삼거리 - 427m 봉 - 362m 봉 - 오소재

　　2일차 : 오소재 - 노승봉 - **두륜산 가련봉** - 만일재 - 두륜봉 - 띠밭재 - 도솔봉 - 대둔산 - 닭골재 - **달마산 불선봉** - 귀래봉 - 하숙골재 - 미황사

소백산 죽구 종주

죽령 넘어 구인사까지 소백산 횡단

소백산은 여명이 밝아오기 전과 후가 확연히 다르다.
풍광도 그러하지만, 적막강산이었다가 기운 넘치도록
새벽을 여는 분위기는 그때 거기 머물러있는 이한테
옹골찬 힘을 지니게 한다.

충북 단양군과 경북 영주시, 봉화군에 폭넓게 걸쳐있는 소
백산小白山은 백두대간 줄기가 서남쪽으로 뻗어 강원도, 충
청도, 전라도와 경상도를 갈라 영주 분지를 병풍처럼 둘러
치고 있다. 1987년 국립공원 제18호로 지정된 바 있다.

원래 소백산맥 중에는 희다, 높다, 거룩하다는 의미의 백
산白山이 여럿 있는데 그중 작은 백산이라는 뜻으로 붙여
진 이름이다. 예로부터 신성시해온 소백산이지만 삼국시대
에는 신라, 백제, 고구려의 경계를 이루어 수많은 역사적
애환과 곁들여 많은 문화유산이 전해진다.

또 소백산은 자락마다 유서 깊은 천년고찰을 품은 불교의
성지이기도 하다. 주봉인 비로봉 아래에 비로사가 있고 국
망봉 밑에 초암사, 연화봉 아래에는 희방사와 그 반대편에
구인사와 동쪽으로 부석사가 있다.

다양한 설화와 애환이 깃든 죽령에서

죽령 탐방안내소를 통과한 건 아직 동이 트지 않은 새벽 4시 반이다. 이번으로 세 번째인 소백산 탐방은 죽령에서 구인사까지 흔히 죽구 종주라 일컫기도 하는 산행코스를 택했다. 교통과 시간 등을 세심하게 고려하며 이 코스의 종주 산행을 주저했었는데 마침 산악회에서 종주 일정을 잡아 흔쾌히 동승했다.

소백산은 하늘재(옛 계립령)에 이어 신라 초기 길이 열린 죽령(해발 689m)과 그 역사를 함께 한다. 고구려 광개토대왕이 신라를 넘볼 때도 죽령은 넘지 못했다. 고구려가 죽령을 차지한 것은 그 후대인 장수왕 때이며, 그 후 신라 진흥왕 때 다시 신라에 복속된다.

신라가 삼국통일을 위해 백제의 서쪽과 고구려의 남쪽을 공격하여 한강을 장악하려는 전략적인 목적으로 개통한 죽령은 문경새재인 조령, 추풍령과 함께 영남의 3대 관문으로 예로부터 나라 관리부터 보부상이 넘나들어 이곳의 장터는 늘 문전성시를 이루었다고 한다.

죽령은 신라 때부터 산신제를 지내왔고 조선시대에는 죽령사竹嶺祠를 세워 나라에서 제사를 주관하다가 훗날 단양, 영춘, 풍기의 세 군수가 제주가 되어 관행제官行祭를 지냈

239

으며 지금은 동민들이 매년 3월과 9월에 산신제를 지내고 있다.

경주 에밀레종의 주조 시기보다 100여 년 앞선 서기 725년(신라 성덕왕 24년)에 사찰의 범종으로 만들어진 무게 3300근의 동종銅鐘이 조선 초 숭유억불 정책으로 절이 쇠퇴하자 안동도호부의 시간을 알리는 관가의 부속품으로 전락하게 되었다.

이 종은 불교 형식으로 배열된 젖꼭지(종유) 36개가 돌출하여 은은하고 청아한 울림이 백 리까지 떨리며 퍼졌다고 한다. 이 종이 경상도 안동에서 강원도 오대산으로 옮겨가며 죽령을 넘어가게 된다.

조선 세조가 오대산 상원사를 확장하여 임금의 원당 사찰로 만들면서 전국에서 가장 소리 좋은 종을 찾게 하였는데 이 동종이 선택된 것이다. 1469년(조선 예종 1년)에 3300근의 종을 나무 수레에 태우고 500여 명의 호송원과 100여 필의 말이 상원사로 옮기던 중 죽령고개를 10m 남겨두고 멈춰 섰다. 험준한 고개를 넘느라 말들이 힘이 빠져서 그렇겠거니 하였으나 닷새가 지나도록 온 힘을 쏟아도 종이 움직여지지 않는 것이었다.

"100살을 못사는 사람도 고향 떠나기를 아쉬워하는데 하물며 800살이 넘어 숱한 곡절을 겪은 범종이 오죽하랴."

수송 책임자인 운종 도감은 종이 죽령만 넘으면 다시 못 볼 고향 떠나는 걸 아쉬워한다고 여겨 36개의 젖꼭지 중 한 개를 잘라 안동 남문루 밑에 묻고 정성껏 제를 올린 다음 죽령으로 돌아왔다.

"이제 길을 떠나시죠."

 그렇게 말하고 종을 당기니 그제야 움직여 단양, 제천, 원주를 거쳐 진부령을 넘어 상원사에 안치되었다고 한다.
 조선 때 영남지방의 양반과 생원, 진사 대감의 행차 길이었고 영남지방에서 조정이 있는 한양으로 공물과 진상품을 수송하는 통로였던 죽령이 지금은 춘천과 대구를 연결하는 중앙고속도로가 생겨 교통이 더욱 좋아졌다.
 연장 4.6km의 긴 죽령터널이 뚫리기 이전에 죽령을 앞두고 심하게 곡선을 그리며 굽이쳐 산속으로 빨려 들어가는 중앙선 철도를 보면서 교통수단도 예술의 경지에 이른다고 느낀 적이 있었다.

 사람을 살리는 산임을 실감케 한다

 백두대간 상의 죽령에서 스무 명 남짓한 일행들이 깜깜한 임도를 일렬로 헤쳐 나가는 새벽길이 무척 신선하다. 하늘에는 쏟아질 듯 수많은 별이 서로 재잘거리며 반짝거리고 있다. 헤드 랜턴 불빛을 비추어 걷는 길옆의 철쭉이 어둠 속에서도 진홍빛을 드러낸다.

바람고개 전망대에서 내려다보는 풍기읍에 불을 밝히며 일찌감치 하루를 여는 곳이 보인다. 곧이어 백두대간에 붉게 동이 터오다가 어김없이 둥근 해가 떠오르니 벅차고도 감사한 마음이 생긴다.

소백산은 여명이 밝아오기 전과 후가 확연히 다르다. 풍광도 그러하지만, 적막강산이었다가 기운 넘치도록 새벽을 여는 분위기는 그때 거기 머물러있는 이한테 옹골찬 힘을 지니게 한다.

"이 산은 사람을 살리는 산活人山이다."

조선 선조 때 천문 교수이자 역사상 뛰어난 예언가인 격암 남사고(1509~1571)는 소백산을 보고 말에서 내려서 절하며 그렇게 말하였다. 그는 전국의 숱한 명당 가운데서도 유독 소백산을 길지 중의 길지로 꼽았다. 풍기를 비롯한 소백산 주변에 풍수상 명당 길지인 십승지의 상당수가 집중적으로 분포되어있다고 하였다.

아침이 밝은 제2연화봉(해발 1357m)에서 바로 위의 기상

관측 레이더 기지로 올라가서 보이는 곳마다 눈길을 던진다. 제2연화봉에서 바라보는 월악산 영봉의 살짝 비튼 고개가 더욱 영험하게 느껴진다. 드문드문 자락과 자락 사이에 고인 물처럼 청풍호가 은빛을 반사한다.

"저기가 함백산이지요?"
"네, 그 옆 자락이 태백산이구요."

손가락으로 함백산과 태백산을 가리킬 수 있는 기상 상태가 다행스럽다. 골마다 운해가 깔린 첩첩 산그리메는 산에서 볼 수 있는 최고의 풍광인데 그런 그림을 낱낱이, 가감 없이 보여준다.

가야 할 주 능선을 길게 바라보고 다음 봉우리인 연화봉으로 향한다. 풍성하게 만개하지는 않아도 연홍 철쭉이 도열한 길을 따라 소백산천문대에 이르렀다. 우리나라 최초의 천체관측소로 1974년 국립천문대로 설립한 후, 1986년 소백산천문대로 개칭했는데 별의 관측을 위해 주변 불빛이 없는 곳을 택해 자리를 잡은 거라고 한다.

제2연화봉에서 한 시간가량 걸어 연화봉(해발 1376.9m)에 도착하여 남으로 우뚝 솟구친 도솔봉과 묘적봉에 먼저 눈길을 준다. 그 반대편으로 비로봉 너머 함백산과 태백산이 이어지는 백두대간 줄기를 편안하게 바라본다.

월악산 영봉까지 주변의 내로라하는 산봉들도 여기서 볼 때는 연화봉을 군계일학으로 떠받드는 닭 무리처럼 여겨진다. 주체하기 어려운 연화봉의 정기가 그들 산으로 뻗쳐나가는 느낌이 드는 것이다.

잠시 연화봉의 강한 주체성에 빠져들다가 양쪽으로 늘어선 철쭉 꽃길을 따라 완만한 능선길을 걷는다. 여기부터 북동 방향으로 등산로가 느긋하게 이어지고 주변은 시원하게 트여 몸도 마음도 가볍게 해 준다.

경북 풍기와 충북 단양이 경계를 이루면서 이어지는 백두대간을 따라 30여 분을 걸어 제1연화봉(해발 1394m)에 닿았다. 제1연화봉에서 비로봉 쪽으로는 철쭉 개화가 늦어 아직 꽃잎을 활짝 벌리지 못하고 있다.

수년 전 겨울, 이곳 주목 군락지의 눈꽃은 참으로 화사하고도 풍성했었다. 소백산의 겨울 풍경을 높이 사는 것은 연화봉과 비로봉 사이의 이곳 주목 지대가 겨울 이미지로서 큰 몫을 해내기 때문일 것이다.

계속해서 완만하게 이어지는 길을 따라 걷다 보면 천동리로 내려가는 갈림길이 나오는데 이 삼거리에서 오른쪽 나무계단을 따라 더 올라 소백산 정상으로 향한다.

드센 바람에 눈보라가 몰아치는데 쌓였던 눈까지 다시 휘날려 걸음을 내딛기조차 힘들었던 그 겨울의 이 길을 회상하며 걷다 보니 많은 등산객이 모여있는 정상 가까이 다다르게 되었다.

천동 갈림길을 지나 소백산 최고봉인 비로봉(해발 1439m)에 도착하였다. 혹한의 칼바람이 몰아치고 잔설까지 끌어모아 휘날리던 때와는 전혀 다른 분위기의 정상이다. 광활한 초지는 싱그럽고 푸르러서 어느 한 지점에만 눈길을 머물지 못하게 한다.

울창한 활엽수림 지역의 소백산은 사시사철 물이 마르지 않는 계곡과 음이온이 풍부해 청정한 자연환경 속에서 자연치유 효과까지 극대화할 수 있는 곳이다.

여기 비로봉에서 서북쪽으로 조금만 걸어가면 천연기념물 244호로 지정된 주목 지대가 있다. 1만여 평의 군락지에는 2~600년 수령의 주목 수천 그루가 자생하며 수만 평 초원 지대는 야생화의 보고이자 솜다리라고도 일컫는 희귀 식물 에델바이스가 자생하는 곳이다.

소백산에 진달래가 시들해지면서 철쭉이 만개할 즈음이면 원추리, 에델바이스 등 수많은 야생화가 연이어 피어난다. 봄이면 꽃이 피지 않는 날이 거의 없어 천상의 화원이라는 수식어를 종종 사용한다. 지금 철쭉의 개화가 늦어 푸른 초원과 명품 철쭉이 어우러진 풍광을 눈에 담지 못해 아쉬운 마음이 고이기도 한다.

소백산의 속살을 파고들면 남사고가 '사람을 살리는 산'이라고 언급한 걸 몸소 실감하지만, 과거의 역사를 떠올리면

꼭 그렇지만도 않다는 걸 느끼게 된다.

소백산 능선 곳곳은 신라, 고구려, 백제의 영토 확장을 위한 단골 싸움터였다. 소백산맥 정상 일대에 소백산성, 죽령산성, 남천성골산성, 온달산성 등이 축성된 것만 봐도 이곳에서 죽어간 군사들이 엄청났을 거라는 걸 짐작하고도 남는다.

언어소통이 가능한 한민족임에도 목숨을 건 싸움으로 일관했던 건 이해가 앞서는 한 동서고금을 막론하고 화합을 통한 해결이 얼마나 어려운 건지를 의식하게 한다.

그런 생각을 해보다가 소백산의 주봉과 작별하고 국망봉 쪽 데크로 이어진 길을 따라 걸어간다. 길 좌우로 초지가 푸르게 펼쳐져 있다.

국망봉 일대의 철쭉 군락지는 더더욱 개화에 인색하다. 우람한 바위들을 쌓아놓은 국망봉(해발 1420m)에 도착하니 휑하게 이는 바람이 서러운 울음소리를 내다가 허공으로 사라진다. 신라의 마지막 왕인 경순왕의 아들 마의태자가 금강산으로 들어가기 전에 이곳에서 통곡했다는 유래를 들었기 때문일 것이다.

신라 회복에 실패하자 엄동설한에 베옷麻衣 한 벌만 걸치고 이곳에 올라 멀리 옛 신라의 도읍 경주를 바라보며 너무나도 슬피 울어 뜨거운 눈물에 나무가 다 말라죽어서 국망봉에는 나무가 나지 않고 억새와 에델바이스 등 목초만이 무성할 뿐이라고 전해진다. 지금도 큰 나무는 없고 풀만 무성하다.

천년을 이어온 나라에 종지부를 찍는 고통이 얼마나 큰지 헤아릴 수 있으랴마는 이곳에서 통곡하고 금강산까지 향하는 마의태자의 긴 여정은 아마도 지옥 불을 걷는 심정이었으리라. 수백 년 후 풍기 군수로 재임하던 퇴계 이황은 이곳 국망봉에 올라 술 석 잔을 마시고 일곱 수의 시를 쓰고 다음 날 하산하였다고 한다.

길고도 먼 하룻길

상월봉 갈림길에서 슬쩍 지나치고 싶은 마음이 없지 않았으나 마의태자의 무거운 걸음과 이퇴계의 무박 산행을 떠올리고는 상월봉을 찍고 가기로 한다. 상월봉(해발 1372m) 전망 바위에서 가야 할 신선봉에 눈길을 머물다가 다시 내려와 늦은목이재까지 와서 호흡을 진정시킨다.

여기서 비율 전 방향으로 내려가면 중간 합류 지점으로 지정했던 어의곡 탐방안내소로 하산하게 된다. 늦은목이재에 함께 도착한 일행 중 세 명이 어의곡으로 내려가고 여섯 명이 다시 신선봉으로 향한다.

늦은목이재에서 고치령 방향으로 가다가 신선봉 쪽으로 줄을 넘어서면 은방울꽃과 앵초 등의 야생화가 오롯이 제 색을 드러내고 있다. 숲은 더욱 우거져 혹여 길을 놓칠세라 신경을 쓰게 한다.특별한 표식이 없는 신선봉(해발 1389m)에서 곧바로 움직여 민봉을 향해 나아간다.

약 1km를 더 걸어 삼각점이 있는 널찍한 초지에 이르렀는데 이곳이 지도상의 민봉(해발 1362m)이다. 죽령에서 19km에 이르는 거리이다. 사방이 시원하게 열려 국망봉과 연화봉 등 지나온 소백산 주 능선을 뒤돌아보게끔 한다.

"멀리 와서 볼수록 지나온 산은 더 애틋한 거 같아요."

끝까지 함께 걸어온 일행 중 유일한 여성 등산객의 여성적 감성에 고개를 끄덕이게 된다. 여름방학 때 외갓집에 손자들이 우르르 갔다가 늙으신 외할머니를 홀로 두고 나설 때의 기분이라면 어색한 비유일까. 어쩌면 산은 이별을 연습하고 작별을 훈련하는 장소인지도 모르겠다.

민봉에서 내려와 갈림길에서 오른쪽 경사면으로 올라서면 길은 더더욱 한적하고 을씨년스럽다. 이정표도 없어 나뭇가지의 리본을 살피면서 걷게 된다. 너덜 바윗길을 비좁게 통과하고 등로를 확인하며 올라서서 나뭇가지에 구봉팔문 제4봉 뒤시랭이문봉(958.3m)이라 적힌 표식을 보게 된다.

신선봉에서 서북쪽으로 뻗어 내리던 능선이 부챗살처럼 펼쳐지면서 아홉 개의 능선에 여덟 골짜기를 이뤄 구봉팔문이라 칭한다. 1봉 아곡문봉, 2봉 밤실문봉, 3봉 여의생문봉, 4봉 뒤시랭이문봉, 5봉 덕평문봉, 6봉 곰절문봉, 7봉 배골문봉, 8봉 귀기문봉, 9봉 새밭문봉을 일컫는데 득도의 문이라고 하는 구봉팔문을 온전히 걸으면 도를 깨우친다고 전해진단다.

소백산 주 능선에서 150~400m의 고도 차이가 나는 아홉 봉우리가 정렬한 것처럼 쭉 늘어서 있는데 각 봉우리 간 거리는 800m~2km에 이르며 부챗살처럼 뻗은 능선을 따라 걷는 총거리는 약 33km에 이른다고 한다. 그중 4봉에 올라서서 그 구봉팔문을 눈여겨 살피게 된다.

"다시 또 올 것인가, 말 것인가. 그것이 문제로다."

햄릿을 읊조리면서도 구봉 팔문의 종주에 대해서는 쉬이 판단이 서지 않는다. 지리산 7 암자 순례길이 떠오르고 설악산 용아장성이 뇌리를 스치는데 여기 뒤시랭이문봉을 올라오면서 고약스럽게 거친 길을 경험하니 그다지 득도에 대한 욕구가 생기지는 않는다.

"득도의 필요성을 느끼면 그때."

그때 가서 다시 생각해보기로 하고 구인사를 향해 길을

내려선다. 구인사로 하산하는 길도 험하긴 마찬가지다. 거칠고 가파른 길을 내려와 임도에서 가로질러 다시 산길을 오른다.

봉우리 하나를 지나고 또 다른 봉우리인 수리봉(해발 709m)에 올라서니 바로 이곳이 구봉팔문 전망대이다. 아홉 봉우리를 하나둘씩 헤아리며 살펴보지만 여기서는 아무리 봐도 제대로 된 등산로가 있을 것처럼 보이지는 않는다.

"원효대사는 저길 걸었을까."

당대 최고의 알피니스트였던 원효대사는 구봉 팔문을 종주하면서 득도한 걸까. 이처럼 심오하게 엉뚱한 생각은 때때로 험산 준봉을 걸을 때 피로를 덜어주기도 한다. 피로를 덜어내고 전망대에서 내려서면 얼마 지나지 않아 구인사 적멸궁이 나타난다.

구인사는 대한불교 천태종의 총본산이다. 천태종은 594년 중국의 지자 대사가 불교의 선과 교를 합하여 만든 종파로 고려 숙종 2년에 대각국사 의천에 의해 들여왔다.

구인사를 창건한 상월조사는 생전에 화장을 원치 않는다며 미리 묫자리를 잡아놓았는데 이 적멸궁이 바로 그의 묘소이다. 사후, 화장을 기본으로 하는 불교에서 극히 예외적인 일이다.

"사리까지 그대로 묻혔겠네요."

"그렇겠죠."

일행 간의 뜬금없는 대화도 가끔은 산행의 지루함을 덜어준다. 적멸궁에서 구인사로 내려가는 계단 양옆으로 밧줄 울타리를 만들어 좌로 꺾이고 다시 우로 꺾이며 한참을 내려간다. 계단길이 끝나면서 구인사 경내로 들어서게 되는데 화려하고 웅장한 규모에 벌려진 입이 다물어지지 않는다.

1946년 상월조사가 칡덩굴로 얽어 초암을 짓고 수도하던 자리에 현재의 웅장한 사찰을 축조했다고 한다. 경내에는 초암이 있던 자리에 세워진 900평의 대법당, 135평의 목조 강당인 광명당 등 50여 동의 건물이 세워져 있다.

일시에 5만 6000명에 이르는 인원을 수용할 수 있는 국내 최대 규모의 사찰이란다. '억조창생 구제 중생 구인사'라는 사찰 명답게 치병에 영험이 있는 사찰로 이름나 하루에도 수백 명의 신도가 찾아와 관음 기도를 드린다고 한다. 긴 내리막길을 지나 일주문을 빠져나가는데 대국의 황제 폐하를 알현하고 궁궐을 나가는 기분이다.

노을이 짙게 물들 무렵 주차장에 이르면서 처음부터 끝까지 동행한 이들이 서로의 수고로움을 악수로 나누며 죽령에서 구인사까지의 긴 하룻길을 마감한다.

때 / 봄
곳 / 죽령 휴게소 – 제2 연화봉 – 연화봉 – 제1 연화봉 – 비로봉 –
국망봉 – 상월봉 – 늦은목이재 – 신선봉 – 민봉 – 구봉 팔문 전망대
– 구인사 – 주차장

설악산 서북능선에서 공룡능선으로

내설악 인제 남교리에서 외설악 설악동 소공원까지

올라가는 것도 의미로움이요,
내려가는 것 또한 의미일지니
부디 멈춰 고여있지만 마시라
생명처럼, 심장의 박동처럼 움직이고 또 움직이시라

인제군은 강원도 중동부 백두대간을 중심으로 영서 북부지
역으로 우리나라의 중앙부에 자리하고 있다. 동쪽으로 기린
면이 양양군과 접하고, 서쪽 끝으로 남면 수산리가 춘천시
와 접해 있다. 또 남쪽으로 상남면이 홍천군과 접하고, 북
쪽으로 서화면이 이북의 금강군과 인접해 있다. 인구는 3만
3천여 명으로 면적에 비해 인구밀도가 낮으나 귀농 및 귀
촌을 위한 도시 사람들이 전입하며 증가 추세에 있다. 인제
군의 5대 특산물로 황태, 풋고추, 오미자, 곰취를 꼽는다.

말할 것도 없이 인제는 자연 친화적 지역으로 봄엔 꽃과 야생
화가 만발하고, 여름엔 시원한 피서지로 적격이며 가을이면 만
산홍엽의 가을과 멋진 설경의 겨울이 사계절 최고의 자연미를

안겨주는, 그야말로 코로나 시대에 딱 부합하는 지역이라 할 수 있다. 설악산 대청봉에서 이어져 내려오는 청정계곡과 수려한 기암묘봉으로 국내에서 손꼽는 관광지이다.

천상의 선녀들이 머문 인제 8경 중 제4경

내설악 쪽에서 설악산 자락을 오르면 폭포와 맑은 담, 푸른 소가 줄줄이 늘어선 십이선녀탕이 나타난다. 밤이면 하늘에서 선녀가 내려와 목욕하고 올라가 선녀탕이라고 이름 지었는데 열두 개의 탕과 열두 폭포가 있어 십이선녀탕이라고 불러왔다. 그런데 실제로는 여덟 개만 눈에 띈다.

유구한 세월이 흐르며 거친 하상 작용으로 오목하게 파여 깊은 홀을 이루거나 너른 반석이 생겨 오르내리는 탐방객들의 걸음을 멈춰 서게 만든다. 탕수동계곡이라고도 하는 십이선녀탕과 그 일대가 국가지정문화재 명승 제98호이다.

인제·원통을 지나 한계리 민예 관광단지 삼거리에서 좌회전해 46번 국도 타고 인제·원통을 지나 다시 백담사 방면 44번 국도로 가다가 남교리에서 멈춘다.

남교리 북천을 건너 설악산 서북능선을 향해 오르며 등반이 시작된다. 들머리에 들어서면서 크고 둥근 해가 떠오르며 세상을 밝혀준다. 설악산에서의 일출은 그 광경을 보는 곳이 어디든 장엄하다.

설악산 서북능선은 지금 들머리로 잡은 남교리에서 대승령, 한계령을 지나 설악산 주봉인 대청봉에서 양양의 오색으로 내려서는 길을 말하는데 오늘은 오색으로 내려가지 않고 소청을 지나 공룡능선을 건너 설악동 소공원으로 내려서는 긴 행로를 코스로 잡았다. 출발 전에 소청 대피소를 예약해 놓았다.

십이선녀탕으로 오르는 길은 점점 거칠고 경사가 심해진다. 그러면서도 수려하고 섬세한 내설악의 참모습을 아낌없이 보여준다.

오색단풍으로 화려하게 치장한 중추의 십이선녀탕도 그 아름다움에 탄성을 자아내지만, 지금처럼 녹음 짙푸르게 우거진 여름철에도 맑은 계류와 우렁찬 폭포수의 울림이 대자연의 신비로움을 그대로 표출해낸다. 동양에서도 손에 꼽는 청정계곡이다. 대승령과 안산에서 발원한 계류는 북서쪽으로 약 8km를 흘러 남교리까지 이어진다.

계곡 곳곳에 단풍나무, 전나무, 박달나무와 소나무 등이 고루 우거져 있다. 물을 건너는 곳마다 철교가 놓여 있는데 폭우가 쏟아지는 때에는 굉장히 위험스러워 보인다. 폭우로 물이 불어나는 바람에 이곳에서 가톨릭의대 산악부원 여덟 명이 사망한 적이 있었다.

첫 번째 독탕을 지나고 북탕과 무지개탕을 연이어 지난다. 올라갈수록 골이 깊어 지면서 물소리도 더욱 우렁차게 들린다. 오른쪽으로 안산이 펼쳐져 계곡을 감싸면서 아늑한 느낌을 준다.

일곱 번째로 모습을 드러낸 복숭아탕 앞에는 많은 등산객이 삼삼오오 모여 사진 촬영에 여념이 없다. 폭포수에 암벽이 파여 복숭아 혹은 하트모양을 형성하고 있는데 알려진 그대로 십이선녀탕의 백미다.

계곡 사이로 곱게 물든 단풍과 암벽이 옥빛 계류와 조화를 이뤄 장관을 연출했던 수년 전 가을의 추억을 더듬게 한다. 조선 22대 왕 정조 때의 실학자이자 문신, 성해응은 '동국명산기'에서 설악산의 여러 명소 중 십이선녀탕을 첫손으로 꼽았었다.

'설악산 최고 승지가 어디메뇨. 누가 묻거든 십이선녀탕의 절경을 들기 전에는 아예 설악의 산수를 논하지 말라.'

한찬석이라는 사람은 1960년, '설악산 탐승 인도지'에 그렇게 기록했다. 계속되는 오름세에 땀도 흘리고 힘이 들기도 했지만 십이선녀탕 계곡의 볼거리로 인해 피로를 덜 수 있었다. 여덟 번째 마지막 탕을 지나 대승령으로 향한다.

여름을 뚫고 서북능선을 길게 섭렵한다

지금까지 올라왔던 길과 달리 대승령까지는 능선길이 비교적 수월한 편이다. 가리봉과 주걱봉의 응원가가 이명처럼, 혹은 바람 소리처럼 귓전에 울리는 것 같다.

대승령은 서북능선 중에서 내설악과 외설악으로 갈라지는 분기점이라 할 수 있다. 여기서 내려서면 대승폭포를 지나 장수대에 이르게 된다. 대승령 주변에는 희귀종의 새들이 많다고 하는데 오늘은 가만히 귀 기울여도 아무런 새소리도 들리지 않는다.

개성의 박연폭포, 금강산 구룡폭포와 더불어 우리나라 3대 폭포의 하나로 꼽는 대승폭포는 높이 800m 지점에서 88m의 물기둥이 낙하하여 장관을 이루는데 천연기념물 제171호로 지정되어 있다.

신라 경순왕이 피서를 즐겼다고 전해지는 대승폭포 앞의 넓은 반석에는 조선 선조 때 양봉래가 쓴 구천은하九天銀河라는 암각 글씨가 새겨져 있다.

"대승아!"

옛날에 부모를 일찍 여읜 대승大勝이라는 총각이 절벽에 동아줄을 매달고 내려가서 바위에 피는 버섯인 석이를 따고 있었는데 갑자기 어머니가 그의 이름을 다급하게 부르는 소리에 놀라 석이를 따다 말고 올라가 보니 지네가 동아줄을 쏠고 있었다.

그렇게 해서 목숨을 건진 후로 이 폭포를 대승폭포라 불렀는데 지금도 이 폭포수 소리를 들으면 '대승아'라고 그의 이름을 부르는 것처럼 들리기도 한다는 것이다.

대승령을 지나 가리봉을 왼편으로 두고 오른편으로 한계령 너머 점봉산을 두고 걷게 되는데 점봉산에는 운해가 깊이 깔려 있다. 칠형제봉도 점봉산 앞에서 점점 운해에 덮이는 중이다.

대승령에 3.2km를 걸어 1408m 봉에 이르렀다. 이정표에 여기서 귀때기청봉까지 2.8km가 남았음을 표시하고 있다.

귀때기청봉을 앞두고 애추의 너덜 바윗길을 지나는 게 무척 고되다. 바람이 자고 햇볕이 내리쬐어서인지 체력이 급격히 떨어지고 있음을 의식하게 된다. 쉴만한 곳도 눈에 띄지 않는다. 조심스러운 바위 지대를 통과하고 나서야 크게 숨을 몰아쉰다.

설악산 곳곳의 마루금 아래로도 운해가 깔리기 시작한다. 금세 무쌍한 변화를 보여주는 설악산답게 깎아지른 암봉 군락이 나타났다가는 푸르디푸른 수림이 펼쳐지고 다시 운해에 가려지는 것이다. 대승령에서 6km를 걸어 귀때기청봉(해발 1578m)에 도착했다.

"내가 설악산에서 제일 높아."

258

이 봉우리가 설악산의 최고봉이라고 으스대다가 대청봉·중청봉·소청봉의 삼 형제한테 귀싸대기를 맞아서 그 이름이 유래되었다는 재미있는 이야기가 전해진다. 또 귀때기청봉에는 바람이 무척 드센데 귀가 떨어져 나갈 정도로 바람이 매섭게 불어 그 이름이 명명되었다고도 한다.

다시 걸어 한계령 삼거리에 이르렀다. 여기서 하산하면 바로 한계령휴게소이다. 휴게소 옆 계단을 오르면서 여기로 올라와 대청봉으로 향할 수 있는데 그렇게 길을 택한 등산객들을 배려하여 고속버스나 시외버스가 잠시 정차하여 내려주기도 한다.

완만하게 이어지던 서북능선이 끝날 즈음 고도가 가파르게 높아진다.

서북릉 끝 지점에 있는 봉우리여서 명칭으로 굳어진 끝청봉(해발 1604m)에 이르렀다. 여기서 공룡능선을 시야에 담게 되고 중청봉, 대청봉을 바라볼 수 있다. 외설악의 멋진 비경이 조망되는 곳이다.

가자, 환희가 서리고 희열이 고여 있는 설악 3봉으로

중청에 이르러 울산바위, 천불동, 공룡능선, 속초항 등을 두루 조망하노라니 가슴이 뿌듯해지는 걸 느낀다.

'강원도 양양군 서면 오색리 산 1-24번지'

대청봉과 중청봉 사이의 안부에 있는 중청대피소의 주소다. 외설악과 속초시, 동해를 두루 조망할 수 있는 전망 좋은 위치에 빨간 우체통에 세워져 있다. 정식 명칭 '설악산 대청봉 우체통'의 안내판에 이렇게 적혀있다. 중청대피소에 무거운 배낭을 풀어놓고 설악 최고봉인 대청봉에 다녀오기로 한다.

'1708M, 5604 Ft 이 우체통은 국토의 근간인 백두대간 마루금에 위치한 우리나라 최고最高의 우체통입니다. 명산 설악을 찾는 국민들을 위하여 속초우체국과 설악산국립공원 사무소가 공동으로 설치 운영하고 있으며, 여러분이 보내는 편지와 엽서는 매주 1회 수집하여 우체국을 통해 전국 각지로 보내고 있습니다. 설악의 아름다운 추억을 우편 엽서에 담아 보시기 바랍니다.'

엽서 대신 우체통을 어루만지며 두고두고 오로라처럼 생성될 추억을 담아 넣고 600m 떨어진 대청봉으로 걸음을 옮긴다.

'양양이라네!'

해발 1708m, 강원 최고봉이자 한라산, 지리산에 이어 표고로는 남한 3위의 산. 그러나 설악산은 명함에 찍힌 직함으로 존재감을 드러내는 산이 아니다. 설악산은 그 자체로 존재가 주목받고 오르는 이로 하여금 자존감을 지니게 하는 그런 곳이다. 운무가 걷히면서 드러난 외설악 천불동의 장관을 보며 자기 자신도 모르게 입이 벌어진다.

운해가 차오를 때나 맑은 날이나 설악 정상에서는 감탄사를 연발하게 된다. 엷은 안개가 오락가락 시야를 가렸다가 열어주기를 반복한다. 늘 느끼는 거지만 정상은 그만큼 땀 흘린 자에게만 자리를 내어준다. 케이블카를 타고 올라와서는 만끽할 수 없는 희열이다.

다시 중청대피소]로 내려가 내일 가게 될 공룡을 다시 살펴보니 등줄기에 날이 잔뜩 서있다. 소청으로 향하면서 내려다보는 설악골에 여전히 안개가 머무르고 삼각 상투 화채봉이 흐릿한 걸 보니 내일 공룡능선에 이를 즈음엔 날이 쾌청할 거란 생각이 든다.

소청대피소에 도착하여 여장을 풀자 온몸이 나른해진다. 여기서 꿀맛 같은 저녁 식사를 하고 어둠이 가라앉는 설악의 품에서 고단했던 하루를 마감한다.

이른 아침 공룡사냥에 나서다

어둠이 채 걷히지 않은 이른 새벽에 일어나 컵라면으로 아침을 때웠다. 소청에서 희운각으로 가는 길, 산중 아침나절인데도 땀이 줄줄 흐를 정도로 무덥다. 희운각 대피소 바로 아래 계곡에서 흘린 땀을 씻어낸다.

이제부터 본격적으로 공룡의 등줄기를 올라타게 된다. 이제부턴 모든 게 쭉쭉 솟아있다. 내설악과 외설악을 가르는 공룡 우리에 들어서며 설악산이 왜 남성미가 강한지를 보게 된다.

공룡 제1봉 신선대에 올라서자 귀까지 먹먹해지는 건 대뇌의 모든 사고를 중지하라는 신호다. 오로지 눈으로만 보고, 본 그대로 느끼라는 알람이다. 보고 누리며 감상의 시야와 감동의 폭을 더욱 넓히라는 의미이다.

낙차 심한 절벽을 타고 오르는 반투명 안개가 걷히면서 환히 드러난 천화대에 절로 탄성이 터지고 땀을 식히는 시원한 바람을 맞으며 미소를 머금게 된다. 멀리 역광 받은 화채능선이 은빛 그림자 드리우고 모습 드러낸 화채봉과 왼편 달마봉이 살갑게 손짓한다.

천화대의 으뜸 범봉을 필두로 왕관봉, 희야봉을 지척에서 접하니 언제나처럼 가슴이 뜨거워진다. 송곳처럼 날 세워 파란 천을 뚫고 쭉쭉 뻗어 하늘 향해 악수를 청하는 역발산기개세에 감탄하지 않을 수 없다.

마음만 먹으면 언제든 장군봉, 유선대를 접하고 설악골을 내려다볼 수 있다는 건 헤아릴 수 없을 만큼의 큰 기쁨이며 환희다.

지금부터 가야 할 길, 1275봉, 나한봉과 마등령. 힘겨우면 마라톤 완주코스가 될 수 있고 즐기면 일품 코스 요리일 수도 있는 곳. 그게 바로 공룡의 극단 양면이다. 아직 많은 길이 남아있고 숱한 고봉들을 넘어야 하지만 공룡능선이기에 그럴 것이다. 부담감보다는 들뜬 기분에 당장은 걸음걸이도 가볍다.

신선대를 내려서면서 공룡의 품 안으로 파고들게 된다. 아니 빨려들게 된다. 외설악 공룡의 등에 올라탔다는 사실만으로도 특권을 누리는 셈이다. 바삐 가려거든 절대 설악엔 오지 마시라. 설악은 걸음보다 눈이 바쁜 곳이기 때문이다. 가다 멈추길 반복하며 다양한 형태의 공룡 닮은 바위들을 보게 되는 공룡능선의 품 안은 특히 그러하다.

숱한 너덜 바윗길, 쇠줄 잡고 오르내리길 여러 차례 반복하며 1275봉 아래에 이른다. 볼 때마다 느끼지만 1275봉은 한결같이 의연하고 듬직하기가 이루 표현할 수 없다.

공룡능선을 단순히 등산로의 한 구간으로 여겨 그저 걷기만 한다면 더더욱 힘에 겨운 곳이다. 공룡능선은 걸음보다 눈을 움직여 보이는 장면마다 담아두며 부차적으로 걸음을 옮기는 곳이라 할 수 있다. 유람하듯, 소요하듯 느긋하게 말이다.

봉우리들과 나무와 하늘과 구름의 어우러짐이 천상의 무릉도원이라 부를만하다. 무릉도원을 바라보며 감탄을 금치 못하면서도 오고 싶어 했던 이들과 함께하지 못하는 아쉬움이 고인다.

여길 지나 정면으로 나한봉을 마주하게 되는데 공룡능선에서 가장 힘든 부분이 바로 이 구간부터가 아닐까 싶다. 그만큼 체력소모가 클 즈음이다.

미끄럽기까지 해서 더 버겁지만, 간간이 싱그러운 햇빛과 하늘을 찌르는 암봉들의 자태가 펄펄 기운 넘치는 충만한 생명력을 느끼게 한다.

거대한 바위를 꺾어 돌면 색다른 비경이 펼쳐지므로 바로 거기, 그 자리에 시선이 머물게 된다. 이곳을 함께 지나는 이들의 그 자리에서 시선이 합쳐지게 되는 것이다. 공룡은 자기 등에 찾아온 모든 이들을 함께 태웠기 때문이다.

흘린 땀을 씻어내면 다시 땀이 주르륵 흐른다. 공룡능선의 마지막 고봉인 나한봉은 고도 1276m로 1275봉보다 1m가 더 높다. 나한봉을 지나고 공룡능선을 빠져나오면서 안도의 숨을 내쉬지만, 살짝 아쉬움도 고인다. 역시 설악산은 아껴 먹는 초콜릿 같은 곳이다.

지나고 나면 아쉬움이 가득 고이는 곳이다. 가야 할 길이 많이 남았다고 해서 몸이 무거워지거나 마음에 부담을 주는 곳이 아니다.

지나온 길 돌아보니 능선 곳곳마다 발자국이 선명하게 새겨있는 듯하다. 안개가 덮고 운해가 가려도 그 자취는 오로라처럼 찬란한 추억으로 늘 광채를 발할 것만 같다. 구름이 깔리고 비가 쏟아질지라도 말이다.

공룡의 등에서 내려섰어도 아직 갈 길이 멀다

정중앙에 우뚝 솟은 화채봉 왼쪽으로 칠성봉과 권금성을 바라보고 마등령으로 향한다. 설악골을 중심으로 외설악의 전경이 드넓게 펼쳐지기 시작했다. 세존봉이 코앞에 우뚝 솟아있으며 속초 해안이 손에 잡힐 것처럼 가깝다.

마등령에서 설악동 소공원으로 가는 길이 절대 만만치 않다. 체력소모가 클 즈음이라 특히 내리막 거친 비탈에 긴장의 끈을 놓아서 안 된다. 백두대간 마등령은 금강굴, 비선대, 와선대를 지나 신흥사로 내려가는 외설악과 오세암, 백담사로 내려가는 내설악 그리고 북쪽 미시령으로 뻗는 출입 통제구간의 연결점이자 경계이다.

말 등에 올라 동해와 북면의 황철봉, 지금까지 온 공룡능선을 두루 둘러보다가 예정대로 외설악 소공원 쪽으로 길을 잡는다.

금강굴을 지나고 비선대 위로 장군봉과 유선봉, 적벽의 3형제봉 머리 위로 햇살이 창연하다. 클라이머들이 장군봉의 속살을 파고드는 게 보인다. 그들을 보고 있으면 살아 움직이는 생명체의 건장함을 몸소 실감하게 된다.

올라가는 것도 의미로움이요,
내려가는 것 또한 의미일지니
부디 멈춰 고여있지만 마시라
생명처럼, 심장의 박동처럼
움직이고 또 움직이시라

소공원에 다다르자 낯익은 모습들이 모두 하나같이 반겨주는 느낌이다. 케이블카가 오르는 권금성과 그 뒤로 노적봉이 내려다보며 미소를 흘린다. 1987년 통일을 기원하며 108톤이나 되는 청동을 들여 10년 만에 완성한 석가모니상, 늘 무뚝뚝하고 근엄한 표정의 통일대불 청동좌상이 엄지를 추켜세우며 수고했노라고 치하해준다.

설악이여! 그대들 멋진 봉우리들이 존재함으로 인해 산을 좋아하는 이들이 행복할 수 있나니. 곳곳에 숲과 바위와 계곡이 있으므로 오고 또 올 수 있으리니.

때 / 여름
곳 / 남교리 탐방안내소 – 십이선녀탕 계곡 – 대승령 – 귀때기청봉 –
한계령 삼거리 – 끝청 – 중청대피소 – 대청봉 – 중청 – 소청대피소 –
희운각대피소 – 공룡능선 시점 – 신선대 – 1275봉 – 나한봉 – 마등
령 – 금강굴 – 비선대 – 설악동 소공원

prologue & epilogue_ 불수사도북 5산 종주

불암산 - 수락산- 사패산- 도봉산- 북한산

뒤돌아보면 걸어온 산길은 살아온 삶처럼 회한에 젖어 들게
할 때가 있다. 삶이 산과 다른 건 뿌듯한 성취감이
뒤돌아본 그곳에 반드시 있지 않다는 것이다.
자취가 사라진 행적은 얼마나 공허하고 슬픈가.

한 달 전까지만 해도 불수사도북 5산 종주는 나와는 전혀
상관없는 딴 나라 사람들의 소재거리였다.

불암산과 수락산을 연계 산행해봤지만, 그 정도가 내가 할
수 있는 산행의 적정선이라고 여겨왔다. 거기에 사패산을
다시 올라 도봉산과 북한산을 잇는다는 건 넘볼 상대가 절
대 아니었다.

그런데 산 좀 다녔다는 사람들이 툭하면 입에 올리는 말,
검색해보니 수두룩하게 나오는 그 용어, 그 불수사도북이란
단어가 뇌리에서 맴돌기 시작한 건 본격적으로 등산에 취
미를 붙인 지 2년 여쯤 지나서였다.

"한 번 해볼 수도 있지 않을까!"

관심의 도를 넘어 꿈틀거리는 도전 의식은 마치 욕정을 품은 수캐처럼 나 자신을 감당할 수 없게 만들었다. 어쩌겠는가. 타고난 기질이 맘먹으면 일단 부딪쳐봐야 직성이 풀리는걸. 그렇게 해야만 내가 넘어야 할 산이 아님을 알고 깨끗이 포기하는 체질인걸.

 "그 산들의 부드러운 품에 한껏 안겨보자. 그 산들의 관절 곳곳을 한껏 애무해보자. 그렇게 하자."

 중도하차라는 오명은 자기 자신만 곱씹으면 된다. 누구에게 알릴 이유가 없다. 그런데……
 혹여 심장발작 같은 사고라도 당한다면? 그래, 생명 부지가 우선이다. 가까운 후배이자 같이 산을 다닌 산우, 계원 이한테만큼은 알리자.
 거기 덧붙여 그래도 모를 불상사를 대비해 재산이랄 것도 없는 알량한 통장 두 개의 갈피에 비밀번호를 적은 쪽지를 꽂아 놓고……
 금요일 조금 일찍 퇴근해서 메모해두었던 준비물 쪽지를 펼쳐가며 먹거리며 옷가지, 장비 등 준비한 것들을 꾸역꾸역 배낭에 꾸려 넣었다.

 "북한산 갔다가 오는데 이틀씩이나 걸린다구요?"

이해 못 하는 아내를 설득하느라 에너지 낭비하기 싫었다. 캠핑이라도 간다고 여겼는지 아님, 중국 황산이라도 다녀오는 걸로 생각했는지 아내는 솔직하지 못한 남편이 못마땅한 것이다.

바람피우러 나가는 남편 대하듯 시큰둥한 아내를 뒤로하고 준비한 배낭을 짊어지고 나왔다. 아무리 잘해도 전쟁영웅처럼 화랑무공훈장 같은 거로 증명할 방법은 없다. 암기하고 있었던 주기도문과 사도신경이 그냥 입에서 읊조려지고 있을 뿐이다.

"저부터 보살펴 주시옵고, 여유 있으시면 내 아내의 의심을 떨쳐내게 하옵소서."

다른 생각은 하나도 들지 않는다. 무사히 다시 집으로 돌아올 수 있다면 최상, 최선의 결과를 얻는 것이다. 세상에 태어나서 무얼 하고자 하는데 이처럼 떨린 적이 있었던가.

초등학교 시절 독감 예방 불주사 맞을 때보다 더 떨려온다. 처음 총각 딱지를 뗄 때보다 더 긴장된다. 나다운 건지, 전혀 나답지 않은 건지 도대체 모르겠다.

어둠이 깔린 저녁 6시경, 집을 나서는데 제일 먼저 오르게 될 불암산은 이미 루비콘강이었다. 강물이 불어 되돌아갈 수 없는…… 진작 마음의 결정을 내리고도 이처럼 갈등이 이어지는 건 처음이었던 듯싶다.

"넌 내가 지켜줄 터이니 걱정 떨쳐내고 네 길을 가거라."

 오후 6시 50분 하계역 5번 출구로 나와 중계본동까지 걸어갈 요량으로 불암산 들머리 청록 약수터를 묻는데 버스를 타서도 20분이 넘게 걸린단다. 산행 지도를 펼쳐보니 몇몇 구간은 생소했다. 한 번도 산행해보지 않은 등산로. 그래 어딘들 태초의 인간이 밟은 땅이 있었던가.

"그런데 이런 걸 해야 하는 이유가 뭐지? 무슨 의미가 있는 거지? 체력 점검? 의지력 확인?"

 그 어떤 것도 대수로운 명분이 되지 못한다. 그래. 그런 의미나 명분조차 따지지 말자. 아담과 하와가 무얼 헤아려가며 선악과를 따먹었던가.

"오로지 거기 그 산들이 존재하므로 내가 간다."

 버스를 타고 1142번 종점까지 와서 쉽지 않게 청록 약수터 진입로에 들어섰다. 아직 이른 저녁인데도 주변이 너무나 고요하다. 적막하고 을씨년스럽다.

개 짖는 소리조차 들리지 않아 여기가 사람 사는 동네가 맞는가 두리번거리게 된다. 가뜩이나 위축되어 있는데 더욱 긴장하게 된다. 그런데 골목 모퉁이에서 그분이 나타나셨다. 홀연히 모습을 드러낸 예수님이 떨리는 마음을 풀어주신다.

"넌 내가 지켜주마. 그저 네 길을 가거라."

불암산 들머리, 다섯 산의 첫 진입로 담벼락에 어떻게 예수님이 왕림하셨을까. 거기 교회가 있었고 예수님을 크게 그려놓은 담 모퉁이를 돌아서 산행 시점으로 들어선다는 게 우연이겠지만 두고두고 신기한 일이 아닐 수 없었다.

어쨌거니 무신론자나 다름없는 나에게 그분은 어스름 가로등 불빛 아래 모습을 드러내 나를 안심시켜주는 것이었다.

청록 약수터 방향으로 조금 더 걸어 올라가니 서울의 마지막 재정비구역이다. 불이 켜진 집이 거의 없다. 조만간 모두 철거될 것처럼 보인다.

"아직도 서울에 이런 곳이?"

스치는 느낌만으로도 분위기가 도통 아니다. 이런 데서 서울시나 관할 행정청인 노원구의 철거처분이 떨어질까 봐 속 졸여가며 사는 사람들도 있는데 나는 얼마나 여유로운 것인가.

"일단 자유로울 수 있잖아. 능동적으로 위험을 감수할 수 있는 판단이라도 할 수 있지 않은가 말이야."

어둠을 벗 삼아

학도암을 지나치게 된다. 불빛 밝은 내부를 보니 고시촌 분위기가 물씬 풍긴다. 고시 공부를 하거나 경을 읽으며 정진하거나 다 무언가를 위한 고행일 텐데 어둠 밝히며 수고하는 그들의 뜻이 이뤄지길 바라며 어둠을 뚫고 올라간다. 점차 도심의 불빛이 멀어지기 시작한다.

"저 불빛들마저 없었다면……."

더 큰 두려움이 몰려왔을지도 모르겠다. 아니 틀림없이 더 크게 위축되고 말았을 것이다.

"한국전력이여! 만에 하나라도 정전사태를 일으키는 실수를 범하지 말기를……."

272

뇌까리는 것마다 서원이고 기도다. 평생 오늘처럼 저 자신을 누르고 빌며, 부탁하며 간절히 바란 적이 있었는지를 회고해 보게 된다.

"늘 자만에 빠져 그런 적이 없었어. 오늘처럼 직접적인 위기의식을 미리 느껴본 적은 있었을까."

안일하여 혹은 신중하거나 섬세하지 못하여 절실하게 살아오지 못했음을 반성하게 된다. 하고자 마음먹고도 진지하거나 성실하지 못해 최선을 다하지 않고 무사안일주의로 살아왔음이 부끄럽다.

"그래서 지금 내게 산을 친구로 사귀게 한 건지도."

산의 가르침, 산에서 얻는 새로움을 자각하면서 지금 금맥을 캐들어가는 광부의 심정으로 걸음을 내디딘다.
산은, 계절은 말할 것도 없고 시간만 달리해도 새로운 모습을 연출한다. 깜깜한 산이지만 보이는 게 무수하고 보이는 것마다 새롭다. 저처럼 넓은 곳을 밝혀주면서도 또 수도 없이 많은 단점을 가려준다.
보이지 않아도 머리에 떠오르는 생각들이 속속 가슴으로 이전하여 좋은 것들을 새겨두게 한다. 세상으로 내려가면 잊을지언정 산에서만큼은 고운 생각만 떠오르도록 한다. 산이기에 그런 것들을 간직하게 하고 또 아닌 건 잊을 수 있게끔 한다.

산 아래 도심 불빛과 하늘 아래 어둠을 벗 삼아 불암산 정상(해발 508m)에 올랐다. 헬기장 너머로 남양주 쪽 야경이 곧 겨울이 올 것을 알리는 양 스산하다.

조금 밑으로 내려가면 최불암 씨가 불암이란 이름을 빌려 쓰며 불암산을 칭송한 글이 있지만 막 녹화 마치고 잠든 최불암 씨가 깰까 조심스러워서 거긴 들리지 않기로 했다.

"태극기가 바람에 펄럭입니다."

애국가 가사는 오자가 없더라. 정상의 태극기가 바람에 펄럭인다. 찢어질까 조바심이 날 정도로 드센 바람이다. 총 도상거리의 1/20도 못 왔으나 시작이 반이라지 않던가.

따끈한 커피 한 잔에 스스로 위로하고 가야 할 방향을 잡으려는데 두꺼비 울음소리가 들린다. 두꺼비바위에서 꾸르륵거리는 소리를 이명처럼 귀에 담고 정상 바로 아래의 쥐바위와도 작별 인사를 나누고 수락산으로 향한다.

수락산으로의 이음길인 덕릉고개를 통과한다. 고개 아래 서울 노원구와 남양주를 잇는 국도에는 간간이 차량만 빠르게 이동할 뿐 한산하다.

두 번째 수락산으로

여기 오지 않았다면 지금쯤 저 불빛 속 어딘가에서 참이슬에 취기가 오르는 중이 아니었을까. 두 주 전부터 주말 약속을 의도적으로 피해왔다. 바로 지금 행동으로 옮기고 있는 종주 산행, 어둠을 사르며 산으로 향하려고 그렇게 했다는 나 자신이 의아하고 신기하다.

불빛을 위안 삼아 반딧불이처럼 스스로 발광發光하며 걷다 보니 어느새 도솔봉에 닿았다. 도솔봉에서 그다음 진입로가 보이지 않아 잠시 헤매다가 조심조심 바위를 돌아 개구멍처럼 드러난 소로를 발견했다. 낮이었으면 바로 보이는 길이 깜깜한 밤인지라 자칫 길을 놓칠 우려가 크다.

도솔봉 아래부턴 다시 넓은 길이 나오고 이어 수락계곡 갈림길까지 무난히 왔다. 치마바위를 지나 야경을 바라보며 잠시 땀을 식히니 뿌옇게나마 구름 사이로 달빛이 보인다.

"한가위도 아닌데 달빛이 이렇게 반가울 수도 있구나."

코끼리바위에 이르자 달은 좀 더 높이 솟아 더 밝아져서 다소나마 몰려드는 외로움을 덜어준다. 달빛을 오른팔 삼고 보무당당하게 어깨를 펴본다. 철모바위를 지나며 이 철모를 쓰는 군인은 상당히 짱구일 거란 생각을 하며 억지 미소를 짓는다.

수락산 주봉(해발 637m)에도 태극기는 굳건히 펄럭이고 있다. 슬슬 시장기가 몰리기 시작하지만 무얼 꺼내먹자니 귀찮다. 내려가서 사패산으로 가다가 요기하기로 하고 바로 자리를 뜬다. 제법 긴 능선을 걸어야 한다.

"여명이 밝을 때까지 가는 길을 밝게 비춰주렴."

높이 뜬 달을 보며 읊조리며 홈통바위를 우회한다. 석림사 계곡으로 내려서는 갈림길을 통과하고 내처 걸어 도정봉도 지나친다.

130m에 이르는 긴 계단을 내려서서 수락산 날머리 동막골까지는 완만한 경사로의 내리막길이다. 자정이 막 지날 즈음 24시간 해장국집을 찾아 허기를 달랠 수 있었다. 배 부르고 등 따뜻하면 게을러질 수 있다고 옛 분들이 말씀하셨다. 바로 도심을 가로질러 사패산 입구로 걸음을 옮긴다.

어둠을 헤치고 내려와 다시 어둠 속 산으로

회룡 탐방지원센터를 통과하며 다시 마음을 굳게 다진다. 지금부턴 더 고되고 더 위험할 수 있다. 몰려오는 졸음을 견뎌야 하고 소진된 체력에 자칫 낙상사고에도 주의를 기울여야 하기 때문이다.

사패산 오르는 회룡골 입구에서 회룡사 쪽으로 방향을 잡았다. 범골로 올라왔으면 사패산 정상까지 왕복 1.2km의 능선길 수고를 덜지만 와보지 않은 회룡사 길을 택해서 오르기로 한다.

"사서 고생이 아닌 공짜니까."

회룡사 스님들도 모두 주무시는지 안에선 기척이 전혀 없다. 계단이 유난히 많은 회룡사 계곡을 한차례도 쉬지 않고 올라 2,6km 거리의 사패산 능선에 도착했다. 산 아래 불빛도 졸린 모양이다. 점점 흐릿해진다.

"의정부 사는 친구 인섭이는 잠들었겠지? 사패산 꼭대기에서 멧돼지 안주 삼아서 한잔하자고 하면 올까?"

역시 단순한 생각을 떠올리며 사패산 정상에 이르렀다. 산행을 시작한 후로 산에서는 단 한 사람도 만나지 못했다. 멧돼지도 나타나지 않았다.

잠시 의정부시 야경을 내려 보다가 포대능선 쪽으로 향한다. 사패산에서 도봉산으로 가는 길은 안부까지 내려갔다가 다시 올라가는 수고로움을 피할 수는 없어도 완전히 하산하지 않고 곧바로 능선을 따라 자운봉까지 갈 수 있다. 다행스러운 일이 아닐 수 없다.

산불감시초소를 지난다. 이제 사패능선을 지나왔고 도봉산 포대능선으로 접어들었다. 자운봉이 가까워지면서 졸음이 몰려오려 한다. 도봉산 정상을 지척에 두고 날이 밝아온다. 삶은 달걀 두 개를 꾸역꾸역 먹고 커피 한 잔을 마시곤 일출을 기다린다. 10여 분쯤 웅크리고 앉아 졸았을까. 소리 없이 밝아오는 여명에 한결 정신이 개운해졌다.

도봉산에서 맞이하는 정갈한 새벽

날이 밝자 사위에 낯익은 봉우리들이 펼쳐진다. 가볍게 스트레칭을 하고는 가슴을 크게 열어 새벽 정기를 들이마신다. 언제 보아도 도봉산 바위 절벽들은 섬세하게 조각한 것 같다. 멋진 절경이다.

"소나기는 피해 가자."

반쯤 몽롱한 정신으로 Y 계곡 릿지 등반길을 내려가다간

278

자칫 가루가 될지도 모른다. 시간이 좀 걸리더라도 돌아가는 게 상책이다. 소나무와 바위가 평화롭게 어우러진 우회로를 택해 느긋하고도 조심스럽게 걸음을 내디딘다.

자주 접했고 그래서 친숙하고, 다감한 도봉산 암봉을 끼고 정상으로 향한다. 아무리 이른 새벽이지만 자운봉과 신선대 부근이 이처럼 한적하다는 게 신기하다. 이처럼 신선한 기운을 혼자 독점한다는 게 감사하고 감회가 새롭다.

Y 계곡 우회로를 거슬러 올라와 다시 계단을 오르면 도봉산의 주봉이자 최고봉 자운봉(해발 740m)이 의연한 모습을 드러낸다. 침식과 풍화작용으로 절리의 면면마다 잘 발달한 화강암으로 이루어져 있다. 석공에 의해 잘 다듬어진 바윗덩어리 여러 개를 포개놓은 모습의 자운봉은 만장봉, 선인봉, 그리고 신선대와 함께 도봉산 사령부를 형성하고 있다.

망월사 오름길인 원도봉 쪽에서 올라오다가 전망대에 서면 바로 전면의 이들 봉우리가 야박함이라곤 전혀 없는 너그러운 풍모를 보게 된다. 그래서 도봉산은 대가족이 모여 사는 가정처럼 다복하다. 찾는 이들에게 심적 풍요로움을 안겨주기에 우리나라에서 가장 탐방객이 많은 산으로 존재하는 거로 생각한다.

도봉산 으뜸 봉우리인 자운봉紫雲峰은 높은 산봉우리에 붉고 아름다운 구름이 걸려있으니 상서로운 기운을 지닌 봉우리라는 의미이다.

도봉산 사령부를 이루는 이들 네 봉우리는 미국을 빛낸 네 명의 대통령, 즉 초대 조지 워싱턴, 3대 토머스 제퍼슨, 26대 시어도어 루스벨트 그리고 16대 에이브러햄 링컨의 얼굴이 나란히 조각된 러시모어Rushmore 산을 떠오르게 한다.

흔히 우수한 이들은 그렇지 않은 이들과의 비교 대상으로 주목받곤 한다. 우리나라에도 그런 대통령이 나와주었으면 하는 바람을 하며 자운봉과 마주 선 신선대로 향한다.

"명색이 5산 종주인데 그 산들의 정점은 찍고 가는 게 당연하겠지?"

이른 새벽, 사람 한 명 없는 신선대에 오른다는 게 괜히 뻘쭘하긴 하다. 자운봉이 도봉산의 최고봉이지만 등산객이 오를 수 있는 최고봉은 신선대(해발 725m)다.

신선대에서 사통팔달의 새벽 북한산국립공원을 쭉 둘러본다. 울산바위에서 바라보는 설악산 대청봉에 비해 모자람이 있는가. 새삼 도봉산 가까이에서 산다는 게 행운이란 생각이 든다.

가운데 우이암부터 그 뒤 1시 방향 인수봉과 왼편의 백운대를 거쳐 뒤로 펼쳐진 북한산 곳곳 봉우리들이 지금부터 가야 할 길이다.

"어! 그런데 저렇게나 멀었던가?"

다른 때보다 유난히 멀어 보여 침이 마르는가 싶더니 백운대, 만경대, 노적봉과 아득히 문수봉, 비봉 등 그림처럼 여겨지는 북한산으로 빨려들어 간다고 생각하니 힘이 나는 느낌이다.

수동적으로 이끌려 산에 왔다가 점차 흥미로움을 느끼면서 자주 오르내리게 된 산행이다. 그런데 불수사도북! 여기까지 오게 될 줄 상상인들 했겠는가. 바로 여기 도봉산의 매력에 푹 빠졌고 북한산과 사랑을 나누면서 산에 눈이 멀고 말았다.

또 어딜 찾아갈 것인가. 또 어떤 산이 날 끌어당길 것인가. 잠시 회상에 잠기는데 불현듯 안나푸르나에서 실종된 박영석 대장이 떠오른다. 죽을 때까지 산을 갈 수 있다면 그 또한 얼마나 축복된 일인가.

"그래, 누가 뭐래도 킬리만자로의 표범이 되는 거야."

그리 멀지 않으면서도 아득한 것처럼 원근감이 뚜렷한 북한산의 숱한 봉우리들이 어서 오라 손짓하는 걸 보고 신선대를 내려선다. 신선대에서 내려와 주봉 쪽으로 향할 즈음 뒤늦게 구름을 빠져나온 일출 광경을 보게 된다.

능선 서쪽의 주봉과 칼바위를 지나노라면 의연하고도 견고한 산세와 변화무쌍한 조망에 걸음을 재촉할 수가 없다. 사방 원근 두루두루 시선을 던져야 하기 때문이다.

도봉 주 능선을 지나면서 소귀 빼닮은 우이암을 점차 가까이하다가 오봉능선으로 눈을 돌리면 또 다른 질감, 또 달라진 분위기를 접하게 된다. 다섯 중 네 개의 봉우리가 머리에 상투를 튼 것처럼 바위 하나씩 올려놓은 모습이다.

다섯 총각이 사는 고을의 원님에게 아주 어여쁜 외동딸이 있었는데 총각들 모두 원님의 딸을 사모했다. 누구를 사위로 삼을지 고민에 빠진 원님은 한 가지 묘수를 생각해냈다.

"이곳 우이령에서 저 산을 향해 바위를 제일 높이 던진 사람에게 내 딸을 주마."

그렇게 해서 총각들이 던진 다섯 개의 봉우리가 이곳에 떨어져 나란히 세워졌다고 한다.

"올해엔 더더욱 우의 있게 지내세요."
"올해는 우리 막내 장가를 보내야 할 텐데 중매 좀 서게."

초롱초롱한 매무새의 다섯 형제, 오봉(해발 660m) 중 장형이 어려운 부탁을 한다.

"조금 더 있으면 어여쁜 여인네들이 올라올 텐데 돌을 멀리 던진 여인을 고르시는 게 어떨까요."

오봉 중 상투가 없는 봉우리를 흘깃 보며 건성으로 내뱉고 등을 돌렸는데 뒤통수가 근질거린다. 올 때마다 자태를 달리하고 그 달라짐이 새로운 조화의 모습임을 깨닫게 하는 곳이 도봉산이다.

특히 오봉은 무작위로 아무렇게나 서 있는 것처럼 보이지만 보면 볼수록 어떤 틀에 의해 정연하게 세워진 것처럼 보인다. 카오스 이론을 떠올리게 하는 다섯 형제의 규칙 감과 거기 짙게 밴 형제애를 느끼게 한다.

사계절 다르지 않게 도봉산은 가슴 한복판을 톡 쏘아 속을 산뜻하게 해 준다. 맑고도 신선한 특유의 정기이다. 시간의 흐름에 따라 수시로 정지되곤 하는 현상에 대한 고정관념을 철저히 깨부수는 곳, 편협한 시각을 새로이 자각시키는 곳. 거기가 바로 도봉산이다.

그러하기에 수시로 찾아 탐심이라 할 만한 것들을 내던지고 정작 필요한 그 무엇으로 버린 자리를 채우게끔 한다.

도봉산을 하산하기 전에 북한산을 바라보니 가야 할 길, 백운대가 천리만리 아득하게 잡힌다. 이미 많이 지쳤다. 허기도 진다. 가장 길고도 먼 북한산을 통과해야 한다는 게 점점 큰 부담으로 다가온다.

"가는 데까지 가보자. 일단 도봉산에서 내려가자."

원통사를 지나 도봉산 날머리 우이동에 도착하니 졸음이 몰리고 몸이 축 처진다. 음식점에서 들어가 아침 식사를 하면서도 갈등이 이어진다.

"이쯤 했으면 됐어. 여기까지가 내 한계야."
"난 할 수 있어. 겨우 하난 남겨놓고 포기할 거야?"

다섯 번째 북한산으로, 내가 사랑하는 그 산으로

"그래, 가지 않을 수가 없어, 여기까지 왔는데."

도봉산에서 내려와 청산가든을 끼고 왼쪽으로 돌아 우이령 가는 길이 마지막 종주길 북한산 들머리이다. 11월 중순이 지났음에도 아직은 가을임이 분명하다며 이파리 빛깔 바래지는 걸 거부하고 있다.
청운 산장 직전 왼편 용덕사 가는 길이 불수사도북 다섯 산의 마지막이자 가장 긴 여정의 진입로이다. 영봉을 가리키는 이정표가 군에 입대할 때 까까머리 장정들을 마구 몰아넣는 교관의 지시봉처럼 보인다.

심리적 중압감 때문일까. 왼쪽 다리가 무릎 아래로 시큰하게 당기는 듯하며 기분 나쁘게 저려온다. 저 아래로 보이는 그린파크 쪽 사우나에 가서 온탕에 지친 몸을 푹 담그고 싶다. 이쯤에서 걸음을 되돌리고 싶어진다. 그런데 왜 돌아서지 못할까.

내가 가장 사랑하는 산, 나랑 가장 많이 접했던 산, 인수봉이 있고 백운대가 있는 북한산. 그런 북한산이기에 쉬이 등을 돌리지 못한다. 비가 올 때나, 눈이 올 때나 수도 없이 만나 서로 정을 쌓고 진정한 의를 품게 한 북한산이기에 그의 품 곳곳에 다시 안기기로 한다. 그의 딱딱한 관절들을 마디마디 주무르기로 한다.

막 지나온 도봉산 암봉들도 고개 내밀어 유종의 미를 거두라고 성원해주는 것처럼 보인다. 그래, 내 여행에 있어서 그들이야말로 진정한 친구가 아니던가. 진정한 벗이 있는 곳은 거기가 어디든 무릉도원이요, 유토피아 아니던가.

소피스트의 궤변 같은 혼잣소리에 그나마 힘이 솟는 듯했지만 다리는 더 심하게 당겨지는 느낌이다. 오른발을 내딜을라치면 왼 다리가 잡아끈다. 스틱에 잔뜩 상체를 의존하고 올라와 너른 공터에서 배낭을 내려놓고 털썩 주저앉아

285

쉰다. 눈 아래 보이는 세상, 연무 뿌연 공간, 그곳에서의 시리고 저린 인생 1막 2장을 되뇌다 보니 지금 이 정도에 겨워 갈등했었다는 게 부끄러워지고 만다.

"겨우 그 주제에 배부르다고 생각하는 모양이군. 그렇다면…… 아직 멀었어."

 자책은 자아를 일으켜 세운다. 반성은 그 즉시 멈춤을 움직이게 한다. 산은 역시 그 무엇에 견줄 수 없는 멘토이며 교훈의 산실임을 새삼 깨우치고 툭툭 엉덩이를 턴다.
 영봉 가는 길, 고개를 지나면 보이지 않을 것을 아쉬워하는 오봉 다섯 형제가 담에 또 보자며 손을 흔들어준다.

"하얗게 눈 덮인 그대 형제들을 보러 곧 올 테니 혹여 그 안에 막내 장가가거든 꼭 알려주세요."

 밑으로 도선사 입구를 내려다보고 영봉에 이르렀다. 아직 이른 시각이라 영봉에 닿을 때까지도 등산객 한 사람을 만나지 못했다. 주말이기 때문에 늦가을 정취를 맛보고자 많은 이들이 몰려들 것이다.
 영봉은 정면에 인수봉이 우뚝 서 있는 게 최대 조망 포인트라 할 수 있다. 숱하게 산화한 인수봉의 영령들을 기리기 위해 이름 붙여진 곳이다.

　바위 속에 단단히 뿌리를 묻고 인수봉을 바라보는 소나무는 대할 때마다 달라짐이 없다. 늘 푸른 솔잎을 강단 있게 펼치면서 사계절 단 한 번도 그 푸름을 잃지 않는다. 마주 보이는 인수봉 단애에 매달린 클라이머들의 무사 산행을 염원하는 것처럼 느끼게 하므로 낮은 소나무는 더욱 경외심을 지니고 바라보게 된다.

"잡념이 많은 사람이구먼. 이젠 하루재로 내려가시게. 오늘 중으로 이 산 저 끝까지 가서 내려가려면 걸음을 재촉해야 할걸."

"알겠습니다. 손님을 쫓아내는 북한산 봉우리는 여기 영봉이 처음이군요."

　인수봉 밑의 작은 암자와 비탈진 암벽에서도 꿋꿋한 생을 이어가는 소나무들에서 시선을 거두고 하루재로 걸음을 옮긴다. 영봉에서 시야에 들어오는 바위 자락도 장관이다. 그냥 가려면 자꾸 눈에 차서 걸음을 더디게 한다.

　머물러 쉼이 곧, 가고자 함이다. 산에서는 힘이 소모되기 전에 쉬어야 가고자 하는 곳까지 갈 수 있다. 거친 숨 몰아쉬면서도 지친 걸음 옮기는 데만 집착하다가는 볼 곳 보지 못하고 주는 것 받지 못하는 소탐대실의 우를 범해 반 토

막 산행이 될 수 있기 때문이다. 그렇게 합리화하며 쉼표를 찍었다가 다시 길을 간다.

인수 산장으로 향하면서 바라본 인수봉엔 강인하고도 의지 충만한 클라이머들이 이미 인수봉 중턱을 올라가고 있다. 경이로운 장면이다. 단 한 번의 방심으로 유명을 달리할 수도 있는 긴장의 공간일 것이다.

저들의 굽힘 없는 행동이 무탈하게 성취감으로 이어지길 진정으로 바라며 걸음 멈춰 올려다보면서 카메라 포커스를 맞춘다. 그들에겐 수직 비탈의 좁은 공간도 진한 우정과 조화로운 삶이 어우러지는 한없이 너른 터전일 것이다.

백운대가 점점 가까이 보인다. 지은 죄가 커서일까. 백운대를 직벽 하단에서 바라보았을 땐 그 모습이 마치 하늘의 신이 인간들의 두루 짓거리를 살피는 것처럼 여겨져 오싹할 때가 있다.

백운대 바로 밑인 백운봉암문(위문)까지 올라서자 부지런한 산객들이 벌써 올라와 있다. 북한산 사령부에 해당하는 백운대, 만경대, 인수봉의 세 봉우리로 인해 삼각산이라고 칭하는데 이들 세 봉우리는 각각 워킹 산행, 암릉등반, 암벽등반인 클라이밍을 대표하는 명품 봉우리이기도 하다.

제 몸 살라 영혼 깃들었던 가을 잎
활짝 펼치었다 슬금 오므라들더니

진통 떨치려 함인가, 스스로를 떼어내네.
은빛 엷은 햇살 풋풋하여
최고봉 백운대와 하늘 사이 고즈넉 바윗길
눈에 차는 것마다 정갈하여
신선한 새로움을 뿜어내는데
아아, 나만 그런가 보다.
가슴 뚫어질 듯
애수에 젖어드는 건.

그냥 슬쩍 지나칠까 하다가 북한산 정상을 오르고 만다. 최고봉 백운대白雲臺(해발 836m)까지 올라온 건 바람에 펄럭이는 태극기 앞에서 정상까지 올라왔음을 인증하고 싶었다기보다는 인수봉(해발 810.5m)을 보고 싶어서였다.

인수봉 거대한 직벽을 가장 가까이에서 바라보면 심신에 묻은 티끌과 오염을 깨끗이 씻는 것처럼 상쾌하다. 북한산은, 특히 백운대는 언제 누구랑 올라오든 감동의 공간이다. 하지만 혼자와도 감동 넘치는 환희의 장소임에는 조금도 달라짐이 없다.

펄럭이는 태극기 옆에 서서 걸어온 길을 돌아보노라니 가슴이 뭉클해진다. 뒤돌아보면 걸어온 산길은 살아온 삶처럼 회한에 젖어 들게 할 때가 있다.

삶이 산과 다른 건 뿌듯한 성취감이 뒤돌아본 그곳에 반드시 있지 않다는 것이다. 자취가 사라진 행적은 얼마나 공허하고 슬픈가. 성벽 길을 내려다보고 백운대에서 내려선다. 바로 맞은편의 만경대(해발 799.5m)가 고개를 내밀어 수고로움을 치하해준다.

백운봉암문 주변으로 훨씬 많은 등산객이 모여 있다. 하나같이 밝은 표정들이다. 산은 찾아온 이 단 한 사람뿐이어도 호젓하고 멋지지만, 사람들이 있으므로 해서 더욱 아름답다. 짙푸른 저고리, 울긋불긋 색동 옷들을 모두 벗어 던진 늦가을 허허로운 산엔 원색 차림의 산 사람들로 인해 중후한 아름다움을 나타낸다.

세상사 시름을 다 거둬들여 찾은 이들에게 새로운 의욕을 부어주기에 그렇게 어우러진 산과 사람들의 모습은 여백을 은은히 흐르는 아름다움 그 자체이다.

다시 행보를 이어간다. 힘들어서 그런가 보다. 용암문이 예전보다 훨씬 을씨년스러워 보인다. 대동문에서 오이 하나를 깨물고 곧장 걸음을 재촉한다. 다리에 힘이 빠지고 정신이 흐릿해지니 평지에서나마 속도를 내야 할 듯싶다. 보국문에 이르렀을 때는 다리가 떨리고 몸을 지탱하기조차 힘들어 조금만 내리막길이어도 게걸음이 되고 만다.

거리 감각마저 상실 직전이다. 용 비늘처럼 길게 늘어진 성곽을 봐도 머릿속에 아무 생각이 떠오르지 않는다. 가장 가까운 데로 내려가고 싶다. 졸음이 쏟아진다. 아무 데나 쓰러져 눈을 붙이고 싶다.

대남문에서 비봉능선으로 접어들어 걷는지 기는 건지 모르게 흐릿한 정신을 스틱에 의지하다 보니 승가봉에 닿았다. 사모바위 인근에서 여유롭게 식사하는 사람들이 한없이 부럽다. 누군가가 그랬다. 위를 보고 살면 한도 끝도 없이 불행하다고. 밑을 생각하며 다리에 힘을 주자.

"북한산만도 8할은 족히 걸었을 거야. 이젠 철조망 통과하듯 누워선들 못 가겠어?"

산과, 삶과 사람과…… 살아오면서 거듭되었던 기복, 그때마다 생겼던 사람들과의 갈등, 세상과의 매듭에 대해 산은 어떻게 풀어야 현명한지를 가르쳐주었던 것 같다. 특히 종착지를 얼마 남겨놓지 않은 이번 산행에서 잊을 건 잊게 하고, 버릴 건 버리게 하며, 때로는 풀어내게끔 지혜를 얻기도 했다.

죽을힘을 뽑아내 사랑과 우정을 지켜내다

이젠 도시가 그립다. 산이 아닌 속세가 더 좋아지려 한다.

"과유불급이었어. 내 능력에 아직 턱도 없이 부족해."

291

자책이든 자학을 하건 이젠 그런 것도 내려가면서 할 일이다. 노을 지면 금세 어둠이 휘감을 것만 같아 불안하다.

"노을 첩첩이 쌓이기 전에 난 내려가려네. 해 짧아진 늦가을 어둠 몰려와 내 몸 휘감으면 난 울적해질 것만 같다네."

마지막 봉우리 족두리봉까지 왔다. 불광동이 내려다보이는데 울컥 감정이 복받쳐 오른다.

족두리봉에서 잠시 무박 2일의 5산 종주에 대해 스스로 정리해보려는데 오만에 대한 반성과 주제를 모르고 날뛰었다는 소크라테스의 불호령에 정신 가다듬고 마지막 내리막 길을 더욱 조심하지만 1단 기어에 브레이크까지 밟은 대각선 갈지 자 걸음이 되고 만다.

"잘 계시게! 어제오늘 다섯 산 수도 없이 많은 봉우리들 중 마지막 봉우리여!"

속세로 향하는 길이 오늘처럼 반갑긴 처음이다.

거기가 그대,
북한산이 아니었으면
저는 분명 슬그머니

292

걸음을 멈추었을 것입니다.

설악보다도, 지리산보다도 훨씬 더
그대를 사랑했기에
전,
죽을힘을 다 뽑아내었습니다.

진정한 사랑은 그렇다고 하더군요.
못할 게 가히 없는 거라고.
살아 진정한 친구 하나가 있다면
목숨과도 바꿀 수 있는 게 살아있는
우정이라고 말하더군요.

그대와의 사랑을 지키려다
전,
이러다 죽을 수도 있단 공포가 엄습했습니다.
사랑하다 다 못하고 죽으면 그건
정녕 완벽한 사랑이 아니란 생각에
전,
흐려지는 정신을 가다듬었습니다.

그대와의 사랑,
그대와의 우정 지켜낸 지금
저는
복받치는 희열

끓는 그리움으로
마냥 뜨거워진 심신을 식히지 못한답니다.

때/ 늦가을
곳 / <불암산 구간> 1142번 종점 - 중계 복지회관 - 청록 약수터 -
학도암 - 봉화대 - 두꺼비바위 - 불암산 정상 - 폭포 약수터 갈림길
- 덕능 고개 - <수락산 구간> 송신탑 - 도솔봉 - 치마바위 - 철모바
위 - 수락산 주봉 - 도정봉 - 동막골 - <사패산 구간> 범골 탐방지원
센터 - 회룡사 - 회룡골 계곡 - 회룡골 삼거리 - 사패능선 - 사패산
정상 - 사패능선 - 산불감시초소 - <도봉산 구간> 포대능선 - Y계곡
우회로 - 신선대 - 우이암 - 원통사 - 우이동 - 우이동 탐방지원센터
- <북한산 구간> 육모정 통제소 - 육모정고개 - 영봉 - 하루재 - 백
운봉암문 - 백운대 - 대동문 - 대남문 - 비봉능선 - 승가봉 - 사모바
위 - 비봉 - 향로봉 - 족두리봉 - 불광동 탐방지원센터